公元787年,唐封疆大吏马总集诸子精华,编著成《意林》一书6卷,流传至今

意林: 始于公元787年,距今1200余年

纯正+阳光+向上

中国女生文学第一品牌

我们是小淑女

优雅,聪慧,阳光,快乐,甜蜜,
勤奋,包容,恬静,浪漫,唯美,璀璨。
善解人意,才华横溢,从容淡定,
独立有主见,时常感恩,心怀美好。
爱学习,爱阅读,爱幻想,睿智有深度,独具品位。

意林励志·MiniMiss荣誉出品
小MM品牌书系 · 淑女文学馆 · "女生时代"系列第三季

Mini Miss 出品

图书在版编目（CIP）数据

女生都是小怪物 / 意林·小小姐编辑部编. —— 长春:吉林摄影出版社, 2016.1
（淑女文学馆. 现在是女生时代！；3）
ISBN 978-7-5498-2452-6

Ⅰ.①女… Ⅱ.①意… Ⅲ.①长篇小说－中国－当代 Ⅳ.①I247.5

中国版本图书馆CIP数据核字(2015)第289375号

现在是女生时代！③·女生都是小怪物
Xianzai Shi Nüsheng Shidai③·Nüsheng Doushi Xiaoguaiwu

出 版 人	孙洪军
总 策 划	阿　朱
执行策划	词　词
责任编辑	朱薏楠
图书统筹	词　词
特约编辑	李佳勋
封面绘图	新　野
书籍装帧	胡静梅
美术编辑	张云丽
作家经纪	卢晓凤
开　　本	700mm×1000mm　1/16
字　　数	310千字
印　　张	15
版　　次	2015年12月第1版
印　　次	2016年4月第2次印刷

出　　版	吉林摄影出版社
发　　行	吉林摄影出版社
地　　址	长春市泰来街1825号 邮编：130062
电　　话	总编办：0431-86012616 发行科：0431-86012602
网　　址	www.jlsycbs.net
经　　销	全国各地新华书店
印　　刷	北京市兆成印刷有限责任公司
书　　号	ISBN 978-7-5498-2452-6　　　　定价：28.80元

版权所有　侵权必究

如发现印装质量问题，请与印务部联系退换，电话：010-51908584

给"小怪物"们的狂欢节

文◎词　词

　　《小小姐》四周年时，我们的创意策划主题书《现在是女生时代！》华丽诞生，一经上市便引起了强烈反响。一年后，《现在是女生时代！②·我们闺蜜吧》火热来袭，凭借新鲜的策划、好玩儿的内容，为"女生时代"系列的畅销神话再添佳绩。再然后，又是一年过去，现在，小编们带着崭新的《现在是女生时代！③·女生都是小怪物》，再次为淑女们奉上我们诚意满满的跨年献礼。

　　本季的《女生时代》，依然沿袭"每季一个主题"的传统，为淑女们定制了一个全新的主题"女生都是小怪物"。每个女孩都是十分难懂的，她们拥有独属于自己的世界，心思细腻得让人怎么都猜不透。她们就像一只只来自各种星球的小怪物，有着各自不同的怪怪小脾气，却又因此分外可爱，让人想要走近她们的内心，与她们携手经历一场华丽的冒险。为了深入解读"怪女孩"们的小宇宙，小编们进行了一场远超前两季的头脑风暴，最终呈现给淑女们的，是更加精彩有趣的内容：超人气男编欧阳夏飞从男生视角书写了一个关于他和一群女生的青春长篇小说；其他女编则在"王牌编辑秀"栏目中将自己隐藏已久的"少女心"毫无保留地袒露出来；"明星直播间"更是不遑多让，不只有人气女星亲身讲述自己的"少女心事"，连男星们也都力挺本季主题，深入解读自己对少女心思的理解。怎么样？是不是精彩度、八卦值都爆表了呢？事实上，值得期待的不止如此哦！

　　首次变身小说作者的欧阳夏飞同学，为了让大家看得高兴，也豁出去了——曝照！神秘面纱蒙了六年，淑女们终于可以在本书中见到你们最爱的夏飞欧巴（韩语：哥哥）的真容了！为了纪念这一伟大时刻，"漫画一姐"铁铁特地为夏飞量身定制了超萌漫画《饭团组成立之谜》，女编们则挺身而出，将你们不了解的生活中的夏飞君曝光得彻彻底底！

　　这是一场专属于女孩们的狂欢节，所以，小编们只想把一切自己能想到的、最好的都奉献给淑女们，希望你们能够爱上这本书，就像我们一直爱着你们。

目录 CONTENTS

- 001　夏飞"观光团" / 欧阳夏飞
- 003　饭团组成立之谜 / 铁　铁

明星直播间
- 012　TFBOYS：女生都会摘星辰 / 林晓简的猫
- 015　杨洋：骑士有双"粉红耳朵" / 爱　喜
- 017　赵丽颖：
  　　　全世界唯一的"赵小刀" / 茶　花
- 020　欧阳娜娜：
  　　　"练琴怪"的圆梦魔法 / 张　群
- 023　Angelababy：
  　　　软萌鲸鱼的小幸福 / 清　尧
- 026　吴磊：美少年与"糖果少女" / 闫晓雨

强档星笔会
- 030　女生都是小怪物 / 欧阳夏飞
- 154　欧阳夏飞"关键词"大爆料

王牌编辑秀
- 160　意外的幸运签 / 词　词
- 174　元气少女成长记 / Fairy
- 184　十七岁的生日礼物 / 彭　彭
- 196　慢半拍的小怪兽 / 绿　茶
- 208　星星曾经藏起来 / 赫连湘歌

闪亮星转盘
- 222　你是哪种小怪物
- 226　人气作家自曝间
- 232　怪女孩，出列

夏飞"观光团"

自曝人 ◎ 欧阳夏飞

保密多年，一昔曝照，
神秘的面纱从此远离了我，
为了淑女们，夏飞哥也是拼了。

其实，
我会摆出这样文艺小清新的姿势纯属被迫，
每个镜头后面，
都藏着一个女编腹黑奸诈的笑脸。

我有一个梦想：
没有暴力，没有伤害，面朝大海，女编走开……

作为一名"畅销书君",我本该高端大气上档次,帅气高冷有魅力。

然而,因为那群任性疯癫的女编,我做了N年的"扫地君"。

如今终于有机会让我改头换面了,淑女们大家好,我是你们熟悉已久的夏飞哥。

初次见面,以后也请多多关照。

以后工作中有什么不明白的问题尽管问我好了,

对了,这家的招牌鸡腿饭很好吃,你们要不要尝尝?

好,好呀,听前辈的。

不要客气。

给这两位女士上两份招牌鸡腿饭,再加两杯橙汁,钱现在一起付了。

第一次一起吃饭,我请客。

啊啊啊,帅气温柔又土豪的夏飞前辈,在我眼中是这样高大又闪耀——

是啊!简直在闪闪发光!闪得我几乎睁不开眼!

夏飞前辈——

阿朱姐让我催铁铁的稿子,可她都装死不理我怎么办啊?

铁铁啊,你就和她说发稿费了,让她核对下钱数,她马上就会出现了。

自此,在工作中遇到一些问题时,绿茶和彭彭都会向夏飞请教,夏飞每次都会悉心解答和帮助她们。

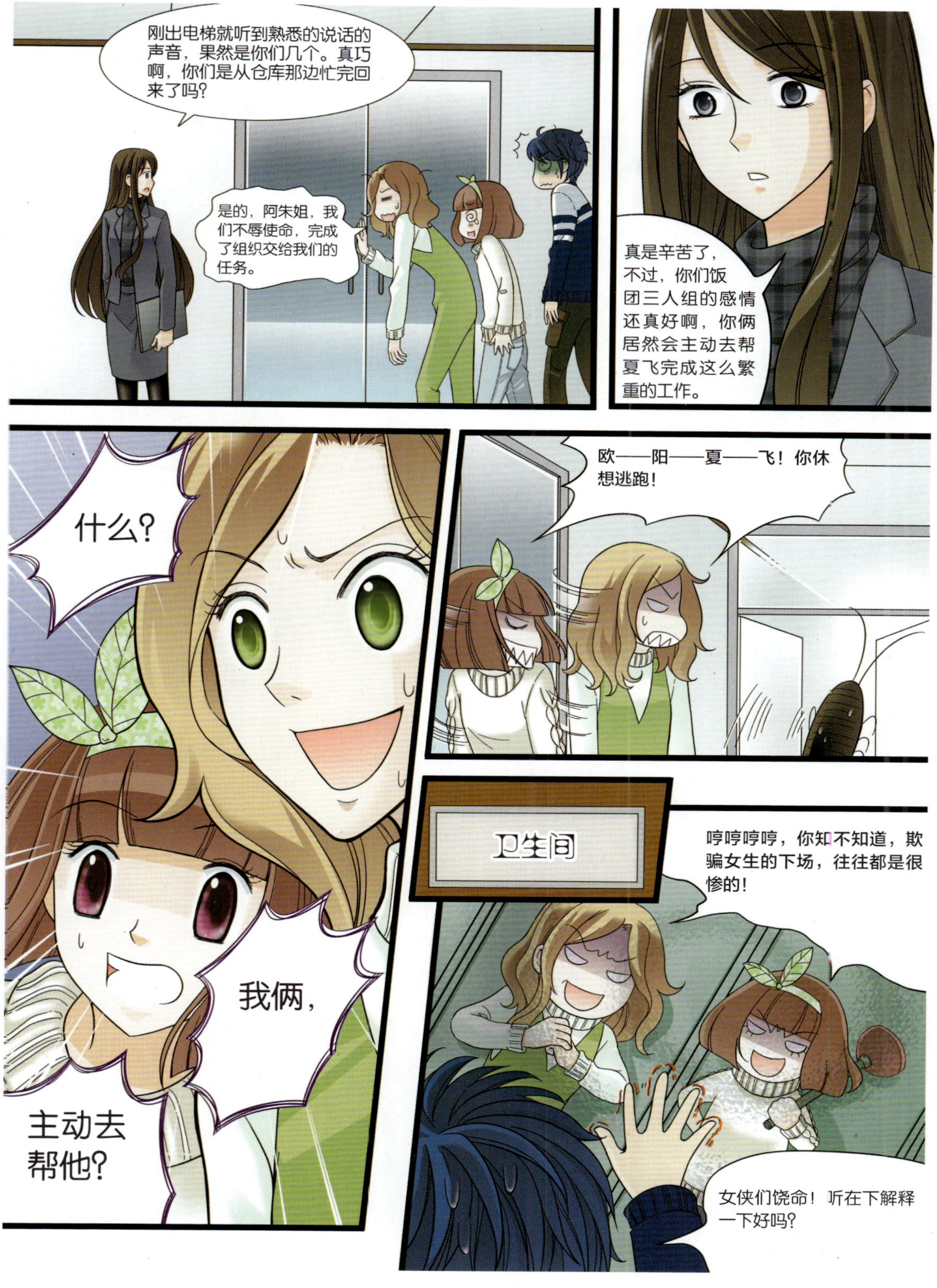

明星直播间

超级明星组团来,
倾心讲述"少女心经"

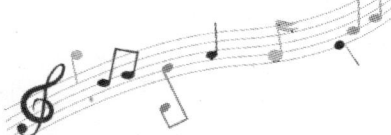

TFBOYS：女生都会摘星辰

文◎林晓简的猫

01.女生都是"守护星"

对于TFBOYS来说，女生是时时刻刻支持他们的、最忠诚的"守护星"。

她们经常不远千里来到他们的学校，却不吵不闹，只为了能见一眼偶像，对他们说一声："要好好照顾自己。"

这群稚气的女孩，就像一颗颗守护星，闪烁在TF"三小只"每天上学、回家的道路上。

比如，王俊凯就曾经遇到过这样一位粉丝：某天，他在放学回家的路上，路过一家小店，便进去吃了一碗米粉。本来只是一件小事，却被那位可爱的粉丝看在眼里，记在心里。她偷偷跑去米粉店，跟老板要求做免费的兼职工，只希望有一天能给偶像亲手做一碗米粉，为他解除学习的疲乏。

比如，在王源过生日那天，热情的粉丝包下了重庆江北国际机场始发的国航45条航线出港航班登机牌，将它们全数改为带有王源照片的特别定制"生日登机牌"，寓意为"陪王源到远方"。除此之外，她们还包下了纽约时代广场的大屏幕为偶像庆生。

再比如，千玺的粉丝们自发捐款十几万给千玺家乡的中学修建操场，以偶像的名义捐款，以公益的方式表达对偶像的喜欢，这样的做法既有意义，又让人动容……

女生守护一个人的方式有很多种，但不管选择怎样的方式，都来自她们心底最真诚的喜欢。

　　而正是因为女生们这永不消散的热情，随处可见的守护与关怀，才能让TFBOYS一路成长至今，依然笑容满溢。

02. 错误也要一同承担

　　在综艺节目《康熙来了》的录制现场，主持人问易烊千玺："你最大的心愿是什么？"易烊千玺想了想，有些羞怯地笑了笑："我的愿望啊，是买一张可以环游世界的机票。"

　　原本只是节目上简单的一句话，却未想，粉丝们居然真的记在了心上。2015年9月25日，一条长微博引起了轩然大波："飞越黑夜的航班，追逐黎明与朝霞，为了心中的憧憬与梦想。你曾说想要遨游世界，我将这个梦想兑现成一段段航线。"

　　这是粉丝们为他专门策划的活动，话题名为"我在全世界等你"。

　　在长微博的导语中，有这样一段话："你说想要遨游世界，赛丽雅兰的瀑布等着你，吴哥窟的日出等着你，墨西哥的雪山等着你，最好的时光在路上，想你遇见世界，遇见诗与远方。你浪漫又可爱的梦，我们会陪你实现。"

　　微博中说，只要易烊千玺提前一个月联系相关人员，便可以启动环游世界的旅程，终身有效。

　　依旧是那场《康熙来了》，易烊千玺在节目中赠送给蔡康永的签名专辑，因为紧张和笔误，将"康"字写错了。

　　被网友指出后，这件事在网络上引发了轩然大波。易烊千玺一直是个乖乖仔，立马在微博上主动道歉，承认错误，并且贴上自己"罚抄一百遍"的笔迹。

　　没想到，诸多粉丝也纷纷效仿，贴出了自己的"陪罚照"。那么多人一同罚抄"康"字，成了微博上一道独特的风景。

　　这些女孩，懂事又明理，分得清对错，懂得如何保护自己所珍视的偶像，所以当偶像犯了小错误的时候，她们选择的是一同承担，风雨兼程。

03. 十项全能小怪兽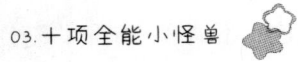

网上曾有一个热门科普帖：《TFBOYS的粉丝到底是一个怎样的群体》，帖子中提到了这样一个细节："三小只"从去年8月到今年2月，出了五首歌，无一例外地每一首都在刚推出时便登上各大榜单榜首。

这并不容易，因为打榜并不是单曲循环即可。

这一方面表现了TFBOYS粉丝量之巨大，另一方面也着实可以看出这些女孩为三小只所做出的努力。

在微博上，他们有很多粉丝应援站，也就是一个个由粉丝组织起来的小团队。

这些小团队往往有非常清晰的职能划分和专攻领域，有专门做活动的应援站，发布美图、小视频、动态图片的图频站，有汇总图频报道的资源站，甚至有预防黑粉攻击的反黑站，以及长期负责宣传的推广站。

这些群体的组织者大多是学生，她们利用课余时间，在不耽误学习的前提下，尽可能地为偶像做一点儿贡献，积极承担了很多经纪公司的隐形公关和软宣传工作。

难以想象，这些初出茅庐，对很多事都并不精通的小女孩，就因为这一腔孤勇的喜欢，成了编程高手、宣传天才、法务达人、全能美工，她们努力把自己培养成了各种达人、智多星，不过是为了偶像能够被更多的人了解和喜欢。

对于女生来说，喜欢、崇拜就是这么一股奇妙的力量，能让她们瞬间变得勇敢而强大。

因为她们明白，只有先将自己变得无比优秀，才能和偶像长长久久地并肩前行。

明星直播间

杨洋：
骑士有双"粉红耳朵"

文◎爱 喜

一、女生一靠近，耳朵就会红

什么动物的耳朵是红色的？

兔子？No，答案其实是羊。因为少年之星"羞羞羊"（杨洋）的耳朵最容易红。每当女生有意识地靠近他，他的耳朵就会条件反射般泛起可爱的红色，在阳光照耀下仿佛精灵的耳朵，给人以灵动雀跃之感。此时的他，便不再是《盗墓笔记》中淡漠坚毅的小哥，也绝无《四大名捕》里无情身上的高冷，他就是他，那个纯粹得有点儿害羞的杨洋。

从小这位"小鲜肉"就很受女生欢迎。还在上幼儿园的时候，杨洋妈妈身边就围绕了一大群女同学的家长，半开玩笑地要与她定"娃娃亲"。这小小少年着实太招人喜欢，眉清目秀，抿起嘴时看起来有些倔强，笑起来却又明媚无边，让杨妈妈无比骄傲。

这种被女生"包围"的情况，从那时起便成为杨洋的日常生活片段。杨洋在解放军艺术学院读书那几年，学校里更有传言，有不少外校的同学专门来到军艺，只为了"杨洋一日游"。俊朗的脸庞，成绩单上永远无可挑剔的A+，无论是打篮球，还是简单的操场跑步，他总能轻易地从人群中自然而然地脱颖而出。可大家不知道的是，每每有女生盯着杨洋，或者在擦肩而过时听到人家讨论他，他都会心跳加速，脑袋蒙蒙，双手不知如何摆放，两只耳朵更会"唰"地一下就变红……

这种条件反射，也一直延续至他的演艺生涯。每逢和女生演对手戏，杨洋就会不由自主地害羞。可能在别的艺人看来，这种害羞会妨碍演戏，然而也正是这种特质，证明了杨洋的内心有多么纯粹。

二、做姐姐们的"奴隶"，做自己的王

一路被可爱的少女们追逐长大，在成为明星后，支持他的也大多是这些热情真挚的少女，因此在杨洋的生活观里，对女生始终保持着礼貌而绅士的态度。比如在真人秀节目《花儿与少年》中，杨洋在车上与大家第一次见面的时候，就很主动地承担起了男儿之责："接下来，你们就把我当奴隶使吧。"这句看似玩笑却蕴藏真心的话，当场便让诸位姐姐笑得甜滋滋。

陈意涵曾经形容说："杨洋的世界很单纯、很干净。"无论面对怎样任性的女生，杨洋始终都报以理解，并会竭尽所能地去为她们做些什么。

这样的杨洋，让人不自觉地联想到《旋风少女》里高冷深情的若白师兄。杨洋扮演的若白师兄总是身着一袭跆拳道白衣，眉头微蹙，目光澄净，随随便便的转身都仿佛会让空气凝固。平日里高冷无表情，却会在别人注意不到的时候，偷偷帮助喜欢的女生。

主动帮百草洗碗，小心翼翼地在她的道服裤腿上缝缝补补，为了给她交学费，愣是将自己平日里练毛笔字的成本攒了起来，还不让她知道……这位集霸道总裁与温柔暖男于一身的若白师兄，和杨洋本人真是无比神似，难怪他演得得心应手，不仅最后融化了女主角的心，也让电视机前的观众直呼少女心泛滥。

其实，就连杨洋自己都曾说过，真实的自己和若白师兄在性格层面真的蛮像，同样慢热，同样习惯保护女生。对他来说，女生是支撑他成长至今的伙伴，也是最需要他保护的对象。

这并不矛盾，因为在他眼里，女生就是这样复杂的生物，她们偶尔坚强，偶尔脆弱，但无一例外地拥有一颗温暖的心，这对他来说，便是最弥足珍贵的宝物。

明星直播间

赵丽颖：全世界唯一的"赵小刀"

文◎茶 花

一、原来你叫"耿直girl"

一档名叫《偶像来了》的综艺节目，让一位看似呆萌可爱，实则犀利无比的"耿直girl"深深刻在了观众的脑海中。谁也想不到，荧幕前温柔婉约的晴格格、八面玲珑的陆贞女相、天真烂漫的花千骨，在生活中，居然是这样大大咧咧、直来直往的女孩。

没有什么寒暄客套，更不会刻意面对镜头去说什么场面话，还总是一不小心就给身边的同伴们"补刀"，没有一丝丝防备，大家就被她的耿直率真给逗乐了，还给她取了个可爱的绰号"赵小刀"。

某期节目中，赵小刀和"太阳女神"谢娜刚见面，就说了句令大家目瞪口呆的话："娜姐，你口红沾到牙齿上了。"在对方还未从尴尬震惊中缓过神儿来的时候，她又接着毫不顾忌地直言道："娜姐，你的礼服太大了。"此话一出，惹得众人笑喷，如此率真敢于直接表达心中想法的人，娱乐圈中也只有赵小刀了。

越单纯越幸福，面对镜头，赵小刀似乎从来都没有为自己掩饰的想法，也从不在乎这样会不会给自己"招黑"，依旧我行我素地眨巴着无辜的大眼睛，继续到处"补刀"。一会儿撒娇，一会儿搞怪，赵小刀分分钟在"草原女神"与"抢镜大王"的双重身份里切换。在这个综艺节目里，赵丽颖玩儿欢了，完全不像平日里文静柔弱的模样，和欧阳娜娜、张含韵组成的美少女三人组，走

到哪里,哪里就笑声不断。虽然大家时常被赵小刀的"补刀神功"雷得外焦里嫩,可也正是这份直爽,让大家发自内心地喜欢上了这个女孩。

有不妥,就指正;有瑕疵,就直言。其实正因为把对方当作好朋友,才会有话直说,不吐不快。赵小刀呀,特别容易让人联想到现实生活中自己身边的毒舌闺蜜,呆萌而不做作,永远都是一个可以信赖的朋友。

二、全世界都会为你让路

私底下,赵小刀和花千骨确实有着如出一辙的特质,比如单纯,比如倔强,比如那股子初生牛犊不怕虎的勇敢劲儿。

在电视剧《花千骨》中,花千骨刚出场的时候,戴着斗笠、佩着木剑,穿着英气的男装,给人潇洒坚毅的"女汉子"即视感。而生活中的赵小刀,也恰恰属于最不爱掉眼泪的那类人。

一个普普通通的河北姑娘,没有强大的经济后盾,没有五花八门的人脉资源,就这样单枪匹马地闯入娱乐圈,这份勇气,实属难得。在赵小刀的青春回忆录里,15岁之前,她就是个典型的乖乖女。平日里安静懂事,从来不会惹父母生气,本来大家都以为她这一生将会在如此平淡而静谧的状态下安稳度过。可偏偏一次偶然,让赵小刀燃起了对演戏的渴望。

那是一个普通得不能再普通的星期天,还处于爱臭美年纪的赵小刀,趁着放假,和室友一起去逛街。途中,她们恰巧遇到一个剧组在招聘群众演员,从来没有接触过这个领域的赵小刀,看着别人生动风趣的表演,心里突然涌起一股跃跃欲试的冲动。或许是出于好奇,赵小刀鼓起勇气报了名,从此一脚踏入了演艺圈。

跑了数不清的龙套,吃了一顿又一顿没什么油水的盒饭,被人一直诟病非科班出身或是年轻没演技,但赵小刀愣是没有放弃。为了梦想奋不顾身,这大概是作为女生与生俱来的固执。好几年里,她没有作品,称不上出道,能鼓励她的,唯有镜头里由她饰演的那一闪而过的路人甲画面。

敢去尝试可谓勇气,能坚持下来才叫毅力。2006年,赵小刀再次鼓起勇气

去参加了由陈凯歌、冯小刚和张纪中三大著名导演举办的"雅虎搜星"比赛，并且一路披荆斩棘拿到冠军，从此星路终于平坦。而这次难忘的经历也让赵小刀明白：当你决心坚持做一件事情的时候，全世界都会为你让路。

三、做自己，是每个女生都要学会的事情

在影视圈里，有个广为流传的故事。好莱坞传奇女星玛丽莲·梦露小时候非常不被看好，大家都觉得，她并非传统意义上的美女，也与当时流行的形象气质不符。从配角到巨星，这一路，玛丽莲·梦露都是踩着诋毁与唏嘘走过来的。在她看来，女生的美并非唯一的、永恒不变的，每个女生身上都有"美丽"的一面。这所谓的"美丽"，不是指美貌如花，不是指风情万种，而是一个女生身上独有的可爱特质。

赵小刀出道后的几年，和玛丽莲·梦露的经历类似，同样不被看好，同样被流言与八卦包围。

但赵小刀终究还是凭借着精湛的演技，与那股不服输的真实倔强，刷新了外界给她的标签。

和中国大多数人的审美观不同，赵丽颖既没有尖下巴，也没有摇曳多姿的魔鬼身材。

就像青春期里大多数普普通通的女孩一样，包子脸，婴儿肥，穿衣打扮也是简单纯粹，仿佛和娱乐圈那流光溢彩的隆重与奢侈毫无关联。

还记得有一次，赵小刀去剧组试镜，面试她的其中一位导演嫌她的脸太圆了，竟然鼓励她去"磨腮"。面对这般无礼的言辞，赵丽颖想都没想就拒绝了："作为演员难道非得是'锥子脸'吗？能不能演好戏跟脸形有什么必然的联系？如果要依靠整容才能演戏，那我宁可选择放弃。"

虽然最后赵小刀失去了那次饰演女一号的机会，但她从未觉得后悔。而事实证明，她的选择没有错。

"锥子脸"谁都可以复制，而她依靠努力，成了世界上绝无仅有的"赵小刀"。

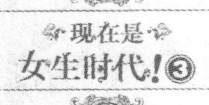

欧阳娜娜："练琴怪"的圆梦魔法

文◎张 群

 01.拯救银河系的美少女

欧阳娜娜的微博下曾有粉丝留言：娜娜上辈子一定拯救过银河系，不然怎么会这么幸运和优秀？此话不假，出生在明星之家的娜娜一出生便被聚光灯所笼罩，父母乃至姑姑都是名震一时的红星，所以含着金汤匙出生的欧阳娜娜自小便接受了万千宠爱。在她出道后，成绩斐然，成为诸多童星中夺人眼球的一位，受到万千粉丝的眷恋，独特的个人魅力也日益展现。这样的一个女生，如若不是上辈子拯救过银河系，怎么会被命运如此眷顾？

首次在荧幕上出现，是在台湾的某个综艺节目上，年仅四岁的欧阳娜娜有些婴儿肥，笑起来嘴角有一个大大的梨窝，梳长长的马尾辫，手托腮的样子萌化了诸多观众。然而令所有人诧异的是，在录制现场，对着摄影机，这个稚气未脱的小女孩竟兀自挖起了鼻孔，妈妈连忙制止她，她却笑吟吟地躲进了妈妈的怀里。因为年幼活泼，她几次把录制流程打乱，然而也因为她的"不合常理"，使那期节目的收视率异常高。那时的人们，压根儿没有想

到，这样天真烂漫的小女孩，不久却成了一个超级学霸，还得到了一个有点儿怪的称呼——"练琴怪"。

接触大提琴纯粹是由于欧阳妈妈的"心血来潮"。她觉得女孩就要从小开始陶冶情操，于是带着年仅六岁的欧阳娜娜拜访名师，接触了大提琴这种在当时还算陌生的乐器。

初学的时候，因为娜娜把大提琴拉得很难听，引起了姐姐欧阳妮妮十二分的不满和强烈的抱怨："欧阳娜娜，你到底要拉到什么时候？"

就连爸爸都忍不住质疑："逼她学这个干吗？以后要去西餐厅表演吗？"

那段时间，连娜娜自己都有些厌恶大提琴：笨重难拉，粗糙的声音犹如锯木头。因此，每当妈妈要求她练琴时，她便撒开腿跑到钢琴前，叛逆地弹钢琴给妈妈听。

初次意识到大提琴的美好，是在一个寻常的下午。那天，娜娜因为下雨不能出门而感到无聊，便拿出大提琴拉起了杨丞琳的新歌《庆祝》，没想到刚拉了一会儿，父亲便从房间里跑出来，连声赞叹："娜娜，是你拉的吗？真好听。"这是父亲的第一声赞叹，也是她开始喜欢大提琴的原因。至于真正爱上大提琴，则是在她八岁时的一场演出上，年幼的她抱着笨重的大提琴，第一次登台表演竟收到了雷鸣般的掌声。站在舞台上的她，望着黑压压的人群，看不清他们的表情，但那掌声给了她前所未有的满足。从那一刻开始，她便把拉大提琴当成了自己一生的追求。

后来的日子里，无论练琴时遇到多大的困难，欧阳娜娜都咬牙坚持了下来。她童年的大部分时光都花在了练琴上，甚至连出门玩乐都不愿意，这一切对她来说是理所当然，但姐姐欧阳妮妮有些着急了。她比娜娜年长几岁，看着妹妹近乎偏执的样子有些担心，便对妹妹说："娜娜，我带你出去玩吧，我希望你能有一个愉快的童年。"让所有人大为意外的是，年幼的欧阳娜娜竟不假思索地回道："大提琴就是我的童年啊。"

女生呀，都是执着的小怪物，一旦认可，就会变得异常坚定。有的女生喜欢粉色，便把卧室装饰成了Hello Kitty（凯蒂猫）的王国；有的女生喜欢吃

糖,蛀几颗牙也在所不惜;而欧阳娜娜呢,喜欢大提琴,所以默默地变成了一个"练琴怪"。也因为这份执着和努力,她成了台湾音乐演奏厅有史以来最年轻的演奏家。

2013年,年仅13岁的欧阳娜娜更是以优异的成绩获得了位于美国费城的顶尖音乐学院——柯蒂斯音乐学院的全额奖学金。

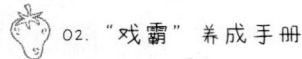
02. "戏霸"养成手册

欧阳娜娜出生在演艺世家,自然自带演艺细胞。她在演艺圈初试锋芒便是出演电影《北京爱情故事》。

影片中,娜娜扮演的纯美少女刘星阳也是一个大提琴爱好者,这次演出一下子把她心底蛰伏的那些表演欲全部激发出来,凭借着这股热情,她的演出十分顺利,连导演都赞不绝口:"虽然没有经历过专业的表演训练,却非常自然,贴近生活。"

如果说《北爱》只是娜娜的初次"试水",那么电影《破风》便是她演艺事业中最重要的转折点。在《破风》中,她表演了一个特别的角色——天才机械师,这对于向来以优雅可爱示人的她来说本该是一个非常艰巨的挑战,既要将这个角色身上男孩子般的帅气表演出来,又不能失去女孩的温柔。可这些困难对于我们的"银河系美少女"简直如同浮云。

为了将自己代入角色,她把皮肤晒得黝黑,还自诩这才是健康肤色。为了使自己更深入地融入角色,在拍摄期间,她的微信名都改成了角色名。

电影上映后,圈内人士对她演技的肯定证明了她的努力没有白费,银幕上那个率真的女孩,一举一动都生动地诠释了角色本身。

女孩就是这样,为了喜欢的事啊,做再多努力都没关系,付出再多心血也不要紧。

无论对音乐还是对表演,欧阳娜娜都怀揣着一腔热血,因为这腔热血,银河系美少女身上的光芒才如此耀眼,闪闪发光!

明星直播间

Angelababy：
软萌鲸鱼的小幸福

文◎清 尧

01. 一只温顺的软萌鲸

  Angelababy14岁以模特身份出道，至今已经进入演艺圈12年。

  12年时光漫长，从戴着牙套的混血少女到如今的演艺圈公主，很多人见证了她的蜕变和成长，但她依然是那个名字里带着"baby"这样可爱字眼的软萌女孩。

  说起这个名字的由来，有些令人忍俊不禁。

  当初，因为嫌弃自己的英文名Angela不好发音，又因为幼年时有些baby fa（婴儿肥），所以她便索性给自己取名Angelababy。

  没想到，她居然挂着这个名字一炮而红，成为诸多人心中的Baby公主。

  Baby性格中最大的特点就是软萌，温顺。

  因为这种性格，她在圈子里人际关系一直不错。

  她的微博，也如同她的性格一样暖心、治愈，悠然自得，基本上，她的微博只有两项主要内容：猫和黄晓明。

  她像普通女生一样热爱小动物，有事儿没事儿黑黑自家的"猫咪大人"，除此之外，她最常做的，就是晒她家的帅气王子——黄晓明。

  虽然Baby在外人面前永远一副优雅、坚强的模样，但在面对"王子"的时候，却变得格外地柔软、容易害羞。

  "王子"黄晓明曾经笑着对媒体爆料："有一次我和Baby去看她刚上映的

电影,里面有她和男主角谈恋爱的戏份,在电影院里她突然蒙住了我的眼睛,不让我看。"

你看,Baby是有死穴的,她的那些傲娇、调皮甚至害羞的小性子,只会在喜欢的人面前尽数展现。

这样的Baby,真实得可爱,完全不像T台上冷艳的女模,更不像大银幕上闪闪发光的明星。

女生呀,就是这样的小怪物,她们的世界可以什么都没有,但是不能没有粉色的童话和骑着白马的王子。

在梦想和爱里生活的女孩,永远是美好又软萌的鲸鱼。

她们温顺,可爱,却总是害羞地躲在浩瀚的大海里,掩藏着自己的美好。

只有面对合适的时间、合适的人,它才会小心翼翼地浮出水面,发出幸福的长鸣。

02.一只野生女汉子

女生是一种外在属性软萌可人,内心藏着赛亚星人能量的奇怪生物,而Baby呢,自然也会偶尔被女汉子"附身"。

Baby在娱乐圈里被称为"拼命三娘",工作起来,时常只能睡三个小时。

在巴黎时装周结束后,记者从经纪人处得知,Baby前一晚仅仅睡了三个多小时,睡眠严重不足,记者忍不住提问:"这样身体受得了吗?"

Baby想了一下,咬着嘴唇认真回答:"健康和事业的确常常不能并存。"

这样的回答,听起来无奈,但也字字透着她的理智和坚强。

在拍摄照片的过程中,时常有工作人员因为疲惫哈欠连天,最终忍不住回酒店休息。

只有Baby像充满了电一般,始终精神抖擞,穿着单薄的春装,在温度只有个位数的巴黎户外认真地摆pose(姿势)。

这样敬业的样子令采访记者都感动得说不出话来。

因为一直以来,她的名气和作品始终不成正比,没有十分优秀的代表作,

所以Baby始终在努力，希望通过不断的表演，突破自己，超越过去的自己，希望在演技派和偶像派中达到一个平衡。

很多人对她的努力感到不解，在他们看来，Baby天生幸运，比别人漂亮聪慧，拥有很好的机会，接下来只要努力做个"花瓶"就够了。

但Baby不希望依附于任何人，不愿意只做一个花瓶。

因此，她从未放弃对自身的提高，并且更加注重自身的努力，在各方面都在尽力尝试。

参加大型真人秀《奔跑吧，兄弟》是她做的一个很重要的决定。

真人秀往往风险和利益并存，展现了过多的个人真实状态，有时会令偶像失去神秘感，让偶像变得平民化，但也有可能让偶像展现与银幕上不同的自己，从而带来更多的粉丝。

显然，Baby便是后者。

电视中的她俨然一位开足马力的女汉子，在撕名牌大战中连撕几位男生，成了众人口中的"撕名牌女王"。

这样活泼有趣的另一面，比起银幕上漂亮却遥远的"公主"，自然让人更加喜欢。

虽然无法预知未来，但人生不负好姑娘，尤其是Baby这样"进可软萌，退可女汉子"的坚强姑娘。

总有一天，她会成为她想变成的那个自己，而我们现在能做的，就是看着她一步步走向那一天。

吴磊：
美少年与"糖果少女"

文◎闫晓雨

一、"模仿"是演员修炼的姿态

每个人都有一些秘密的小怪癖，而国民弟弟吴磊的这个小怪癖，让人觉得可爱不已。

从小极具表演天赋的他，私底下最喜欢的便是模仿：遇到动物龇牙咧嘴他就跟着手舞足蹈，遇到玩偶模型他也会摆起同样的pose，而遇到美少女时，他不仅会模仿人家，甚至企图一争高下！

就在前不久，有网友晒出了一组"古装少女"的短视频。一头飘逸长发，绯红的锦绣外衣，再加上化了淡妆的清秀小脸，让人不由自主联想起古时豆蔻年华的少女来。然而，"美少女"一开口，就吓掉了观众下巴："看我聪明伶俐，美丽大方，秒杀我们剧所有女主角哦！"这声音，分明是吴磊嘛！故作娇嗔的语气、少女味十足的装扮，这位以帅气可爱著称的美少年真是让人大跌眼镜。

事实上，这并非吴磊第一次"男扮女装"。在他12岁时出演的电视剧《淘气包马小跳》中，他就曾经身着一身旗袍，大摇大摆地穿梭在片场。只不过那个时候他年纪尚小，没有真正模仿出女生的韵味来。但毫无疑问，他模仿和表演的天分，在那时便显现了出来，从此一发不可收。从活泼可爱的"马小跳"，到潇洒英气的《琅琊榜》中的飞流，吴磊的演技随着年龄的增

长而迅速提升，到今年拍摄网剧《仙剑客栈》时，他已经可以驾驭任何角色了——哪怕那个角色，是个妙龄少女。

对于很多以"颜值"著称的演员来说，穿女装搞怪的表演堪称"掉粉杀器"，吴磊从不会为此而犹豫不决，只要是他需要去演绎的，就绝不会打退堂鼓，这是敬业，亦是责任。

二、是谁偷了我的作业本

喜欢一个人，就去捉弄她——少年的感情总是这么不可理喻，却又一目了然。在热播青春偶像剧《旋风少女》中，饰演亦枫的吴磊便是一个这样的"淘气包"，与暗恋的女孩范晓莹之间的各种欢喜斗气让观众欲罢不能，甚至为他们取了一个可爱的昵称——"迎风夫妇"。

剧中始终默默守护着晓莹的吴磊，凭借着帅气的外形，和恶作剧背后比大白还温暖的贴心呵护，融化了电视机前所有少女的心。而晓莹，也像极了现实生活中的平凡女孩，喜欢一个人的时候就偷偷观察对方的一切，小眼神飘忽不定，小心脏扑通扑通，每每看到若白师兄走来都不由自主地全身进入僵硬状态。尽管观众都看出了亦枫对她的心思，这个笨丫头却浑然不知。因此，亦枫时常会在若白身后表情落寞，在晓莹难过的时候面露心疼。这些温柔的表情太真实，让大家不由得揣测，现实生活中的吴磊在耍帅扮酷的表面下是不是也有如此温柔的一面？他又是怎么看待女生的呢？

对于这个话题，吴磊的回答着实让人惊讶："其实，我对女生真的有点儿不能理解。"

"在学校的时候，每次上完体育课，我的作业本就会被撕掉。"吴磊说起这些的时候，嘴角弯弯的，看不出一丝一毫生气的痕迹，反倒满是包容。

在学校里，吴磊经常会碰到这类莫名其妙的"怪事"：作业本经常无缘无故就丢了，作业本封面上的名字也老是被齐刷刷地撕走……每当这个时候，他的心里就会浮起连绵不绝的疑惑：这些女生到底是怎么想的呢？为什么喜欢撕我的作业本？撕我的作业本能够让人心情变好吗？想要签名的话，

可以直接跟我要嘛……

后来，为了保护自己的作业本，吴磊想到了一个"绝密计划"——不在封面上写名字，改在了作业本内部的右上角。吴磊得意扬扬地在镜头前说出这些，却完全没有意识到，等女生们听到你的小伎俩，下次就会撕作业本的第二页喽！

三、女生就像限量版糖果

现年16岁的吴磊，身高178cm，挺拔如白杨，举手投足之间既有男孩的青涩，又有隐隐的稳重气质。或许是和他童年就出道有关，在经历过不同角色的锻炼后，吴磊身上的可塑性越来越强，在影视剧中时而俊秀漠然，时而邪气凛冽；在现实生活中亦是可萌可酷，举手投足都是时尚逼人的"潮范儿"。这样的男孩子，当然招女生喜欢了。然而，这些女孩子记录喜欢的人的方式，让他分外不解。

"为什么在女生的手机里，那些在我打篮球时拍下的照片，都是歪瓜裂枣、表情狰狞的？"吴磊边说边比画，还做出上篮扣球的搞怪姿势，让人忍俊不禁。

年纪不大的他大概并不明白，女生就是这样一种神奇的生物，喜欢一个人，不仅要了解他光鲜亮丽的一面，还要去了解他背后的真实模样。一旦发现与众不同之处，便会当成专属于自己的小秘密。不过，虽然不解，但他依然选择尊重所有的女生，绅士得不亚于其他已经成年的"明星哥哥"。

比如在最近的一场时尚盛典中，吴磊在与"小龙女"陈妍希一起走红毯时，就曾有记者注意到，吴磊彬彬有礼地先让"姑姑"签名，还会时不时小心翼翼地搀扶对方一下。小小年纪就如此照顾女生，让粉丝们不得不为吴磊点个赞。

对他来说，女生就像一颗颗限量版的糖果，太暖会融化，太冷又有碎裂的可能，因此要恰到好处地捧在手心，虽然没有剥开糖纸，不知道它的真实味道，却明白，她们的内心一定十分美好，值得好好收藏。

强档星笔会

人气小编变身全能作家，
打造浪漫迷人的长篇小说

第一章 提着梦写下约定

　　夏飞和叶伟豪一走进蓝时文化公司时，编辑吴唔小姐就迎了出来。她笑容满面，戴着一副大框架的玳瑁色眼镜，为了迎接两位少年，特意涂了豆沙色的唇膏，头发随意地绑在脑后，虽然看起来有些倦意，但动作还是一如既往的潇洒，一见到他们，她就笑道："大作家！总算来了！"

　　夏飞一脸严肃，叶伟豪则笑嘻嘻地说："哇！换了新眼镜看起来年轻了十岁，真像我学姐！"两个少年乍看起来有点儿像，都身形高大，一脸阳光，但细心观察就会发现他们性格迥然，差别极大。

　　头发乱糟糟的那个是叶伟豪，他长着一张时下十分讨人喜欢的面孔，白皮肤、大眼睛，五官比女孩子还要精致，乍看就像漫画人物似的。

　　而话虽不多，却能够让人产生信赖感的则是欧阳夏飞，他有一双十分温柔的眼睛，圆圆的脑袋，脸上总是挂着笑容，像那种每个少女都拥有的邻家大哥哥，有什么麻烦都想要找他帮忙，有什么心事也都想与他诉说。

　　虽然两个人走在一起时，引人注意的往往是叶伟豪，但私底下吴唔还是喜欢夏飞多一些，她是个传统的人，觉得男孩子还是成熟大气一些比较好。

　　相比之下叶伟豪就显得有些油嘴滑舌了，所以吴唔斜着眼看他，冷冰冰地说："你的意思是我现在已经二十六岁？"

　　叶伟豪吓得立即站直了身体，左右开弓佯装打自己的脸，一遍遍道歉："我的错，我瞎了，吴姐你最多二十岁，年轻十岁还是个小学生！"

　　夏飞却道："吴姐你不管多少岁都这么潇洒，相比之下年轻漂亮算什么！"

"这么会说话，怪不得是大作家！"吴唔虽然这样说，却还是笑了起来，办公室里几个年轻的编辑也都跟着笑，道："叶伟豪你的嘴巴跟夏飞比起来差远了！"

叶伟豪说："不算数，夏飞有个青梅竹马可以练习，当然比我专业！"

一提到夏飞的青梅竹马，夏飞便像变了个人一样，有些腼腆地说："你也有一大堆女粉丝，好不好？"

编辑们看到夏飞那副表情，立即乐开了花。

吴唔眼看着编辑部就要乱成一锅粥，连忙制止道："好啦，我们得抓紧时间开会。你们喝什么？"

"咖啡。"

"可乐。"

喝咖啡的是欧阳夏飞，喝可乐的是叶伟豪。两个少年也跟自己点的饮料一样，一个沉稳含蓄，一个活泼好动。

他们今天都特意打扮得成熟了一些，夏飞穿着条纹衬衫和亚麻长裤，看起来很有传统作家的儒雅；叶伟豪则借来了爸爸的西服，只可惜脚上的球鞋还是出卖了他，一看就是个中学生。

一行人走进会议室坐下，窗外是南方特有的绿葱葱的夏日，房间里随处可见蓝时文化公司出版的书，小茶几上摆着几株绿色植物，显得典雅而别致。

这就是出版公司跟一般公司办公室的区别了：宁静、温和，充满书香。空气中有墨水和纸张的味道，大家都各自坐在桌前翻着面前的书页，或者对着电脑敲击，令这个下午显得格外舒服。

有别于一般公司，出版公司的繁忙表面是看不见的，大家都静悄悄的，虽然时不时有电话声响起，也是错落有致。

吴唔等大家都坐下了，才摊开面前的笔记本道："今天找你们来是说说今年的出版计划，你们那两本书的反响都不错，虽然不算是爆红，但对新人来说已经是很好的成绩，我们想趁热打铁今年再出一套，你们两个有什么想法吗？"

夏飞和叶伟豪忍不住都看了看墙上的海报，海报上的面孔不是别人，正是

他们俩。去年夏天,两个人为了讽刺学校里那些沉迷于言情小说的女生而心血来潮各写了一本书,夏飞写的是一个女生穿越到古代,却因为连基本的生活礼仪都不会,挣扎着活了几个月,最后还是被赐死的故事;叶伟豪写的则是一个蠢蠢的灰姑娘,因为办事不力而被总裁开除,从此过上了惨淡生活的故事。

夏飞的文笔原本就不错,写起来轻松顺手;叶伟豪的差一些,但胜在故事情节比较欢脱,读起来也很愉快。

本来是写着玩的,谁知道发布到学校的论坛上却大受欢迎,大家都催着他们继续写,并出了不少主意,于是不知不觉就写了七八万字。

内容虽然很丰富,两个人却都没什么想法,觉得纯粹就是逗大家一乐,谁知道有个初中部的女生是书商的女儿,很喜欢这两本书,便把书介绍给了一位编辑,她就是吴唔。

吴唔一开始并不抱什么希望,心怀卖个人情给老板女儿的想法看了一会儿,谁知道看完之后,竟然很喜欢。

凭着编辑的直觉她感觉这两本书一定能够大卖,于是立即联系了那两位男生,第一次见到他们就心生喜欢,当即决定将他们以组合作家的形式推出,取名为"校草时代"。

后来证明吴唔的眼光的确很准,两本书一经出版就有了不错的销量。但在书出版之前,两个人也是吃了不少苦的。在网上写东西跟出版可不太一样,出版有出版的要求,文笔、情节,缺一不可。网络流行语当然是不能要了,须换成书面语言;故事嫁接痕迹严重,也得重新梳理……

那个时候夏飞和叶伟豪都想放弃出版了,是吴唔一直盯着他们、陪着他们,所以两个人至今都很感激她。

好在功夫都没有白费,两本书一经出版就饱受好评,读者喜欢得不得了,不仅主动给他们建了一个网站,还开通了各种后援会微博和公众微信。

夏飞从小就喜欢看书,热爱故事里的世界,一心向往着有一天能够成为一名作家。可是,谁能想到这一切来得这么快呢?还没到十八岁就出版了自己的第一本书,虽然并非他想写的那种,但"作家梦"却不再只是个梦,而是渐渐地变得触手可及。

叶伟豪则与夏飞相反，虽然他也喜欢看书，但远不如夏飞这么文艺。他喜欢的是那种情节曲折、戏剧性十足的科幻或推理小说，相比写作，他更想成为一名黑客，但偏偏他那冷冰冰的文笔别具风格，也很受欢迎。

面对突如其来的成功，两个人都不太适应，但还没来得及享受，吴唔就督促他们开始写第二本书。两个人心里也都明白，第一次成功多多少少还是有运气的成分在里面，第二本书才比较重要，是展现实力的时候。

问题在于一直写同一类型的书也没什么意思，何况头两本书皆是他们心血来潮之作，想要发挥实力，两个人就得写一些别的东西才行。

所以夏飞不假思索道："这一次我们想写一些别的东西，不想再写那些俊男美女的小说。"

夏飞平时也是比较活泼的人，但跟人谈事情免不了要刻意成熟一些，然而那种拘谨在吴唔看来，反而是年轻人讨人喜欢的地方。她挑起眉毛，坐直了身体问："哦？想写什么呢？"

"我想写一本较为严肃的小说，伟豪想写推理小说。"

夏飞和叶伟豪有种默契，那就是谈正事的时候都由夏飞出面，其他时候则由叶伟豪打圆场。

所以一看到吴唔的表情叶伟豪就补充道："你也知道我们俩那两本书是为了讽刺市面上的言情小说才写的，再写一本同类型的就不新鲜了。"

吴唔却道："读者还没有到厌倦的时候，正好相反，读者还不够熟悉你们，写新题材是很冒险的事情，所以我建议你们还是坚持原来的风格。"

"但那种类型的书，市面上已经泛滥了，都是穿越到古代被斩首，或是性格矫情而混不下去。"

"还有闯荡江湖一出场就被人砍死。"叶伟豪笑着补充。

吴唔始终温和地说："正好相反，就像霸道总裁或穿越故事有千千万万种，反过来恶搞，其实也有千千万万种，尤其你们俩几乎是这一类型故事的创始人，由你们两个继续写，大家也更喜欢一些。"

"可是，如果是自己不感兴趣的类型，我也写不好。"夏飞捏了捏鼻子，有些尴尬地说，"其实在来之前我们就想过了，如果再写一本那种类型的小说,大家都觉得又无趣又累。"

他说着,看了看叶伟豪,叶伟豪点头如捣蒜一般,说:"能想的内容都想过了,没一个有意思的。"

"但风格这东西,是需要无数练习才能形成的,你们另外开辟一种风格并非那么容易的事……"

"好歹试试再说。"

吴唔看了他们一会儿,才道:"你们啊,还是年轻,其实我也觉得年轻人应该多尝试,多摸索,但机会这种东西,可不是说来就来的,上一次是你们运气好,可以一出手就写出两部大作,下一次可就不一定了。不要以为读者现在热爱你们、耐心地等待你们,就会一辈子都记得你们。如果不懂得趁热打铁,保持一定的规律出新作,三个月后他们就转头去看别人的书了。这个世界就是这么残酷,新作家三天两头就冒出来一位,旧作家还有几个能被人记住的?你们看过多少人的书,能记住几个作家的名字,难道还不清楚吗?所以还不如趁现在先积累一些读者,两三年之后,就算你们写得再烂也会有人买账。再说,有了读者的支持,你们转型也会方便一些。"

姜到底是老的辣,吴唔几句话就把他们的想法驳倒了。夏飞和叶伟豪互相看了一眼,明知道她说的有道理,但还是被那句"写得再差"刺到了,不高兴地说:"你怎么知道我们写不好?"

正说着,门被推开了,吴唔看了一眼立即站了起来,道:"宫总。"

"你们继续聊,我就是来看看。"

站在门外的,正是蓝时文化公司的老板宫墨明。跟吴唔的书卷气不同,他一看就是个商人,一身商务套装,有些胖,小小的眼睛里透着精明。他的女儿就是当初力荐夏飞和叶伟豪的作品给吴唔的人,名叫宫舒悦,只有十五岁,却被爸爸宠坏了,极难相处。因为那套书的缘故,夏飞与宫舒悦打过一阵子交道,只觉得无比痛苦。如今见了宫墨明,自然也起了连带反应,有种说不清的厌恶。

叶伟豪却见惯了商人,他父母都是生意人,他自小就对这些大老板毫不见外,于是当即站起来说:"宫总,我们不想写之前那种小说了。"

跟吴唔不同，宫墨明一听就笑了起来，道："我猜也是，男孩子嘛，总想写一些更精彩的东西。你们想写什么？"

叶伟豪便把他跟夏飞的计划说了，宫墨明边听边点头，时不时地回应"没错""对""是"。看到他的反应，夏飞和叶伟豪都觉得有些希望了，谁知道他思索一阵，却说："你们说的都有道理，不过呢，我是一个生意人，从公司运作的角度来说我比较赞成吴小姐的说法。第一，你们的市场还不够稳定，同类型的书多写几本打好基础比较重要；第二，国内的严肃小说和推理小说市场都不是太好。当然啦，我不排除你们能写得非常好的可能性，不过，这对我来说太冒险了，没有人会做赔本的生意，懂了吧？"

"那如果确定我们的书能卖得好呢？"夏飞忍不住说。

"怎么确定？"

"比如，先在网上连载？"叶伟豪道。

宫墨明一听就哈哈大笑起来，接着才说："孩子们啊，现在在网上连载可不算什么，要知道网络小说可不如前几年那么火，是个人都忍不住在网上开连载，结果呢？卖得好的有几本？再说，有人看网络小说和有人买纸质书是两回事，根据我们的调查，愿意为纸质书买单的读者不到万分之一，也就是说一万个人里只有一个人肯买纸质书……"

"那也不少了。"夏飞突然站起来道，"按照您的说法，如果一万个人里只有一个人买的话，阅读量十万就能卖出去一万本，而阅读量一百万就有十万本，这总不是赔本的生意吧？"

"阅读量百万可没那么容易……"吴唔突然在一旁说。

夏飞却道："只是不容易，又不是办不到。如果我们能办到呢？"

他看着宫墨明的眼睛，不知道是不是自己的错觉，宫墨明的目光里竟然有一丝赞赏的意味。夏飞那时才发觉他其实并不讨厌，事实上，他的眼神甚至可以称得上是睿智。

也难怪，毕竟是老板，如果他不睿智的话，蓝时文化公司也不会在几年内蹿得这么火。在接触蓝时公司之前，夏飞从来没注意过"蓝时"这个名字，接触之后，才发现市面上十本畅销书里有四五本都是这家公司做的。他对出版或

生意都一窍不通，但也知道做到这一步可不容易。除了洞察力和鉴赏力之外，还得有魄力才行。几年前在绘本旅行书还没有流行的时候，蓝时公司就已经率先做过几本，后来证明老板的决策是对的，那几本书都非常火，夏飞的学校里有不少人在看。

想到这一点，夏飞突然忍不住说："您之前不是也做过根本没有人卖的书吗？后来不是证明您的眼光是独到的吗？为什么这一次不肯再试试呢？说不定您出版过之后，严肃小说和推理小说也能红起来呢？"

听到这几句话，宫墨明忽然哈哈大笑起来，道："没想到你知道那几本书！"接着他站起来仔细打量了夏飞一番，才说，"那么我们就来试试好了，按照你说的，阅读量百万，如果能达到，我保证你以后想写什么书都没有问题！"

夏飞怔了一下，不确信地问："什么书都没问题？"

"没错，什么书都没有问题。"宫墨明伸出手拍了拍夏飞的肩膀，才转过头对吴唔道，"这小子有我当年的风范！"

夏飞心里想：鬼才有你当年的风范呢！可是脸上却是一副得意扬扬的表情。

叶伟豪则大叫了一声："太好了！"紧接着转过头问吴唔，"吴姐你说呢？"

吴唔撇了撇嘴巴道："老板都发话了我能怎么样啊？不过你们俩也别高兴得太早，这事儿可没你们想象的那么容易。"

夏飞却笑了起来，道："嘿！我们是年轻人嘛，想得不容易怎么行？"

宫墨明在一旁大叫："说得好！那，我们走着瞧好了！"

两个人得意扬扬地走出蓝时文化，心里都很高兴，但没过多久他们就反应过来刚才有多冲动。

"百万阅读量？我们俩到底行不行啊？"叶伟豪不确定地问。

夏飞则搔着脑袋道："不行也得行，海口都夸下了，总不能反悔吧？"

两个人思索了一会儿，接着一起叹了口气。

等夏飞回到家换了身衣服之后已经是下午四点半了,再回学校也来不及了,他干脆跑到楼下去打篮球。

不得不承认夏飞是个幸运的人,他家境小康,父母感情深厚,有一个比自己大三岁的哥哥,去年以优异的成绩考入重点大学。夏飞自己呢,学业从来没有遇到过问题,每次考试都可以轻松进入年级前几名。他在学校里有着很好的人缘,大家都信赖他,喜欢他;他心血来潮写了一本书,结果竟然顺利出版了!

因为这本书,夏飞在学校里成了个名人,走到哪里都有人叫他一声"大作家"。他父母起先还觉得他不务正业,但看到夏飞不仅没耽误学习,还赚了一笔可观的稿费,也就不再计较了。

那笔稿费夏飞除了给自己买了一双鞋之外,剩下的都孝敬父母了。他家不过是个小康之家,父母都是普通的企业职员,家里虽然衣食无忧,但也谈不上大富大贵。同所有人一样,他们也会觉得自己的衣物不够体面、家电不够高级,夏飞给父母一人买了一套衣服,虽然不是什么大牌子,但毕竟是自己赚来的,两个人都很高兴,逢人便说:"这是我儿子给我买的!谁能想到呢?他竟然成了个作家!"

因为从小就懂事,夏飞的父母很少苛责他,老师也不曾给他施加压力,他几乎没遇到过什么烦恼。除了初二那一年,当别的男同学都在凶猛地长高的时候,他的身高却始终停留在一米六五。

但就连这个烦恼都没有持续太久,到初三的时候他开始突飞猛进,一年就长到了一米七六。

这样的人生对别人来说求之不得,可是夏飞在思索新小说题材的时候,却突然发现了问题。那就是:这样的生活未免也太顺利了吧!

想到这里他忍不住用力把篮球抛了出去,气馁地坐在了地上。

也许对别人来说,人生顺利是一件好事情,但对于一个渴望成为知名作家

的人来说，这却是个不小的劣势。众所周知，想要成为一名作家，除了需要一定的文笔和对生活的敏锐度以外，还需要深邃的思想。夏飞才十七岁，没有太多经验和阅历，灵感源泉不外是书籍和生活本身，可是生活缺少挫折，他就没办法挖掘更多潜藏在平静之下的暗涌。

换句话说，除了那种脱离了日常生活的情节夸张的小说之外，他根本想不到可以写什么。

想到这里，夏飞忍不住叹了口气。

这时却有个人在身后轻声问："谈判不愉快？"

夏飞回头，看到他的"青梅竹马"苏子兮。

她一如既往地穿着整洁的校服，黑色的长发垂在肩头，夕阳透过头发的缝隙落在肩膀上，形成一种耀眼的金橙色。

他们俩不仅是邻居，还一直在同一所学校念书。苏子兮是学校里出了名的美女，一张具有古典美的鹅蛋脸，白皙的皮肤，眼睛波光粼粼，像温柔可人的小龙女。夏飞虽然与她从小一起长大，但每次看到她，还是会忍不住在心底惊叹一声，她怎么会突然之间就长大了呢？

他却忘了，对男生来说，一个女生长大了，无非就是变漂亮了的意思。

她一脸微笑，似乎很乐于见到夏飞忧愁似的。

夏飞这才站了起来，道："没有，谈判不算太顺利，但总算是有了眉目。"

"怎么说？"

夏飞把下午发生的事告诉了她，她笑了起来，道："真有你们的！打赌？亏你想得到。"

夏飞不好意思地抓了抓头发，才说："一时冲动。"

"不过百万阅读量很难办到吧？"

夏飞捡起了篮球，有些无奈地说："反正话已经扔出去了，硬着头皮也得上啊。"

"我倒是不怎么担心，你的那些小粉丝还是很厉害的。"苏子兮虽然表面这样说，笑容里却颇有一丝幸灾乐祸的意味。夏飞看到她这么得意，心里有些

不服，主动换话题道："你呢？钢琴准备得怎么样了？"

年底苏子兮要在学校的晚会上表演钢琴，虽然是个小节目，但对好几年没碰钢琴的苏子兮来说也足够头痛的了。果然一提到这个她就唉声叹气起来，道："别提了，根本没空练，尤其是最近还答应了别人做一份兼职。"

"兼职？"夏飞一头雾水。

"你不知道？初中部那帮女生组织的。还记得几年前饼干厂着火的事吗？当时有个女孩子替爸妈值班，结果背被横梁砸到了，三级烧伤，虽然治疗好了，但留了一个很大的疤，从腰部一直延伸到脖子这里。"苏子兮撩开了头发指了指自己的脖子和耳根，当然她的脖子洁白无瑕，只有几缕碎发，但夏飞还是呆了一下，继而脸红起来。

苏子兮却没觉察到夏飞的异样，继续说道："那个女孩子家境不太好，父母一直凑不够钱给她治疗，初中部那些同学觉得她太可怜了，本来想组织捐款，但老师觉得这不算太大的事，再说，都已经过去了那么多年，所以没同意，那些女孩子就自发地组织捐款，钱一直凑不够，大家就联系了一些企业，找了点儿小事情集体做，打算用赚到的钱给她激光除疤。当然，这些都是瞒着她的。"

夏飞只觉得不可思议，摇摇头道："你们如此兴师动众就为了这种事？"

苏子兮却提高了声音道："你们男生才觉得是小事！你没有见过那个女生，她很可怜的，夏天都穿着高领衣服，如果不做手术的话一辈子也没法穿露背装了！"

夏飞却反问："你没烧伤啊，但也没有每天穿着露背装乱跑吧？"

"不想穿和不能穿是两码事好不好？"苏子兮朝他翻了个白眼，但从夏飞那个角度看来，这个表情却格外可爱。他忍不住笑了笑，才说："好啦好啦，知道女生爱美行了吧？"

"你才不知道呢！"苏子兮有些生气地说，"你们根本不知道这对女生来说意味着什么，我们去找男生一起帮忙，他们都觉得我们太虚荣！可是你们花几千块买球鞋难道不虚荣？"

"才不是呢，那是因为球鞋穿起来舒服，又有纪念意义！"

"难道穿露背装就没有纪念意义吗？"

眼看着苏子兮就要发火了,夏飞连忙转移了话题:"那你是做什么兼职?"

"有个同学的姐姐开了一家连锁便利店,她跟姐姐商量大家轮流去值班,有的人是晚上,有的人是早上五点到七点,因为大家还要上课啊,没办法每天都去,轮流来就方便多了,也轻松一些。我答应了她们帮一个月的忙,是早上那班,那个时候我爸妈还没有醒,他们应该也不知道。"

"那个点儿有什么忙的?"夏飞一脸困惑。

苏子兮又朝他翻了个白眼,道:"那个时候很忙的好不好?你去学校的时候没有注意过吗?送货员刚好送东西到各个便利店,便利店的工作人员又忙着卖早餐,根本忙不过来,我们就帮忙收货清点什么的。"

夏飞想了想,才发现好像的确是有这么回事。但他还是忍不住说:"这样一个月能赚多少钱?简直神经病呀!"

苏子兮这回是真生气了,一跺脚道:"我都说了你们不懂!"

说完,她转身钻进了楼道。

夏飞看着她气恼的背影,却忍不住笑了。

可能在别人眼里苏子兮是个女神级的女孩,她漂亮、聪慧、优雅,成绩很好,多才多艺,性格也落落大方,很好相处。因为在学生会工作,需要常常跟一些其他年级的人打交道,所以低年级的女生都很崇拜她,一见她就乖巧地叫一声学姐,遇到问题也喜欢找她帮忙。

夏飞知道她热衷于帮助别人,哪个女生家里出了问题,她第一时间组织大家去帮忙;哪个人跟学校里的人有矛盾,她就想办法帮忙化解。夏飞所在的学校很大,初中部和高中部加起来六千多人,至少有五千人认识她。她走在路上总是神采奕奕的,冷不防就被一堆女生围住问东问西,小到哪里能买到跟她一样的发卡,大到将来考哪所大学比较好。总而言之,在学校里,苏子兮就是个领袖一般的人物,但凡她说什么,从来都是一呼百应,没有人不买账。

可是在夏飞眼里，苏子兮是个虽然机灵，却总是犯迷糊，也很任性的姑娘。他们俩从小一起长大，所以他知道她所有的糗事，比如有一年苏子兮头上长了虱子，不得不剃了个光头。那年他们四五岁，本来性别特征就不怎么明显，变成光头的苏子兮自然而然被人当成了男孩子。但苏子兮喜欢穿裙子，为此每天在家里大吵大闹，非要穿裙子出门。结果到了幼儿园，其他小朋友都嘲笑她光头还穿裙子，她就每天哭哭啼啼地找夏飞去打他们。夏飞自然不会为了这种事打架，但照样会训斥别人不许欺负苏子兮。那时候在夏飞眼里，苏子兮就是个需要保护的可怜虫，而自己则是那个威武的英雄。

一眨眼十多年过去，当初那个小光头已经变成了一个漂亮的少女，夏飞想到她那一头漆黑的长发，以及刚才她特意给他看的脖子，忍不住感慨时间真是神奇，竟然把那个可怜虫变成了一种自己根本无法理解的可爱生物。

比如，她们省吃俭用也要买漂亮的裙子，哪怕平时在学校里那些裙子根本没有机会穿。

比如，她们每个人都苦恼着自己发胖，虽然她们看起来就像一群瘦弱的小鸡一样跟"胖"字根本没有关系。

比如，她们总是在为一些夏飞永远也不能理解的原因激动或生气，毫无逻辑可言。

但夏飞也不得不承认，女生这种生物虽然很奇怪，若是少了她们的话，生活又该是多么无趣。

第二天，夏飞特意起了个大早，经过便利店的时候果然看到苏子兮正在那里忙碌，她穿着白色的衬衣，头发汗津津地贴在额头上，一旁的货车上堆满了面包和牛奶之类的东西，苏子兮对着手里的单子一一清点，接着吃力地把装面包的架子朝便利店里拖。

夏飞原本充满兴趣地在一旁看着，看了一会儿又于心不忍，走过去问："要不要帮忙？"

苏子兮也不客气，指了指脚下的几个箱子道："这几个帮我抬到里面，里面有人告诉你放在哪里。"

夏飞把几个箱子叠起来，一口气抱了进去，果然看到另外一个面熟的女生

正在整理冷柜,那是苏子兮的好朋友之一,外号叫"兔子",她戴着一副眼镜,性格也软绵绵的。看到夏飞她有些高兴,说:"你来得正好!我刚才整理仓库的时候不小心撞倒了几个箱子,我个子不够高,你帮我摞上去可以吗?"

"在哪里?"

那个女生打开仓库的门,夏飞这才发现便利店原来也是有仓库和洗手间的。仓库很小,不到三平方米,一堆箱子正堆在门口,似乎是在抗议兔子的无理对待一般。

夏飞苦笑了一下,才抓起箱子摞到上方,唯恐她们再碰到,重新整理了一下,确定稳固了才拍了拍手道:"好了!"

"太谢谢你了!我请你喝牛奶!"

"不用,我包里有。"但夏飞还是忍不住说,"你们这种办事效率,老板还真敢找你们帮忙啊!"

苏子兮正好走进来,想也不想就说:"说了你也不会懂!这家店的老板是女人,很清楚地知道我们在做什么,才肯请我们的,这样也算是间接地帮到那个女孩子了。"

"那为什么不直接出钱?"

"你懂什么!直接出钱有什么意义!"说完,她又朝他翻了个白眼。

夏飞朝兔子吐了吐舌头,走出便利店,兔子很理解似的,也冲夏飞眨了眨眼睛,接着夏飞说:"那我走了,拜拜。"

谁知道刚走出几步,兔子追了上来,一脸讨好地笑,问:"你可不可以……帮我们把书包也带到学校去?"

夏飞还没来得及回答,兔子已经做出一副可怜兮兮的表情道:"我们忙了一个早晨腰酸背痛的,书包又那么重!"

夏飞叹了口气,才伸出手道:"给我吧!"

就这样夏飞拎着三个书包到了学校,原本一个书包就够他受的了,三个真

是要人命。他气喘吁吁地在学校门口的商店里买了瓶水,准备休息一下再进去,叶伟豪正好骑着自行车过来,一见他就瞪大了眼睛,问:"你怎么有这么多书包?"

"这个是苏子兮的!"夏飞拍了拍挂在胸前的那个大嘴猴书包,又抬起挂在胳膊上的那个机器猫书包,道,"这是苏子兮那个好朋友兔子的!"

"她们为什么让你拿书包?"

"说来话长,先帮我分担一个再说!"夏飞把其中一个书包扔给了叶伟豪,叶伟豪接过去,也像夏飞一样挎在了胸前。

两个人一路把书包送到了苏子兮的班级才讲完女生们打工的计划,夏飞总结说:"总之,就是这么一件无聊的事!"

"我倒觉得挺好的嘛。"叶伟豪笑眯眯的。

跟夏飞不同,叶伟豪长着一张俊俏的面孔,一向比较讨女孩子喜欢,几乎从小到大都被女生包围着,时间久了,自己的性格也变得有些柔软,男生有时候会背地里叫他"娘娘腔"。他很讲究穿衣打扮,爱好却很男性:喜欢各类电子游戏,以及数码设备。家庭条件优渥的他从小就拥有最新潮的各种电子设备,玩久了自然就十分精通,他还是个出名的电脑高手。

叶伟豪在高中的时候才进入夏飞所在的学校,两个人同一个班级,又都是引人注目的人物,起先自然是互相看不顺眼,但后来常常在篮球场上碰到,久而久之就熟悉起来,这才变成了好朋友。

男生的友情跟女生的友情不一样,他们俩既不会每天腻在一起,也不会干什么都同步进行,去年写小说其实也是巧合,夏飞原本召集了好几个男孩子一起写,谁知道最后坚持下来的只有他和叶伟豪。因为这一点,夏飞十分佩服叶伟豪,他本以为叶伟豪只喜欢吃喝玩乐,没想到也十分有毅力。

也是因为"校草时代"这个称号,他们俩彻底地变成了好哥们,虽然夏飞对这个浮夸的称号很不喜欢,但被叫得多了,也就无所谓了。两个人彼此敬重,也是学校里出了名的好搭档。

不过叶伟豪的侧重点不在这里,而是问:"有没有问那个女孩子的姓名?我是说被烧伤的那个女孩。"

夏飞这才想起叶伟豪曾经给他讲过的一件往事，忍不住道："哪有那么巧！"

"说不准呢，算起来那个女孩现在也在上初中。"叶伟豪眯起了眼睛，一副很怀念的样子。

夏飞看到他那副表情便说："我帮你问问好了。"

叶伟豪讲的那件往事也跟那家失火的饼干厂有关，那是一家开在市区中心的饼干厂，夏飞对那里并没有太深的印象，叶伟豪就读的初中却是在那家饼干厂旁边。对正在长身体的学生来说，学校旁边有家饼干厂可不是什么好事情，毕竟那是饭量最大的年纪，本来每天因为来不及吃早饭或运动量过大就足够饿的了，饼干厂传来的奶油香气更是对大家的折磨。叶伟豪说："尤其是下午四点，还没放学，大家都饥肠辘辘，突然一阵甜味传过来，简直要命！"

于是某天下午四点钟，刚好是体育课，叶伟豪跟几个胆子大一些的男生就翻墙到了饼干厂，百无聊赖地在工厂里晃悠。

其实那时候他们也不知道自己在找什么，想象中饼干厂里应该堆满了饼干和奶油，实际上截然相反，里面到处是一些完全看不懂的机器。蒸汽从各个角落升腾起来，甚至有些恐怖。

几个人看了一会儿就决定离开，谁知道走着走着却迷路了。正惊慌的时候一个小女孩突然冒了出来，看到他们，愣了一下。

那是个比他们小一些的女孩子，最多十岁，长着一张圆圆的脸，大眼睛，脸上有些脏，但依然不失可爱。她手里拿着一堆饼干，看了他们一会儿好像就明白他们在干什么了，说："跟我来。"

几个男生面面相觑，最终还是跟着女孩往前走。她穿着一双塑料凉鞋，鞋带坏了，所以走的时候鞋子不停地往下掉，她就边走边提一下鞋子，看起来滑稽极了。

可是她轻车熟路地把他们带到了一个小房间里，房间的墙壁上伸出一个很大的像通风口一样的东西，一包包饼干正从上面掉下来，而通风口的底下放着一个大箱子，里面堆满了饼干。

叶伟豪他们想也不想抓起饼干就吃。刚做好的饼干跟超市里的不太一样，

它们热乎乎、香喷喷，简直就是人间极品。

吃饱了，叶伟豪才问那个女孩："我们吃这些饼干没问题吗？"

"本来就是坏的呀！"女孩抓起一块饼干给叶伟豪看，叶伟豪才发现这些饼干是残次品，有些图案印模糊了，有一些则是烤焦了，还有一些本应该是小熊，结果不知道为什么烤成了一堆四不像，难看极了。

女孩解释说："这些饼干不能拿去卖，所以就拿给工人吃。"

"你怎么知道？"

"我爸妈在这里工作。"

叶伟豪正准备再说些什么，突然一阵脚步声响起，几个男生都吓得站直了身体，女孩却推开了房间里的一扇门道："从这里一直往前走，然后右转，那边有个小门，从那里可以钻出去！"

于是几个男生想也不想就跑了出去。

过了几天叶伟豪觉得有必要感谢一下那个女孩，于是特意买了一双新鞋子，在下午四点逃课溜到了那家工厂。

这一次他轻而易举地就找到了那天他们吃饼干的地方，推开门，果然看到那个女生正待在那里，边吃饼干边做功课。

叶伟豪走了进去，女孩抬头，认出他来，道："你怎么又来啦？"

"送一双鞋给你。"叶伟豪从口袋里掏出一双凉鞋，那是根据他同桌的尺码买的，虽然还不太熟悉就送鞋子这件事很奇怪，但不知道为什么，叶伟豪总觉得她缺少一双鞋子。

女生脚上果然还穿着那双坏了的鞋子，看到新的凉鞋，有些高兴，她当即脱下脚上的鞋子换上了新鞋子，说："有点儿大，不过我很喜欢！谢谢你！"

因为那个雀跃的表情，叶伟豪觉得一切都是值得的。

那天他们聊了一会儿，接着约好以后一起玩，但谁知道没过多久饼干厂就发生了火灾。

并不算很大的事故，没有人死亡，只有几个人受伤而已，但还是引起了不小的轰动。

首先，饼干厂跟别的地方不一样，发生火灾后原料都被烧着了，几乎全市

都闻到了那股烧焦了的奶油香气,所有人都知道饼干厂失火了。

其次,那几年正是大家安全意识最强的时候,住在附近的居民都认为工厂建在市区存在安全隐患,于是一直向政府施加压力,让他们勒令饼干厂迁移。

就这样,火灾处理完毕饼干厂已经清空了,只剩几个必要的工作人员驻守在那里,叶伟豪本来想有空就去饼干厂打听一下那个女孩的下落,但正值中考繁忙,根本抽不出空来。

等好不容易考完,饼干厂却早已关门了,上面贴着拆迁通知,据说搬到别的城市去了。

之后叶伟豪升入高中,与夏飞成为朋友,他才有机会给夏飞讲起这件事情。但夏飞第一次听到这个故事的时候只觉得好笑,他忍不住调侃叶伟豪:"真够多情的啊你!"

叶伟豪却一脸严肃地说:"不是,那个女孩子跟别人不太一样,她身上有种……很奇特的气质。"

"明明就是长得好看吧。"

叶伟豪却说:"不,其实她并不好看。"

想起这件事情,连夏飞都有点儿好奇那个让叶伟豪念念不忘的女孩长什么样子了。

他发了条短信给苏子兮打听被烧伤女孩的名字,苏子兮很快就回复了,说:龚艾吉。

夏飞把那个名字念给叶伟豪听,他看到叶伟豪愣在了那里,接着问:"哪个年级?几班?"

夏飞瞪大眼睛,道:"真的是她?"

叶伟豪郑重地点了点头。

等到夏飞见到龚艾吉的时候,才知道叶伟豪为什么说她跟别人不太一样了。

那天他们一打听到龚艾吉的班级就朝初中部走去，没过多久就看到了她。

她正躲在阴影下跟几个女生聊天，一头清爽的短发，圆圆的小脸，看起来有点儿像男孩。她侧着脑袋，认真地聆听着其他几个女生讲话，表情有种令人感动的专注。

如苏子兮所说，她大夏天的都穿着高领衣服，但耳朵后面还是露出了一些烧伤的痕迹，是一些皱巴巴的粉色皮肤，看起来就像一大块胎记一般。

叶伟豪大声地喊了她的名字，她转过头来，露出一双黑漆漆的眼睛，就连夏飞都愣在了那里。

该怎么形容那双眼睛呢？

乌黑、明亮，却又有着丰富的层次和内涵。夏飞一直觉得用"会说话的眼睛"这种形容再俗不过，但看到那个女孩的眼睛的瞬间，他忽然发现原来有的人的眼睛真的会说话。

可是又没有人能看懂那双眼睛在说些什么，它们有着洞察一切的聪慧，又有着深海一般的神秘感。

最重要的是那双眼睛里有种说不出的平静，在看到叶伟豪的时候却忽然亮了起来。

她惊讶地看着叶伟豪，接着开心地走了过来，道："是你呀！"

这女孩有种奇妙的感染力，当夏飞看到她的笑容时，忽然自己也忍不住笑了起来。

叶伟豪也是一脸兴奋，道："饼干厂失火之后我一直想找你来着，没想到你在这里。你还好吗？她们跟我说你被烧伤了。"

"嗯，整个背部都是呢，被一根柱子砸的，不过幸好没事。"她拉了拉领子道，"不过以后都没办法露出脖子啦！"

"有这么夸张吗？"

"主要是有点儿吓人。"

"我才不信，给我看看。"

"那不行！不能随便给别人看！"

停了一会儿，叶伟豪才问："你还好吗？"

"除了那些不好的事之外,好像都挺好的,你呢?"

"除了那些好事之外,好像都挺糟糕的。"

两个人都看着对方大笑了起来,明明隔了那么久没有见面,却像从未分开过似的,完全把夏飞晾在了一边。可是一看叶伟豪的表情,夏飞就知道他是真的开心,为此,他也为他开心,尤其是,这个女生真的比较特别。

夏飞正准备告辞,有个人却突然大叫起来:"欧阳夏飞!你为什么会在这里?"

夏飞一听到这个声音头皮就发麻,如果说苏子兮像天使,龚艾吉像精灵的话,那么这个女生,大概就是个怪物吧。

他很想转身就跑,可是又没有足够的勇气,因为他很清楚,此刻跑了,以后他的麻烦会更多。

毕竟,谁让他的老板宫墨明,正是这个怪物的老爸呢?

于是他只好深吸一口气,尽可能摆出一副拒人于千里之外的表情道:"宫舒悦,你好。"

第二章 女生们的秘密星光

首先要声明，夏飞并不是一个以貌取人的人。

他自认为对待那些俊男美女和平凡长相的人都一视同仁，哪怕遇到一些有生理缺陷或者长相怪异的人，夏飞都能尽量给对方一个平和的微笑以示友好。他从来不觉得自己比别人更加高尚，也尽可能地让自己更有礼貌和有教养，但很遗憾，这些原则一遇到宫舒悦就立刻退到了一边。

宫舒悦是初中部的一枚奇葩，她的长相与其说是丑陋，不如说是怪异，她继承了宫墨明那双狡黠的小眼睛，眉毛淡得约等于无。她的脸是细长的，巨大的鼻子两侧分布着许多雀斑，还拥有一张比例失衡的、像是被恶魔吻过的大嘴。初见宫舒悦的时候他一直觉得宫舒悦有些眼熟，直到有一次看到《毕加索画传》的时候，才发现她长得像一幅抽象画。

但如果仅是这样的话，夏飞也并不会讨厌她，他之所以不喜欢宫舒悦，是因为她那张并不美的面孔上总是写满了刻薄、厌恶、鄙夷、愤怒等负面情绪，让别人一看到她就忍不住皱起眉来。

他们认识也只不过一年，但这一年里宫舒悦可没少折磨他。从吴唔计划出版他们的书到后期的改稿，以及封面设计，宫舒悦都忍不住要插手提提意见。她毕竟是宫墨明的女儿，吴唔不会跟她起太大的冲突，但夏飞却忍不住，几次三番地对她说："你听吴唔的好不好？她毕竟是专业的编辑。"

宫舒悦却说："我也是专业的读者啊，读者重要还是编辑重要？"

当然，她有她的道理，夏飞不得不承认自己能出书有她的功劳，但有时候他又觉得，如果能摆脱宫舒悦的话，他宁可暂时不出书。

她有多烦人呢？简单地说，夏飞从小到大几乎没有碰到过这么缠人的女生。

比如从一开始改稿，她就不停地在一旁指指点点，告诉夏飞这样写或者那样写；比如好不容易书稿进入设计阶段，她又针对排版或封面给了不少意见。

如果那些意见都是好意见的话，夏飞也觉得无可厚非。但她审美实在太异于旁人了，无法让人接受，再加上她讲话太咄咄逼人，像慈禧太后似的，一点儿回旋的余地都没有。

就好比此刻，宫舒悦穿着一件颜色像是抹布一样的棕褐色T恤，一看到夏飞就咄咄逼人地问："你为什么不听我爸和吴唔的，好好写你之前那种风格的书？你知不知道他们为了帮你们两个宣传耗费了多大的心血，你却偏偏这么任性！"

纵使夏飞心中有一千一万种想法，看到宫舒悦也一个都不想说，他只能尴尬地笑笑，然后说："下次聊，该上课了。"

宫舒悦却跟在他后面问："你还没说你为什么到初中部呢！叶伟豪为什么跟龚艾吉在一起？你们该不会也想要给那个女生捐款吧？我觉得大家真是疯了，莫名其妙地搞了这么一出，有那些钱还不如先改善改善龚艾吉家里的条件呢！"

夏飞却道："我的大小姐，你能不能少说几句啊？为什么什么事你都要插嘴一两句才行？"

"我说得没错啊，龚艾吉家里那么穷，治好了背上的疤又能怎样？"

"你小声一点儿，她们都是瞒着龚艾吉在做这件事的！"夏飞紧张地看了叶伟豪他们一眼，幸好他们都没有朝这里看。

"本来就是嘛，我看这些女生就是闲得慌，想趁机展示一下优越感。人家龚艾吉都没有因为背部烧伤不开心，她们却比她还着急似的，真是有病！"

夏飞看到她飞快翻动的嘴皮，只觉得头都大了。

幸好上课铃声及时响起，夏飞这才松了一口气，看到宫舒悦一脸不情愿地转身朝教室跑去，也转身朝自己的教室走去。

而叶伟豪却不紧不慢地走了过来，道："龚艾吉不知道苏子兮她们在打工的事，她只知道她们之前商量过要给她捐款，但以为她们只是说说而已。"

"我猜也是。"夏飞道,"做好事做得这么迂回,真是只有女生想得到。"

"我倒觉得挺好的,大家齐心协力去帮助一个人,听起来挺有成就感的。"

"可是做好事如此兴师动众,多少有些作秀的成分在吧?"

叶伟豪看着他问:"你敢把这句话讲给苏子兮听吗?"

夏飞立即撇了撇嘴巴,道:"除非我不想活了。"

叶伟豪满意地哈哈大笑。

跟苏子兮相处,夏飞当然知道哪些话能说,哪些话不能说。其实苏子兮并不是那种不讲道理的女生,但对待她夏飞却需要比对待别人更加细心和谨慎。他想起苏子兮生气时的神态:下巴轻抬,眉毛微皱,嘴巴噘起,一脸的娇嗔。

但这其实是她假生气时的样子。

她真生气的时候比较简单,只是面无表情地盯着对方而已,但那之后至少半个月你都休想接近她。

从小到大夏飞也只见过一次苏子兮真的生气而已。那是五六年前,夏飞刚刚有了对异性的认识。学校里有一个很胖的女生,从来都穿着宽大的校服,但有一次学校组织合唱比赛,她不得不穿上白衬衣和蓝色的百褶裙。那个胖女生身材虽然不好,歌声却很甜美,被选为班级领唱,结果她一上台大家就被那粗壮的腿震惊了,愣了半天才哄笑起来。夏飞跟苏子兮一起回家的时候还停留在那种震撼之中,忍不住跟苏子兮说:"我发现有些人穿衣服从来不考虑别人的感受,太自私了。"

苏子兮转过头看着夏飞,夏飞还以为她喜欢这种幽默呢,继续说:"国家应该出台相关的法律法规,禁止超过一百斤的女生穿裙子才对。"

苏子兮却停了下来,面无表情地说:"你知道她是因为生病才发胖的吗?你知道她为了减肥每天只吃多少东西吗?你知道她为了不穿那套衣服跟老师抗争了多久吗?你知道有多少女生就因为你这种刻薄的言论从来都吃不饱饭吗?欧阳夏飞,你知道做女生有多辛苦吗?"

夏飞愣在那里,苏子兮却丢下这一大串话就大步往前走了。夏飞几乎是一

路小跑地跟在后面道歉,她却一句话都不肯说。

那次冷战持续了整整半个月,为了给苏子兮道歉,夏飞不得不帮那个胖女生制订减肥计划,直到有一天苏子兮看到夏飞在操场上陪着胖女生一起跑步才原谅了他。

但因为这次冷战,他再也不敢招惹苏子兮了。

现在回头想想,夏飞大概就是从那个时候开始对女生格外温和和礼貌的。也是因为如此,夏飞才能跟一堆喜欢欺负女生的男生区别开来,变得很有人气。他说不清是不是应该感谢苏子兮,但其实女生在他眼里,始终是一群奇妙的生物。

也可能那个女生例外,龚艾吉。

夏飞回忆了一下她的面孔,总觉得她身上有种非常令人信任的东西,虽然他们只见过一次面,他甚至不认识她,但他已经能猜到她是那种非常好相处的女生。

还有另外一个女生也跟大家不一样……夏飞想起宫舒悦那张讨人厌的面孔,忍不住把笔丢到了一边,开始无奈地听课。

如果你见过陈小露的话,你会发现你对人类还不太了解。

这句话像一颗流星一样在夏飞的脑海中一闪而过,接着,又退了回来,慢慢地放大,变得清晰、明亮、璀璨,直至占据了夏飞的整个大脑。

他兴奋地把这句话写在纸上,接着脑海中闪过许多画面,恼怒时的宫舒悦、微笑着的龚艾吉、一脸无奈的叶伟豪,以及眯起眼睛的宫墨明。

就像在清澈的水中滴进了一滴墨水一般,这些形象在他的脑海中不停地翻转,接着有了声音,并且有了背景。一个隐约的故事逐渐成形,并变得越来越具体,像拼图一样一片一片衔接了起来。

所谓的灵感就是这么回事,很多人都有过无数一闪而过的念头,只是有些人抓住了,有些人却任由它们消失了而已。

而作家所做的,无非就是记住这些一闪而过的念头,并把它们整合起来,

开始编排,直到变成一本书。

夏飞没有想到新小说的进展会那么快,他兴奋地在纸上写了一些词和一些句子,之后一整天都没有再好好听讲。好不容易下课铃声响起来,他立即狂奔回家,打开电脑打下那句话:

如果你见过陈小露的话,你会发现你对人类还不太了解。

紧接着,之后的句子就像喷泉一样源源不断地涌了出来:陈小露出生在一个雨天,那天接生的医生上班时不小心摔了一跤,也不知道是不是这个原因导致医生的心情一直不太好,所以当他看到陈小露的时候那冷静的脸上出现了少见的痛苦⋯⋯

夏飞一直专心致志地在电脑前敲打,以至于连父母叫他吃饭他都没有听到,夏飞的妈妈忍不住推开房门朝里面看了一眼,这才转过头对夏飞的爸爸说:"他又在写东西了。"

"那晚一点儿再叫他吧。"夏飞的爸爸说。

对于自己的儿子还不到十八岁就出了一本书这件事,夏飞的父母一直都很骄傲,他们并不期待夏飞成为什么大人物,只希望他过得安稳开心就好,但没有想到在轻松的环境下长大的夏飞反而有了小小的成就。

当夏飞的第一本书出版的时候他们一口气买了一百本,到处送人,说是自己儿子写的。当然书他们也大致地翻过,但写了些什么他们却一眨眼就忘记了,只记得儿子出了本书,现在还整整齐齐地摆在客厅,逢人就开心地介绍。

他们一开始这样做的时候夏飞还觉得害羞,但渐渐地,竟然也习惯了。那本书的书脊是深蓝色的,横着一排摆在电视柜上,看起来还挺像某种装饰品的。夏飞不止一次地看到妈妈一有空就擦拭书上面的灰尘,每到那样的时刻,夏飞就暗自发誓,将来一定要成为更厉害的作家,让自己的父母提到自己就无比地骄傲。

幸好夏飞的写作梦想进展得相当顺利,自从出了那本书之后,就不断地有杂志社向他约稿或者对他进行采访,虽然不用靠稿费养活自己,但夏飞还是很珍惜这些机会,一有空就坐在电脑前敲敲打打,他的父母看到了,反而有些心疼。

再说跟别的男生喜欢出去玩或者打游戏的爱好相比,写作健康得多,也光荣得多,所以夏飞的父母一直是支持夏飞的。

等夏飞发现肚子饿的时候已经是夜里了,他看了看屏幕上那些密密麻麻的字,颇有成就感地走出去,这才发现父母早就吃过饭了。但看到夏飞出来,妈妈还是立即站起来走到厨房说:"我帮你热一热再吃。"

爸爸则在一边问:"又开始写新作品啦?"

"嗯,"夏飞有些高兴地说,"这次写得不错。"

"准备写多少字?"

"最少十万吧。"

对于在电力公司做行政的父亲来说,十万字无疑是个天文数字,他震惊地看了夏飞一会儿,才摇摇头继续看电视。

吃完饭之后夏飞抱着篮球出去准备换换脑子,经过苏子兮家的时候却听到里面传来了钢琴声。犹豫了一会儿,夏飞摇了摇一楼的丝瓜架,没过多久就有个小铃铛的声音响了起来,琴声停止,苏子兮推开窗户朝下看了一眼,夏飞大声说道:"下来散步!"

这是夏飞和苏子兮的一个秘密联络方式,苏子兮住二楼,住一楼的陈阿姨家里刚好种了丝瓜,苏子兮就用一根绳子缠在丝瓜架上,另一头则系在自己床前,上面系了一只铃铛,小铃铛还是夏飞跟父母去云南旅行时买的。少年时代他们常常靠这只铃铛联系,如今虽然有了手机,但夏飞经过时还是会忍不住摇一摇丝瓜架,有时候只是为了听铃铛的声音而已。

没过多久苏子兮就披着外套走了下来,虽然离秋天还有一段时间,但夜里已经开始有点儿凉。苏子兮问:"听说今天你跟叶伟豪去找龚艾吉了?"

"嗯,是叶伟豪要去的,他跟龚艾吉多年前就认识。"

"哦?"

夏飞把叶伟豪跟龚艾吉在饼干厂的故事讲了,苏子兮一脸惊讶,半晌才笑着说:"想不到叶伟豪还有过这种浪漫的经历。"

"是啊,我原本以为他只是多情来着,见到龚艾吉才知道那女孩的确挺特别的。"

苏子兮说:"她性格特别好,也很聪明,初中部的女生遇到问题都很喜欢找她帮忙。你知道有的时候一个女生跟另一个女生讲秘密,大家都会说'我一定不会告诉别人',但实际上忍不了多久就会告诉其他人,龚艾吉却从来不把别人的事情往外说,所以大家有秘密都喜欢去找她。"

"你呢?"

"我才没有秘密。"苏子兮岔开了话题,道,"我还没有骂你呢!谁让你告诉叶伟豪这件事的?叶伟豪把事情原封不动地跟龚艾吉讲了,龚艾吉劝了我们好久,不想大家为了她这么兴师动众,我们费了好大的功夫才说服她!"

"哦?她不想消除疤痕吗?"

"想啊,但是她觉得将来自己赚了钱再去做这件事更好。"

"我也这么觉得。"

"可是青春期是女孩子一生之中最宝贵的时期,这个时候谁不想漂漂亮亮的呢?我们都不想让她有遗憾。"

夏飞道:"整天穿着校服,哪儿来的遗憾?"

"连领口稍微大一点儿的T恤都不能穿,还不算遗憾?"苏子兮的眉毛微微皱了起来,夏飞立即讪讪地笑着转移话题,说:"好啦,不说这个了,对了,我开始写新的小说了。"

苏子兮的眉毛果然又舒展开来,转过头来问:"关于什么的?"

"关于一个很丑的女孩子。"

"咦?然后呢?"她很吃惊的样子。

"她出身富贵之家,但是因为太难看一直遭人漠视,所以性格非常扭曲,喜欢欺负别人。"

"听起来有点儿意思,不过写起来会不会恶意满满啊?"

"应该不会,我写得很夸张,读起来有点儿寓言的感觉,大家应该不会把情节往生活里套才对。"

"什么时候发给我看看?"

"晚一点儿发你邮箱。"

"好的。"

　　一阵风吹了过来，苏子兮只好先告辞回家，夏飞在篮球场玩了一会儿才上楼，做完了功课，看了看之前写的章节，又写了一会儿，这才沉沉睡去。

　　大概是因为这一天过得格外充实，所以他睡得也很好，他甚至梦到了他在写的那个性格扭曲的女主角，醒来时忍不住喘了几大口气才缓过神儿来。虽然梦里的那个女孩面目模糊，根本看不清长相，却有着十分尖厉的声音，让人一听就觉得头皮发麻。

　　连作者都能被吓到的主角，不可能不受欢迎嘛！夏飞有些愉快地想。

　　几周之后夏飞就顺利地写完了第一章，他发给了苏子兮看，苏子兮说："的确蛮吸引人的，而且叙述上也比你之前那些小说深刻得多。"

　　获得了苏子兮的支持，夏飞就开始考虑发布到网络上的事了。周末他特意跑到叶伟豪家跟叶伟豪商量，叶伟豪正在整理衣柜，惊讶地说："我的天！你速度够快的，我还一个字没有写呢！"

　　"准备写什么？"

　　"什么都想不到。"他从衣柜里翻出了一个箱子，里面全是一些女士丝巾。夏飞知道叶伟豪的妈妈衣服特别多，自己的衣柜放不下，就放了一些过季的单品在叶伟豪的衣柜里。

　　叶伟豪打开那些丝巾一条一条围在自己脖子上，又叠好了放回去。夏飞疑惑地问："你在干吗？"

　　"看看什么面料比较透气。"叶伟豪说，"夏天的高领衣服不好买，龚艾吉一直都是在T恤里面围一层布挡住脖子，但普通的布料比较热，所以我看看什么面料比较凉快。"

　　"太辛苦了吧？露出来不好吗？"

　　叶伟豪却一脸严肃地说："我看过她的伤疤，的确挺吓人的，现在的女士T恤领口都很大，遮不住的。"

　　"为什么不留长发？"

"那样不散热,会更不舒服,烧伤过后的皮肤机能很差,汗腺受到破坏,没法排汗,代谢和免疫力也跟着下降,头发又是很大的感染源,所以不是好主意。"叶伟豪俨然已经变成了专家。

夏飞想到龚艾吉微笑时的表情,忍不住同情了起来,他问:"激光手术很贵吗?"

"她的烧伤面积比较大,几乎整个背部都是,所以不便宜。"

"到底是怎么搞的?"

"工厂电线老化,绝缘皮脱落,那段时间她爸爸值班,但头一天感冒比较严重,所以她就陪着她爸爸一起去值班。她爸爸睡着了,她还趴在桌子上做功课,房顶上的一根横梁刚好掉了下来。"

似乎是想到了那个画面,叶伟豪的表情有些痛苦。夏飞想象了一下,也觉得一个女孩子遭遇了这些,未免太过残忍。

他问:"为什么现在还会有横梁?还有,报警器没有响吗?"

叶伟豪看了夏飞一眼才说:"是那种老式的工厂,横梁不是木头的,你们家房顶上也有横梁的,只不过被糊起来了而已,工厂不讲究美观,所以是露在外面。那家工厂天花板比较高,用的不是那种耐高温的钢铁,而是普通的合金,那么一大片掉下来……唉!"

夏飞沉默了一会儿,才说:"我听说她家里经济条件不太好。"

叶伟豪长长地叹了一口气,才接着说:"按理说,这种事工厂是要赔钱的,但她爸爸带她去值班本来就是违反工厂纪律的,所以不仅没赔钱,她爸爸还被开除了。当初他们一家人为了给她治病几乎掏空了积蓄,这些年都过得蛮惨淡的。烧伤并不好治,就算治好之后也得格外小心,一有什么事情就得去医院检查,所以她一直为这件事烦恼来着。"

夏飞想到那女孩子,心里也觉得有些惋惜。

叶伟豪沉默地看着面前的丝巾,好半天才说:"我准备把下一本书的版税分给她。"

夏飞拍了拍叶伟豪的肩膀,道:"算我一份!"

叶伟豪感激地看着他,道:"那我提前谢过了!"

两个人都不怎么节约,稿费向来是一到手就花光了。夏飞那些杂志的小稿费都给家里了,叶伟豪更甚,全都花在了高科技产品上。他平时零花钱就多得不得了,却从来都不够花。手机半年就换一个,耳机之类的东西也非常讲究。

他的卧室就像电影里那些科学怪人的房间一样,光电脑显示器就有三个,旁边还摆着各式各样的音箱,键盘、数据线之类的东西纠缠在一起,看起来格外凌乱。

不过有了夏飞的鼎力相助,叶伟豪的心情也好了一些,收拾了几条丝巾出来,剩下的又都装进了箱子里,接着两个人才开始商量在网络上发布小说的事情。夏飞想要发布在他们自己的网站上,又担心网站的访问量不够高,叶伟豪轻松地说:"这个没有问题,我写个接口给你,到时候你可以一键同步到微博、微信等所有你想发布的地方。"

"那阅读量呢?"

"我可以写个统计,很简单的。"

夏飞虽然也像大部分男生一样对电脑略懂一二,但跟叶伟豪相比差得远了。叶伟豪不仅自己会写程序,偶尔还会设计一些小游戏玩。他们的网站就是叶伟豪一个人捣鼓出来的,虽然维护起来比较辛苦,但还是自己做比较放心。

告别叶伟豪之后夏飞又去了一趟蓝时文化公司,虽然是周末,公司里却有不少人在加班。

吴唔当然也在,夏飞把打印好的稿子给她看,她看了一会儿才说:"才一章,暂时还看不出来什么,不过人物设定有点儿意思,已经发布到网络上了吗?"

"还没有,想先给你看看。"

听到夏飞这么说,吴唔多少有些欣慰,她问:"后面打算怎么写?"

夏飞认真地讲给她听,她听得也很专注,只是适时地提一些意见而已。

谁知道没讲多久宫舒悦却突然从格子间后面冒了出来,她大叫:"丑女的生活谁感兴趣啊?为什么非要写丑女?"

夏飞转过头去,才发现不知道什么时候打印稿被她拿在了手里,他倒抽了一口气,立即跳起来说:"把书稿还给我!"

宫舒悦却想也不想就跑，夏飞当然不会在这样的一个办公室里追着她跑，只能站在原地干瞪眼，宫舒悦却在几米外大叫："这个女主角怎么这么讨厌？你干吗要写一个这样的人？"

夏飞真的很想说：这本书的女主角就是以你为原型来写的啊。

当然，他并没有说出来，他只是瞪了她一眼才重新坐下来，吴唔及时打圆场，道："舒悦，书稿我还没看完呢！"

宫舒悦犹豫了一会儿，才走过来把打印稿递了过来。

这天她穿了一条红色的波点裙子，不知道为什么别人穿这样的裙子会显得很可爱，宫舒悦穿上却给人一种假惺惺的感觉，好像是刻意穿上跟自己性格不符的衣服假扮什么角色似的。夏飞不太想跟她说话，她却站在一边不停地数落道："书里的情节也不合理，保姆怎么敢在她的牛奶里放盐？如果是我的话保姆早就被开除了！"

"那是因为陈小露还不会说话。"夏飞面无表情地说。

"不会说话将来长大也是可以开除的。"宫舒悦冷酷地说，"小时候我们家保姆也欺负过我，她把我做了好久的立体拼图弄坏了，我就叫爸爸把她开除了，我才不相信她是不小心，那么大的拼图怎么会看不见？我看她明明就是故意的！"

如果宫舒悦多看了一些的话，就会发现陈小露也一样，没过多久就制造了一个骗局把保姆开除了，保姆不仅没有领到工资，还被罚了一笔款。夏飞和吴唔却都知道后面的情节，两个人对视一眼，颇有些心知肚明地沉默起来。

但宫舒悦一直喋喋不休，吴唔只好打断她道："不好意思，我们在开会，舒悦你去隔壁房间玩好吗？"

虽然她很客气，夏飞还是听出了她语气里的不耐烦。被打断的宫舒悦十分不高兴地盯着吴唔看，吴唔毫不客气地说："你就不要指望你爸爸会因为这种事开除我了，我不工作他才会开除我呢！"

宫舒悦就像被人戳穿了心思一样，眼珠子转了几圈，才不高兴地走开。

她一走，夏飞和吴唔就都笑了起来。吴唔忽然反应过来，问："你是在她身上获得的灵感吧？"

"也不是……"夏飞有点儿不好意思。

吴唔却说:"其实她也没这么坏的。不过,小说嘛!当然是越曲折大家越喜欢看,你继续往下写吧,我觉得到目前为止还不错。"

夏飞却还停留在刚才宫舒悦带来的困扰中,问:"宫舒悦怎么会在这里?"

"她周末都在这里看书。"吴唔说。

夏飞却已经想到了她在这里的原因:是啊,没有人约她玩,她只好来爸爸的公司一个人待着。

一个孤独的形象,刚好可以添加在小说里。

夏飞觉得这一天没有白来。

没过几天叶伟豪就做好了发布界面,两个人试了一下,确定没问题了才开始准备发布。夏飞有点儿紧张,把第一章拿出来看了半天,又从头到尾细细修改了一遍才发布了一小段。

那天他一直盯着访问统计看,刚刚发布没多久就有了几千的阅读量,谁知道过了一夜,还是只有几千。那时候他才知道百万是个多大的数字,虽然已经做好了心理准备,但还是有些失落。

除此之外,评价也不算特别火,只有三类,一类是夏飞的那些粉丝留的,清一色的"终于开始写新书了!期待";第二类是新读者留的,大概是要看几章才能评价云云;第三类则是那种认真的读者,既有他的旧读者,也有偶然看到的新读者,会很认真地写几句感受,虽然夏飞很喜欢这一类评论,但由于他发布的内容不多,大家能评价的东西也很有限。

"慢慢来吧!"苏子兮和叶伟豪都为他打气。

就这样他一边写着一边更新,花了一周的时间才把第一章全部放了上去,吴唔倒是给了他很多建议,诸如更新内容不能放太多,这样大家没耐心看,但也不能放太少,这样几乎什么也看不到;更新的时间也是需要认真安排的,周

末的晚上比较好，大家心情比较放松，也乐于在网上消磨时间，相反，工作日就没什么人上网了；配图和标题一定要吸引人……

夏飞没想到会这么讲究，只觉得辛苦。

其实他的第一本书一开始也是在网上发布的，那时候因为是写着玩，没什么压力，有没有人看他并不在意，结果反而引起了别人的注意。现在他苦守着访问统计，效果却截然相反，阅读量过万差不多花了五天的时间。

这样的话至少要两年才能过一百万，更别提他的读者有限，阅读量不可能一直增长。

一想到这里，夏飞就有点儿气馁，觉得这次赌约是输定了。

这时候却有一大段文字跳入了他的眼帘，他仔细看了看，才发现是一个名叫"小鱼儿"的读者的评论，她说：这本书比上本书写得有趣多了，文笔好，节奏感也很好，不过我觉得人物性格还有很多可以挖掘的地方……我跟陈小露一样，长相并不漂亮（当然没有她那么有钱啦），小的时候也总是被人欺负，书里的很多情节我都经历过，也想过像陈小露一样反击回去，不过我担心的就是像书里这样，你若反击，别人就会觉得你性情恶劣；你要不反击，就只能一味地忍下去。长得漂亮的人冷酷会被人说成女王，长得丑的就是恶毒，这个世界对长得不好看的人从来都是这么残忍，你说是不是？大家都在写俊男美女，好像就连长相一般的人都没有资格成为主角似的，所以看到你写了这样一个角色我非常开心。希望你能继续写下去，多谢你！

如果说写作能带来什么乐趣的话，那么就是在这一刻了。

无数个深夜，无数个午夜梦回，无数个坐在电脑前孤独打字的时刻，最终为的不外乎是这一刻，在千里之外，有一个素不相识的人能从文字中获得共鸣，心灵得到抚慰，让他们知道自己并不寂寞，也知道自己的辛苦写作都没有白费。

夏飞盯着这一长串文字看了一遍又一遍，仿佛看到了一个被人欺负却不敢反抗的不漂亮的女孩一般，此刻她大概也是一个人坐在电脑前吧？她的父母喜欢她吗？同学们对她好吗？那些坏男孩有没有拿她开过恶劣的玩笑呢？

有太多的话想说，但到最后也只能打出"谢谢你"三个字。小鱼儿回复了

他一个可爱的微笑的表情,并且说:*加油继续写哦!我很期待后面的情节呢!*

因为这条留言,夏飞的心情才变好了一些。

关掉网页之后,夏飞倒了杯水,坐到电脑前准备继续往下写,结果十分钟过去后还是一个字都没有写出来。他不停地打了字又删除,删完又打,最后还是叹了口气去做功课。

但凡是写文章总会碰到这样的时候,小说发展到了一定的程度,想要继续往下写,却是怎么写都不对。像这种不佳的状态有时候只有几天,有时候则是一两个月。如今夏飞已经写到了第二章,人物的性格和基本的情节都已经展开,却没有办法继续推动下去。他不停地翻来覆去看前面的内容,却依旧一点儿灵感都没有,只好怀着遗憾的心情去睡觉。

第二天他闷闷不乐地走到学校,才发现好多人聚在门口捂着嘴巴笑。夏飞疑惑地问:"发生了什么事?"

"那个畅销书商的女儿你认识吧?叫什么来着?"

"宫舒悦。"

"啊,没错,就是她!刚才她爸爸开车来送她上学,也不知道为什么她衣服后面的拉链上挂了一只袜子,那种男士的黑色袜子,然后她爸爸就追上来问她要袜子,哈哈哈,笑死我了!"

"袜子?怎么会有一只袜子?"夏飞一脸疑惑。

"谁知道啊,哈哈哈,但就是有一只袜子挂在拉链上面啊!最好笑的还不是这个,而是她爸爸一路飞奔地追在后面大喊'袜子袜子',真是笑死人了!"

可惜像这种好笑的事情如果当时没有参与,事后听到也笑不出来。夏飞觉得无聊,一眨眼就把这件事忘在了脑后。谁知道这件事之后又有了新的进展,一群无聊的男生为了作弄宫舒悦,第二天特意在她的抽屉里塞了一大堆袜子,宫舒悦一怒之下就把那些袜子拿到操场上烧了,刚好教导主任经过,就骂了她一通。放火烧东西这种事说大不大,说小不小,主任也没办法给个具体的罪名批评,就罚她打扫操场。夏飞跟叶伟豪两个人去找龚艾吉的时候,恰好看到宫舒悦在那里打扫卫生,有几个同学正在一边围着她笑,她冲过去骂他们,夏飞才发现她的校服背后又贴着一只袜子。

这下子连夏飞和叶伟豪都忍不住笑了起来。

而龚艾吉从教室里走出来看到这一幕，却走过去把宫舒悦背后的袜子拿了下来。宫舒悦低头看了一眼，便生气地丢下扫把跑开了。

"这些男生太淘气了！"龚艾吉说。

夏飞发现她讲话的语气总是似大人一般，因此显得非常成熟。

自从叶伟豪和龚艾吉重新相遇之后他们就成了好朋友，虽然总是往初中部跑有点儿奇怪，不过夏飞得承认，他也挺喜欢这个女孩。龚艾吉喜欢看书，但苦于零花钱有限，不能常买书，夏飞和叶伟豪就常常带一些课外书给她看。她家离学校比较远，有时候饿了就先在学校附近吃点儿东西才回去。叶伟豪知道她比较节约，就偶尔请她吃些好点儿的东西，夏飞也会作陪。

就这样三个人往餐厅走的时候夏飞忽然想到了什么，灵光一闪，说了一句："我要先回去了！"

然后就丢下两个人跑回家继续写他的小说去了。

夏飞的小说在网络上发布了第二章节之后，阅读量突然增加起来。他特意搜索了一下，才发现有几个网络大号转发了他的文章，并评论：**这个女的太恶心了！啊啊啊，简直惨无人道！**

他们说的是女主角陈小露为了祸害女二号，就强迫她顶着一条内裤从校园走过的事情。陈小露在小说里有财有权，女二号是个可怜的灰姑娘，只有被欺负的命。

灵感当然是从宫舒悦身上来的，当然，为了使小说更刺激，他把袜子换成了内裤而已。

因为这一章节，阅读量不停地往上涨着，夏飞吃了一顿饭的工夫，阅读量已经从原本的三万六增加到了九万八，他听到自己的心跳声"怦怦"地响，血液也随着统计数字不停地往上涌着。

总算是有些突破了，夏飞这才松了一口气。

读者的评价到目前为止也都比较好,一半人哈哈大笑,并期待着下一章节,另外一半人虽然表面说厌恶,但也在期待下一章节。

太好了!夏飞几乎快要跳起来。

但看着看着他忽然发现有几条评论提到了宫舒悦,有人说:原来是欧阳夏飞写的啊!一定是因为宫某某,哈哈哈哈哈!

另外一个人问:宫某某是谁?

我们学校的一个学生,夏飞也在我们学校,那个宫某某的爸爸刚好是夏飞文化公司的老板,不知道他看到会不会气死啊,哈哈哈哈哈!

查到了!宫墨明!蓝时文化公司的老板,夏飞的书的确是那里出的!

虽然这一小段聊天记录被淹没在一众没什么实质内容的评价之中,但夏飞还是有些心虚,唯恐被宫墨明或宫舒悦发现。也是到了这个时候他才反应过来,无论如何宫墨明都会看到这个情节的,而宫舒悦……不得不承认,宫舒悦一直是夏飞的头号粉丝之一。当初夏飞出书的时候她的宣传一直最为卖力。不仅买了很多送给同学,还在作文课上写了那本书的书评。

亏得这本书,夏飞也在学校里赚了不少名声,否则,还不一定会出什么糗事呢!

夏飞偶尔也觉得奇怪,宫舒悦怎么会这么喜欢自己呢?同样是少年作家,叶伟豪却跟宫舒悦一点儿都不熟,宫舒悦见到叶伟豪总是淡淡的,叶伟豪这人对人极其客气,有时候主动跟宫舒悦打招呼,宫舒悦也只是点点头而已。

夏飞私底下跟叶伟豪和苏子兮都讨论过这件事情,叶伟豪很大方地说:"拜托,你的书比我的写得好多了,大家都看得出来的好不好?喜欢你也是正常的!"

苏子兮则说:"宫舒悦的文学造诣很深,你不要看她其貌不扬,文笔可是非常优美,参加过好几次作文大赛呢!"

一想到宫舒悦看到文章后追问自己的情景,夏飞就有些后悔写这个情节了。

不过看到了又怎样?灵感本来就是从生活中获得的嘛!再说,这个情节跟宫舒悦身上的那个完全不一样,一定没问题的!

夏飞就这么安慰着自己,这时手机铃声却响了起来,他紧张地打开短信,

才发现是苏子兮发来的。她说：我一点儿都不喜欢这一章！

为什么？夏飞打完这三个字发出去，又说：我去找你，楼下见！

他原本以为是因为影射了宫舒悦，谁知道苏子兮却说的是另外一件事。她一见到夏飞就皱起眉头道："我不喜欢这个情节设置，一个女生难看，一个女生好看，难看的一定会嫉妒好看的那一个，太想当然了！但有的时候一个人讨厌另一个人只是因为那个人很讨厌而已！"

她指的是女主角和女二号的关系，夏飞松了一口气，却说："你怎么知道不是嫉妒？你又不是那种难看的女生。"

"你忘了娃娃吗？"苏子兮无比生气，道，"当时我举报她作弊的时候多少人说我嫉妒她来着？"

夏飞想了起来，初三的时候有个长得像洋娃娃一样的女生转到了苏子兮所在的班级，那个女生几乎跟洋娃娃长得一模一样，大眼睛、尖下巴，高挑的身材，长头发，因此外号也叫"娃娃"。

苏子兮初三的时候远没有现在的气质，再加上性格老成，跟娃娃比起来当然是娃娃更可爱。娃娃的性格也有些骄纵，总是在男生堆里打转，女生们都不太喜欢她。苏子兮则刚好相反，她一直备受女生欢迎，所以两个人好像从头到尾关系都不好。

后来有一次考试，娃娃跟很多人一样把一些题目的答案抄在了手心，苏子兮却当场站起来向监考老师举报她作弊。娃娃当场就被做出警告处分，哭得梨花带雨，苏子兮却冷眼旁观，为此，也遭到了不少同学的敌视。

这件事当时引起了不小的纷争，男生自然都是站在娃娃这一边的，女生则都支持苏子兮。那时苏子兮的性格也没有现在成熟，唯一想到的处理办法就是咬着嘴唇冷若冰霜地继续上课下课，格外孤单。

说起来奇怪的是，夏飞和苏子兮虽然从小一直在同一所学校念书，却从未同班过。关于这件事他只是听说，他跟娃娃也不熟，只是见过几次，当所有男生都敌对苏子兮的时候，只有夏飞始终站在她那边，当他们说苏子兮是嫉妒娃娃时，夏飞还据理力争，谁知现在她却用娃娃来举例，他当然有点儿不高兴，忍不住说："可是很多同学都作弊啊，你只举报了娃娃，不是说明了什么

问题吗?"

苏子兮睁大了眼睛,问:"你的意思是说我嫉妒她?"

夏飞连忙道:"我不是这个意思,但我认为你只针对她一个人一定是有原因的……"

"什么原因?"

"我……我的意思是说,如果两个女生同样很受欢迎的话……"

夏飞还在脑子里思索着怎么讲话,苏子兮却已经转身走了,夏飞心里一沉,心想:完了!第三种生气形态出现了!

这一次会怎样,他一点儿眉目都没有。

看了看楼上苏子兮拉窗帘的影子,夏飞才知道,苏子兮这次可是非同一般的生气。

他发短信过去:我错了好不好?

苏子兮却没有回复。

干吗跟她争论这个啊?夏飞忍不住骂自己。

但回到家后,他才发现比跟苏子兮冷战还要糟糕的事情发生了。那就是,那个章节下面出现了一排回复宫舒悦的评论。

宫舒悦没有公开回复,但已经有不少人认定了陈小露的原型就是宫舒悦。夏飞按照那些评论一个一个点进去,发现大部分都是自己学校的同学,他们不仅转发了夏飞的文章,还幸灾乐祸地说:我校知名才子VS(对阵)知名奇葩,坐等后续!

或者:我早就想开个帖写宫舒悦的极品事件了,没想到夏飞先写了,虽然有些夸张,但大家都看得出来,哈哈哈哈哈哈!

更甚的还有给蓝时文化传播公司留言的:你们公司的当红作家黑你们公司老板的女儿,请问你们公司老板的心理阴影面积是多少?

好像就是在一夜之间,所有的人都知道了宫舒悦其人,知道了她是夏飞所签约的文化公司的老板的女儿。夏飞虽然知道网络有着摧毁一切的力量,但还是没想到,会来得这么快、这么迅猛。他当即就发了一条微博道:这本书并不是以宫舒悦为原型,大家误会了,请不要中伤宫舒悦。

谁知道这条微博却很快就被评论淹没了，大家纷纷说：作家本人发话了！坐等大战！

夏飞你不用特意声明啦，我们都知道的。PS（附注）：校友。

还有很多不明真相的围观群众：这里有热闹看？

……

就这样，没有人在意夏飞的发言。

夏飞打开手机，想要给宫舒悦发条短信，但思来想去不知道说什么好，只好放弃了。

然后说不清是幸还是不幸，就在这天夜里，阅读量过十万了。

第三章 丑女孩，是谁

"你疯了！你居然敢把悦悦写成这个样子？什么'你一见到她就能感觉到扑面而来的绝望'！什么'大部分陈小露的日常对别人来说都是一场奇幻冒险'……你不要以为你是个学生我就不敢打你！"

宫墨明将一叠打印下来的稿子摔到了办公桌上，顷刻间那叠纸就散成了一片，哗啦啦地掉在了地上。一旁的宫舒悦唯恐他会动粗，立刻上前抱住他粗壮的腰叫道："爸！你听我说！不是这样的！那根本不是我！夏飞的声明里不是写了嘛！"

夏飞看着宫墨明气得通红的脸和宫舒悦满脸的焦急，第一个反应竟然不是畏惧或者害怕，而是惊讶于他们父女之间的感情。早就听说宫墨明很宠爱宫舒悦，但亲眼见到还是有些震惊，因为他还是第一次看到一个成年人生气到这种程度，尤其是一个事业有成的商人。

"你也别护着他！瞧瞧你的生活都被他搞成什么样了？这学还怎么上？我的生意还要不要做？"

夏飞及时插嘴说："并不是……"

"你少辩解了！别人都已经打电话到我公司了！你知不知道因为你这本书我们公司的业务都受到了影响？你听听现在外面的电话声！听到了吗？知道他们是打过来干什么的吗？他们是来问该死的陈小露在不在！"

夏飞凝神，果然听到外面办公室的电话声正不断地响起，今天他一来到蓝时文化就觉得哪里不太对，此刻才明白，原来是电话铃声一直没有间断的缘故。而往常蓝时不是这样的，往常这里非常安静，相比一般的公司，可以说是

太安静了。

内疚就这样一点点地占据了他的心,虽然今天在来蓝时之前他就想到了会遇到什么事情,也做好了心理准备,他不介意被宫墨明骂,不介意从此再也没有办法在蓝时出版图书,不介意跟他争辩一个下午,但一想到那些编辑因为这些电话而增加了工作量就觉得对不起他们。夏飞嗫嚅了半天才小声地说了一句:"对不起……"

宫墨明大概也骂累了,喘着粗气休息了一会儿才在椅子上坐下,宫舒悦看他坐下才去倒了杯水道:"你既然看了那本小说,也知道写的不是我,我哪有那么讨厌?我跟同学们的关系也没有那么糟!网友就是喜欢小题大做啊,你看那些明星的新闻,不是个个都被传得乱七八糟的嘛!多离谱的都有人信,你怎么也跟着相信呢?"

宫墨明抬头看了宫舒悦一眼,才又转过头看着夏飞。夏飞连忙避开了他的视线,低着头看着自己的脚尖,就像小时候做了调皮捣蛋的事被老师叫到办公室一样。

接着他听到宫墨明意味深长地说:"当初你跟我打赌的时候我看重你,自从认识你们俩我就没把你们当小孩子看,但没有想到你们做事一点儿规矩都没有!你不要以为悦悦在这里替你说话我就会相信你,我不傻!我告诉你!"

听到这句话,夏飞忽然不知道哪儿来的勇气,抬头看着他说:"既然你不傻就应该知道这也不是坏事,我承认我在宫舒悦身上获得了一些灵感,但艺术从来都是来源于生活并高于生活,网上那些评价你也看到了,有人很喜欢,每天追着看,我们当初想要的不就是这种效果吗?"

听到"我承认我在宫舒悦身上获得了一些灵感"的时候,宫舒悦忽然愣在了那里,睁大了她那双细长的眼睛看着夏飞,像是不相信自己的耳朵一般。夏飞敏锐地捕捉到了她表情上的失望与难过,但此时此刻,也只能假装没有看到,继续说:"给您添了麻烦实在不好意思,但说实话我也没有想到会这么火,这才三万字不到,阅读量已经过了十五万,我自己都没有准备好。"

听到这些,宫墨明的气愤才平复了一些,他精明地注视着夏飞,夏飞这一次没有移开目光,没过多久他就隐约地觉察到,其实宫墨明并不相信他这些鬼

话,他讨厌自己,因为他侮辱了他的女儿;可是他也知道这篇文章在网上火起来是件好事。

最终宫墨明的商人本色占据了上风,他淡淡地说:"你出去吧。"

夏飞拉开门朝外走,宫舒悦一步跨到他面前,但还没来得及开口宫墨明就说:"悦悦你留下。"

宫舒悦只好愤然地看了夏飞一眼才退回去,夏飞在宫墨明的办公室门口站了一会儿,才离开了蓝时文化公司。经过编辑办公室的时候好多面熟的编辑都特意看了他一眼,他思索良久,才大声说:"对不起大家,给大家添麻烦了!"

那些编辑却像都没有听到似的,转身继续接电话或者工作。

夏飞失落地走了出去,等电梯的时候吴唔突然追了上来,道:"等我一下,我刚好去印刷厂,可以带你一程。"

她背着一个很大的牛皮包,头发蓬乱,嘴边起了几个小泡泡,但夏飞一看到她还是觉得很是亲切,一直以来他都把吴唔当成自己的姐姐,她对他好,他不是不知道。想了半天夏飞才问:"你觉得我做对了吗?"

"什么?宫舒悦的事?"吴唔低头在包里掏了半天,终于拎了一串钥匙出来,接着才说,"毛姆喜欢揶揄他认识的那些贵族女性,钱锺书以讽刺见长,周围的人几乎一个也没放过,麦克尤恩几乎讨厌全世界……这些不用我说你也知道,并不是什么大不了的问题。"

但夏飞还是从她的语气中嗅到了一丝反对,他问:"但是?"

"但是伟大的作品都在试图透过这些表面现象去分析更深层次的内心和原因。我并不是说你写得不好,你毕竟还年轻,你的敏锐度、你的幽默、你的机灵劲,都足够让你写出一本很好看的书,你很有才华,我从业这么久,见过不少像你这样的年轻人,但是他们都没有坚持太久,很多人写了一本好书之后就失去了所有的才华,也有的人越写越差,到最后只好转行。我相信你自己也知道,拥有一时的创作热情是很容易的,但如果你想要长久地坚持下去,就需要更深邃的思想,耐得住寂寞,并且有同理心。"

两个人走到停车场,吴唔开着一辆很男性化的越野车,车里乱糟糟一团,

矿泉水、纸巾、书稿……到处都是,她收拾了半天才清理了副驾座出来,有些抱歉地笑道:"可能你觉得我是在纸上谈兵是吧?毕竟我自己没有写过书。"

"没有,我在想你说的话,我不太明白……"

吴唔笑了一下道:"现在不着急明白,你有的是时间。"

两个人一起上了车,接着车子离开了地下停车场,马路上车子虽然不算多,但交通状况也不算太好,吴唔却开得很快,冷不防地转一个弯,跟她本人一样犀利中带着一丝潦草。她边打着方向盘边问:"不过我不明白你为什么那么讨厌宫舒悦。别跟我说没有,你的感情都透露在了文字里,我看得很清楚。"

夏飞想了一会儿才说:"我不知道,我可能只是有点儿烦她,她总是追在我后面让我快点儿写文章,或者说哪里写得不太好之类的。你知道我们学校很多人都看过我的书,偶尔也会让我写新书,或者说哪里写得不太好,但没有一个人会像宫舒悦一样穿过整个校园跟在我后面讲。她很粗鲁,也很自大,我不喜欢这种被人宠坏了的小女孩。你也认识她,知道她说话的风格,她真的不是讨人喜欢的女孩。"

夏飞想到以往每次在学校里碰到宫舒悦时的状况,忍不住痛苦地摇了摇头。不像别的女孩总是三五成群那样,宫舒悦总是一个人,她个子不高,却总是穿些奇奇怪怪的衣服,比如那种大红大绿的衬衫,以及酱菜一样颜色诡异的衬衫。夏飞总是想不明白,她家里明明条件还不错,为什么总是要把自己打扮成巫婆一般呢?

而宫舒悦却好像一点儿都没看出来夏飞的厌恶,常常一路小跑着出现在夏飞面前,说:"你的封面选好了没有?"

或者:"你怎么不宣传啊?不宣传你的书怎么能卖出去?"

也不知道为什么她总是缠着他,好像没有别的事干似的。夏飞有一次忍无可忍,对她说:"我的大小姐,你到底有没有自己的生活啊?总是跟着我干什么?"

宫舒悦却瞪着他道:"你的书是我发现的,我当然得从头跟到尾,不然不就半途而废了吗?"

一想到这里,夏飞就头痛了。

吴唔却笑了一下才说："你知道你的第一本书是她介绍给我的吧？"

"知道。"

"当时她跑到公司打印了你的稿子递给我，说这是她的一个学长写的，很好看，希望让我帮忙出版。我是编辑部主任，一般这种稿件我是不看的，简单说我们会有一个过滤的环节，因为很多人都在写书，很多人都想出版，别看我们是家小公司，每个月经手的书稿也有成百上千，一般都是助理编辑在这堆书稿里挑出二三十部觉得还不错的报到我这里，二三十本里面，我又会淘汰一大批，到最后能出版的有三五本已经不错了。就像你说的，宫舒悦粗鲁自大，当然她是我老板的女儿，我得卖她几分面子，所以当时我跟她说我待会儿看，她却一直站在我办公桌前，让我当即就看。我知道你讨厌她，其实我也不太喜欢她，可是说实话，没有她的话我大概一辈子也看不到你那本书。她把书稿给我之后就每天打电话追问我看到了哪里，你能想象吗？我几乎是被逼着看完了这本书——幸好你的书不难看。"

夏飞想象了一下当时的场景，忍不住笑了笑，这的确是宫舒悦的风格。

吴唔叹了一口气才接着说："其实我小时候跟她有点儿像，自大骄傲，并不是刻意要让别人讨厌，而是没有办法跟大家交流。那时候我看过很多书，自以为很成熟，而周围的人都很幼稚，我有时候只想一个人静静地待着，但他们总是来吵我，渐渐地我发觉，如果做一个很讨厌的人的话，大家就不会打扰自己了。"

夏飞的心底有什么东西被触动了，但还是说："我才不相信你会招人讨厌呢！你这么聪明，大家一定是因为喜欢你才去烦你的。"

虽然知道夏飞是在哄自己，但吴唔还是笑了。

"总而言之，没必要对宫舒悦那么坏的，她毕竟还是一个小女孩，即便不受欢迎，也有着一颗很脆弱的心。我是从少女时期过来的，最清楚少女的心思，你是个大人了，应该懂得照顾她们才是，迁就一点儿，温柔一点儿，将来她们会感激你的。"

她转了一个弯，夏飞的学校就近在眼前了，看到那些在操场跑步的学生吴唔才想起什么似的，对夏飞说："对了，叶伟豪交了新小说的大纲，你知道了吗？"

"啊?不知道,写什么的?"

吴唔沉思了一会儿才说:"你自己去问比较好。"

夏飞像是意识到了什么,不太确信地看了吴唔一眼,吴唔却给了他一个肯定的眼神。

夏飞的心里便"咯噔"了一声。

但实际上夏飞直到两天后才有空跟叶伟豪聊起这个话题,因为那天他刚回来不久宫舒悦就跟着回来了,夏飞正在上课,忽然瞥见宫舒悦正站在窗外盯着自己,他愣了一下,假装没有看到,别人却都知道宫舒悦正盯着夏飞,忍不住窃笑了起来。

自从文章在网络上发布之后,他的同学们也开始关注起宫舒悦来,虽然夏飞不止一遍地声明过故事并非以宫舒悦为原型,大家却还是像没听到一样,津津乐道着有关宫舒悦的一切,她的衣着打扮,她的性格特质。即便是夏飞有时候也会惊讶于宫舒悦的人生之精彩,比如她会在学校的考试中认真写下一部网络小说的书评;比如她曾经投稿到某家杂志社,对方礼貌地回复她的文章不够好,她就特意跑到那家杂志社跟编辑大吵了一架;比如她曾写信点名批评某位德高望重的老师品位差,推荐的书目非常不合理⋯⋯

夏飞在还没有听说这些事情之前就已经写了类似的情节,他以为自己已经足够夸张了,没想到这些事情在现实里真的会发生。他有时候自己都惊讶于宫舒悦会跟陈小露这么像,也难怪别人会觉得陈小露就是宫舒悦,因为她们的人生简直就像镜子的两面,一个在现实生活里,一个在小说里,却有种异曲同工的味道。

但一想到吴唔说过的那些话,夏飞又忍不住责怪自己,他的确不应该这样欺负一个十几岁的小女孩。

下课铃声响了起来,夏飞深吸一口气,决心这次对宫舒悦温和一些,谁知道没聊几句这个决心就被打乱了。只见宫舒悦气咻咻地盯着夏飞问:"你之前在我爸办公室说的那些话是什么意思？你在我身上获得了哪些灵感？"

"呃……那只是我随口说的。"

宫舒悦却说："我不觉得，你不是那种会撒谎的人，你说在我身上获得了灵感，那就一定是，而且我自己也看得出来，很多情节跟我的生活有点儿像。"

她直视夏飞的眼睛，那种目光与宫墨明如出一辙，非常精明、专横。夏飞最后只能无奈地说："好吧，我的确是参考了一些关于你的事。"

"比如？"

"袜子。"

"袜子？"宫舒悦侧头想了一会儿，才问，"还有呢？"

"外貌。"

显然这个答案令她有些伤心，她一动不动地看着夏飞，好像要很努力才能控制自己的情绪似的。但她还是控制得很好，半晌才说："我觉得我没有陈小露那么丑。"

这是个不动声色的陈述句，她说的也都是事实，她的确不像夏飞的女主角那么夸张，她只是不好看而已。至少她的五官是有生命力的，一张真实的脸，在路上你常常会看到这样的面孔，鲜活、生动，只是不好看而已。

但这句话从她嘴里说出来，还是有些好笑。

夏飞遥遥地看到一个熟人，便道："我得走了。"

宫舒悦却一大步跨上来拦住他，说："不行，我们还没说完呢！"

"我有事，我得去一趟老师办公室。"

"借口！"

这的确是借口，但夏飞还是心虚地解释说："我下午去你爸的办公室，没来得及跟老师请假，下午上课老师点我的名了发现我不在，我得跟班主任解释一声。"

"不行。"

宫舒悦就这么笃定地看着夏飞，她的个子很矮，所以从夏飞的角度看来，那双眼睛的眼白多过黑眼仁，有一种阴森之感。夏飞叹了口气，转身朝走廊

的另一边走去，宫舒悦不依不饶地跟了上去，问："你到底为什么这么讨厌我？"

"我没有！"

"你撒谎！"

整个走廊的人都看着他们笑，说起来也很奇怪，初中生跟高中生只差了几岁而已，看上去却是一目了然。夏飞在年级里一直有很高的人气，他跟不少男生打过篮球、帮不少女生抬过东西，本来就很受欢迎，自从出过一本书之后，他的大名更是尽人皆知，有时候即便是不熟悉的同学见到他也会打个招呼。

此刻这些认识夏飞的人都笑眯眯地看着他们，夏飞假装不在意地冲其中几个耸了耸肩，内心却几乎想要喊救命了。

最后救了他的是上课铃声，他沿着走廊绕了一个圈才回到座位上，宫舒悦不敢进来，就一直站在教室门口盯着夏飞看，上课的老师走了进来，诧异地看了一眼宫舒悦，她这才不甘心地跑开。

之后接连两天都是这样，一下课宫舒悦就出现在夏飞的教室门口，他去超市买东西，她跟在后面；他去操场打篮球，她也跟在后面；放学后他回家，她会一路跟到夏飞家楼下……

久而久之所有人都知道夏飞有了一个小小的、难缠的尾巴，于是就看到夏飞开始主动避开。终于有一天，夏飞忍无可忍，咆哮着站定道："你到底想干什么？"

"说清楚你到底为什么讨厌我？"

夏飞看了她一会儿，才说："我就是讨厌你像现在这样不停地跟着我，不达目的不罢休！为什么别人都明白有些事情强求不来，而你非要得到一个结果呢？你到底是谁啊？凭什么所有人都得迁就你，就因为你想知道答案？就因为你好奇？没有答案的事多了你懂吗？大家都能忘掉或假装忘掉的事情为什么就你忘不掉呢？为什么就你介意呢？为什么就你这么咄咄逼人地追寻下去呢？"

宫舒悦张了张嘴，似乎准备说些什么，但还未开口夏飞就继续说："我还讨厌你仰仗着你爸爸的威风在学校里横行霸道！你以为我不知道你做过的那些

烂事儿？因为别人想要出书你就借机狐假虎威？你跟学校里多少个人讲过会帮别人出书，其实只是享受大家对你的奉承？你知道为什么一开始吴唔找我的时候，我还有些犹豫不想出版这本书吗？就是因为一想到出了这本书之后，我可能要不停地跟你打交道我就恶心你明白吗？你根本不用假装对我好而在你爸爸面前说那些好话，你爸爸其实很清楚我写的就是你！但你以为这样你爸爸就会不理我了吗？不会的，因为你爸爸跟你一样俗气，就是个商人而已！我是他的商品，你呢，更糟糕，连做商品的资格都没有！

"最后就是，我讨厌你长得不漂亮还总是想办法哗众取宠，天知道我根本不是唾弃你的外貌，多少平常的女孩都想办法掩饰自己的自卑和尴尬，只有你不一样，恨不能让全天下都知道你是一个讨厌的人。你就不能像那些不漂亮的女孩一样躲起来不要丢人现眼吗？你就不能静悄悄地做人吗？为什么非要别人关注你，你才满足呢？你就非得这么烦人才能找到存在感吗？"

这些话就像坏掉的水管中喷出的水一样一口气从夏飞的嘴里涌出来，其实在开口的时候他的灵魂就离开了身体飘在上空静静地看着自己，他并不想说这些的，也并不想真正地伤害到宫舒悦，但他控制不了自己，就好像现在控制他的是他体内另一个狂暴戾气的自己一般，他只能眼睁睁地看着宫舒悦的目光由黑变灰，那张原本就不怎么玲珑的面孔此刻变得苍白，头垂得越来越低，整个人也都黯淡起来。

过了好一阵子那个善良温和的夏飞才回到他的躯壳里面，他怔了半天，才小声说："对不起。"

宫舒悦却并没有看他，只是咬着嘴唇小声道："没什么的，你都说出来了也好，你放心，我以后不会再纠缠你了。"

说完她就转身跑开了，夏飞本想叫住她的，可是半天都没有开口，只能看着她瘦小的身体消失在人群之中。

也是这时候他才发现，他周围站了不少人，那些同学大概一开始也只是想看热闹而已，却没有想到会发生这种事情，都愣愣的。见夏飞回过神儿来，他们才一一散开，接着夏飞就看到了苏子兮，她也站在那里，正面无表情地盯着自己，看他的眼神与多年前夏飞嘲笑学校里的那个胖女生时如出一辙。夏飞知

道这次是真的完蛋了,但依旧硬着头皮叫了一声:"苏子兮……"

苏子兮却也跟着掉头走开了。

顷刻之间学校里就只剩下夏飞一个人,他朝四面八方望了望,接着才深深地、无力地叹了一口气。

这一幕从此就变成了学校里的一个奇谈,大家以讹传讹地谈论着那天的经过,似乎是为夏飞的那部小说找到了佐证一般,每个人都兴致勃勃地讲着事件的来龙去脉,学校里不少女生看夏飞的眼光都变了,夏飞当然知道原因,跟苏子兮混了那么多年,若说他学到了什么的话,那就是对女生的尊重。跟别的男生不同,他很小就明白了女生有多么介意自己的长相,一颗痘痘可以让她们忧愁半天,一点点肥肉可以让她们很久都不肯吃东西。一直以来他都很努力地去关照她们、爱护她们,但那天他的那番言论让他之前的行为都变得虚伪起来,他仿佛一个伪君子。

夏飞想要解释却没有办法,他只能假装视而不见,硬着头皮在学校里继续上课下课,听讲学习。

就连叶伟豪也觉得夏飞这次做得有点儿过激,说:"真有你的,这下子一口气把全校百分之八十的女生都得罪了!"

"为什么是百分之八十?"

"你不觉得虽然大家都没有表现出来,但大部分女生都觉得自己不够完美吗?"

夏飞想了想,好像是这么个道理。即便是苏子兮,也总觉得自己额头太过扁平,不够饱满。夏飞第一次听到时几乎要笑掉大牙,谁会注意到额头?

可是,她就是这么在意。

男生则不太一样,几乎所有的男生都觉得自己长相没有什么问题,性格也很好,将来一定会功成名就……男生的狂妄向来是毫无道理,所以想不明白女生为什么总是在计较。

想到这里,夏飞沉默了。

叶伟豪却拍了拍他的肩膀道:"放心,我知道你不是故意的。"

夏飞这才投去感激的一笑。

这是男生表达感情的方法,跟女生不一样,他们不会假装什么都没有发生过,主动谈起这些棘手的事情,同时又会用行为表达支持。光是这种直接都会让夏飞觉得女生更麻烦、男生更好相处,但同时他也明白,他的确是得罪了大部分女生。

他叹了口气才说:"我也不知道为什么会跟她说那些,其实我并不是那个意思……"

"我明白,不过,现在有点儿麻烦,本来大家都挺讨厌宫舒悦的,你这么一闹,大家反而同情她了,听说连苏子兮都主动去找她,让她不要把这些话放在心上。"

"是吗?"夏飞有点儿诧异,但,这又的确是苏子兮的性格。

"接下来打算怎么办?"叶伟豪问。

"把小说写完再说。"

叶伟豪静默了一会儿,才说:"我也提交了新的大纲。"

"我听说了。"夏飞道。

"不过我没有按照我们原本的约定写,我写了一个很俗的故事,就是吴唔希望的那种俊男美女风花雪月的故事。"叶伟豪低着头,尽量不看夏飞的眼睛。夏飞虽然猜到了大概,但还是忍不住问:"为什么?"

"我看到了龚艾吉背上的烧伤,当然不是我故意要看的,我不是送了她很多丝巾吗?最近她都不怎么穿高领毛衣了,而是在T恤外面围了一层丝巾,有一天我们在外面吃饭的时候,她的丝巾钩住了一个人衣服上的拉链,那个人没看到,还在继续往前走,结果丝巾就被扯掉了。"叶伟豪抬头看了夏飞一眼,才继续说,"挺吓人的一幅画面。"

夏飞那些关于烧伤的了解不外乎都是从电视或网络上看到的,虽然本地也有几个因为烧伤无法工作的乞丐,但夏飞平时都尽量不去看他们。他当然知道烧伤是什么样子,光是无意间看到都会恐惧半天,更别提那种伤痕是出现在一

个熟悉的人身上。

于是夏飞就像刚才叶伟豪所做的那样，也拍了拍叶伟豪的肩膀。

叶伟豪说："学校里那些人平时都尽量不在意她背上的伤，但那天有不少人都看到了，我看得出来大家是真的都挺同情她的，不过一想到大家用那种同情的目光看着龚艾吉，我就觉得难过。她是那种特别坚强的女孩，但我觉得，坚强的人被人同情是件更让人受不了的事。"

"我明白，龚艾吉的确过得挺苦的。"

"所以我想赶紧写一本书，赚些钱，然后把她的背治好。你也知道那样的书虽然没什么意思，但写起来比较快，也比较稳当。"

"我懂。"

两个人都沉默了一会儿，才非常有默契地转移话题。叶伟豪问："那你打算怎么办？跟宫舒悦就这么下去了？"

"我们本来就不算熟，"夏飞说，"学校这么大，不常见到才是正常的，她这样我反而清静了。"

"那苏子兮呢？"

夏飞想了一会儿才说："我不知道。"

叶伟豪同情地看了夏飞一眼才说："这阵子你可有的受了！一个暖男校草沦落成过街老鼠，那帮女生估计要哭瞎了。有好几个女生还特意支持你呢！为了她们你也得加油才行，把这本书写好了才有机会扳回一城。"

夏飞故意用轻快的语气说："笑话！我盖世无敌，怎么可能会被这种小事打垮？"

叶伟豪便哈哈大笑起来。

两个人还是像以前一样在操场上打了一会儿篮球才各自回家，傍晚的校园，总是有一种淡淡的空寂，一群白鸟正从天边飞过，空气中传来香椿的味道，夏飞背着书包缓慢地走着，忽然觉得寂寥。他想到了宫舒悦，想到了苏子兮，又想到了叶伟豪，接着觉得自己的人生已经走到了一个奇怪的境地。好像突然之间他熟悉的那些人都离自己而去，那些从小一起长大的朋友、看到自己就微笑的同学、仰慕过自己的人、友好对待自己的人、一起写书的好哥们、打

篮球的伙伴……他并不知道究竟是哪一根弦搭错了位置,但他的生活却忽然之间全都被改变了。

其实他能理解叶伟豪,但他还是觉得叶伟豪背弃了自己。那个赌约如今只剩自己一个人在坚持了,原本两个人还好办一些,一个人……他终究没什么底气。

为了那本书,他已经失去了很多。值得吗?他问自己。

可是他并不知道答案。

回到家之后他特意去苏子兮家楼下的丝瓜架摇了一下,才发现线另一头的铃铛已经被摘掉了。

夏飞握着那根细细的线愣了好久,才上楼去敲苏子兮家的门。苏子兮的妈妈见是夏飞,立即说:"子兮说她最近练琴比较忙,过一阵子再去找你。"

夏飞不知所措地站在那里,苏子兮的妈妈知道他们又在冷战了,才冲夏飞眨了眨眼,小声说:"别着急,可能过几天就好了。"

夏飞小声地"嗯"了一声,才说:"谢谢阿姨。"

苏子兮家的门在他身后关上,他落寞地回到自己家,才发觉自己的心出现了一个小小的缺口,那种孤独的感觉让他难受极了。

第四章发完了之后,夏飞终于没有存稿了。

周末,他坐在电脑前千辛万苦才打完了几行字,不久又删掉;再打,再删,到最后天色渐晚,才发现只打了几行字而已。

写作是讲究状态的,状态好的时候可以哗啦啦地写几千字还兴奋异常,废寝忘食;而写作状态差的时候可能一个字也写不出来。

以夏飞的经验,小说最好写的就是开头和结尾,最难写的部分则是中间的推动。这一本小说或许例外,因为夏飞还没有想好结尾。前几万字他都在用各种情节铺垫,用以介绍陈小露此人,但如果没有结尾的话,他根本不知道陈小露该何去何从。

以往他遇到这种状况时会找苏子兮商量，她常常能给他一些很别致的建议，让他灵感大增。在他出版第一本书之前他就常常会编一些小故事讲给苏子兮听，她从来都是他的第一个读者，告诉他优点在哪里、缺点在哪里、哪里描写不够清楚、哪些设置不太合理。对于夏飞这样一个生涩的写作者来说，这些建议都是非常有必要的。有时候他想到很多设置，在写的过程中却忘了介绍；又或者他认为一些很好的情节，在别人看来可能有更好的设定。夏飞并不相信三个臭皮匠顶一个诸葛亮之说，但苏子兮对他的帮助却是显而易见的。如今没了苏子兮，夏飞就犹如少了左膀右臂，只觉得寸步难行。

　　在楼下打了一阵篮球之后夏飞望着苏子兮的窗户发了好大一会儿呆，才无奈地打电话给叶伟豪，谁知道叶伟豪的写作状态却很好，他刚刚开头，正是想法最多的时候，得知夏飞卡壳了便安慰他说："不用着急，过几天就好了。"

　　两个人都知道这样的安慰是无力的，但除此之外，好像也没有更好的话可以说。

　　夏飞说："可是在网上连载的话，如果很久不更新就会失去读者，我现在一个字的存稿都没有了，如果再写不出来，下周五读者就什么也看不到了。"

　　"下周五那么遥远的事谁说得准？别担心啦！再说，你现在已经有了二十万的点击量，凑够一百万很容易的。"

　　"我只是想找个人聊聊，以前都是找苏子兮，现在却不知道可以找谁。"

　　"你们还没和好吗？"

　　夏飞只好把铃铛的事情告诉了叶伟豪，叶伟豪也立刻明白了过来，这次不是小事情，他沉默了半晌，似乎是在考虑怎么安慰夏飞，夏飞却听到电话那头有人叫叶伟豪吃饭，夏飞只好说："我先挂了，你去吃饭吧。"

　　"别想那么多了，我也常常有写不下去的时候，有时候听听音乐、洗个澡、打会儿游戏，睡一觉就好了。"

　　夏飞苦笑，没法告诉叶伟豪这些事情他都做过了，但毫无效果。

　　挂了电话后夏飞准备回家，叶伟豪的电话却又打了过来，他有些兴奋地说："你要不要找龚艾吉帮你看看？她看过很多书，很懂小说的，给过我好多意见！"

"是吗？号码发来！"夏飞仿佛看到了一线希望，立即给龚艾吉打了过去。龚艾吉立即答应了夏飞，并说："不过我对小说的要求可是很高的哦！"

"没关系，要求高才好！"夏飞这样回答。

然而几天之后，他才发现龚艾吉并不是开玩笑而已。

那天他们约在一家咖啡馆见面，为了感谢龚艾吉，夏飞特意点了很多零食，龚艾吉却说："我可能会让你失望呢！"

"不会的，伟豪特意跟我推荐你，说你懂很多。"

"但我对你跟叶伟豪的期待不太一样，你知道我看过你的第一本小说吗？在我们学校的图书馆里借的，当时图书馆的老师特意跟我说那是我们学校的学生写的，我就想看看，是谁那么厉害这么小就出版小说啊！"

夏飞一脸震惊："什么？我们学校有图书馆？"

龚艾吉爽朗地笑了起来，道："就在化学实验室旁边，不过很小一间，只有几千本世界名著之类的，你知道的，就是老师规定大家必须要看的那种。当然，除了你跟伟豪的。"

一想到自己的书跟这些功成名就的大师的书摆在一起，夏飞就忍不住有些沾沾自喜，问："然后呢？"

"说句实话呢，我觉得你比伟豪有才华得多，他缺乏写作的天分，有的只是有趣、幽默，还有兴趣而已。写作这种事情是讲究天分的，你应该知道，光是从描写就能看出来了，伟豪写的全都是作文中那一套，你则敏感得多。"

"哇！这还叫会让我失望？你有没有跟伟豪讲过这些？"

"讲过呀，不过他知道自己是写着玩玩而已，所以只是伤心了几天，并没有因此跟我绝交。"龚艾吉狡黠地眨了眨眼睛，她照例戴着丝巾，可是眼睛里耀眼的光泽还是让她看起来分外生动。

"所以呢，我一直希望你能写出非常好的作品来，尤其是这一次，伟豪还是写了比较俗气保险的题材，而你呢，却试图挑战自己。老实说我一开始挺期待的。"

"一开始？"夏飞皱起眉来，心里有了不好的预感。

龚艾吉侧头沉思了一会儿才说："你应该知道好的小说具备哪些要求，除

了最基本的文笔要过关以外，人物和情节的布局才是展现一个作家的智慧之处。我在一本书上看过，说小说最重要的是人物，如果一个人活了，那么整部小说都会变得很好，比如《安娜·卡列尼娜》。"

夏飞点了点头，惊讶地发现龚艾吉的确比一般的爱看书的女孩子懂得多，她就坐在他对面侃侃而谈，虽然还有些生涩，但想要表达的东西却条理分明。夏飞自认为已经看过很多小说，但有些细节考虑得却比她还少。

"基于这一点呢，我很认真地看了你的小说。"她边说着，边从口袋里掏出一个小本子。

夏飞被她的这个动作震住了，第一，他没有想到她会这么认真；第二，瞥见了小本子上那些密密麻麻的字之后，他开始有了不好的预感。

龚艾吉看了他一眼才说："我开始说了？"

"等一下！"夏飞低头思索了一会儿，像是在做什么重大的决定似的，喝了一口咖啡才说，"你说吧。"

龚艾吉仰头看着他道："我得再说一遍，我对你的期望比对叶伟豪高。"

"我明白。"

"那么我开始了。"她深吸了一口气，第一句就是，"我一点儿也不喜欢陈小露，但并不是因为她性格讨厌，而是，我觉得你写得糟糕极了。"

夏飞的心就这样沉到了海底，他开始后悔找龚艾吉了。

第四章 伤害，像极了冬天

天好像不知不觉就开始冷了。

夏飞坐在苏子兮家的楼下，感慨于自己怎么会沦落到这种地步。

凌晨四点的小区几乎空无一人，天边微微有一些光亮，路灯却还亮着，透过树木在地上留下了寂寥的影子。夏飞一动不动地盯着二楼那个他熟悉的窗口，觉得自己简直变成了一块石头一般，仿佛可以在这里一直等到海枯石烂。

自从跟龚艾吉见过面之后夏飞的情绪好像就再也没有好过，他的胃口变得很差，吃不下饭，也睡不着觉。晚上好不容易睡着了，耳边却突然传来一声"我一点儿也不喜欢陈小露"。

就像雷声一般，这句话令他立即从梦中惊醒，怔怔地看着黑暗中的房间，被绝望紧紧地包裹了起来。

龚艾吉对他讲过的话还停在耳边，她说："我理解你为什么要设置这样的一个人物，毕竟一个与众不同的人会比一个普通人更吸引读者，也更具有戏剧性。但这个人物的性格设定毫无缘由，好像就是为了让人讨厌而讨厌。比如说她小时候被保姆讨厌的经历，我觉得非常不合理，我不觉得有保姆会因为一个小孩子难看就讨厌她，我相信对于一个专业的保姆来说，任何小孩子都是讨人喜欢的……"

夏飞打断她道："你没有看到过那些虐待婴儿的保姆的新闻吗？"

"当然有，但那是两码事，你又不是在展现人性的恶意或者社会不公之类的问题，你是在描述陈小露的奇妙成长经历，你假设她从小就遭遇到各种不公正的对待，久而久之开始仇恨全世界，但你又为她的性格扭曲加入了太多奇怪

的借口，比如因为保姆讨厌她，她小小年纪就学会用阴暗的手段对付保姆，但你不觉得一个一直被家长宠爱的孩子，遇到这种事会先告诉自己的家长才对吗？"

"就是因为她没有告诉家长，才说明她性格诡异啊！"

"这一点本末倒置啊，你是为了说明她性格诡异，才设置了一个这样的情节，而不是因为经历了这些事情之后，她的性格才开始变得诡异的。你再仔细想想看，你说陈小露自出生起就住在自己家的大房子里，没怎么跟别人接触过，她的亲戚们都因为她丑而不想看到她，这一点读者知道，你知道，陈小露却不知道。她从出生开始就是一个被保护得很好的人，根本没怎么跟外界接触过，不知道大家看到她就烦，这种情况下她怎么可能就明白了人性的虚荣势利呢？怎么就忽然之间开始报复了呢？"

夏飞静静地坐在那里，很努力地强迫自己冷静，同时又觉得内心有什么东西开始松动了，因为他知道龚艾吉说的都是对的，他的确想不到有什么更好的原因令陈小露变成了后来那样的人，所以安排了一个这样的情节，非常牵强。他也不是想不到更好的办法处理这一段，只是抱着一丝侥幸心理偷了懒，谁知道却被龚艾吉一眼就看穿了。

龚艾吉看出了夏飞的心情非常不好，有些尴尬地问："还要继续吗？"

"继续说吧。"

虽然这样说，夏飞却还是明白自己只是在逞强而已。他不能透露自己内心一丝一毫的脆弱，不得不假装他能接受，假装自己是个讲道理、客观、大气的人，像一个真正的男子汉那样可以直面这样的挫败感。因为他知道一旦他坚持不下去了，只会更让人诟病。

"类似的桥段还有，陈小露设计陷害鸠笙那一段，以及陈小露陷害大飞那一段，都有一样的问题。"

龚艾吉所指的是夏飞当初跟苏子兮产生了争执的情节，为了突出陈小露的变态，夏飞安排陈小露因为嫉妒鸠笙长得美而总是欺负她，也就是后来在网上爆红的那个情节：她把用过的内裤缝在了鸠笙衣服上，又强迫她穿着那件衣服在学校里走来走去。鸠笙是陈小露家司机的女儿，她爸爸开着陈小露爸爸的车

赚外快的事被陈小露知道了,她以此不停地要挟鸠笙,总是让她出丑。

而大飞则是书里的男主角,他性格敦厚,充满善意,一直觉得命运对陈小露不公,所以对陈小露格外好,然而陈小露并不领情,总是利用他的善良让他遭遇各种麻烦。

夏飞在脑子里回忆着跟这两个人物有关的情节,但想着想着脑海里浮现的却是苏子兮的脸。他想起他们当时为了这个情节而争执时她面无表情,那种不动声色的怒气,像一个外科医生般冷酷。

如果那时候听了苏子兮的话就好了,夏飞想,如果他当时改掉这个情节,现在也不用面对龚艾吉的批评了。

后来龚艾吉说的那些话夏飞就没太用心听了,总的说来,就是被批评得一无是处。夏飞一直静默地听着,龚艾吉停了下来,又看了他一会儿,才轻声说:"很遗憾,生活就是这个样子,得不断地付出才行,一点儿懒都偷不得,一点儿侥幸都不能有。"

"你呢?就是一直这样坚持下来的吗?"夏飞颇有些讽刺地问。

龚艾吉却并没有接招,她看着夏飞的双眼,诚实地回答:"我不是,很奇怪的是我不是。遭遇了那场事故之后,大家对我的要求就变低了,就算是做最普通的事情,别人也会觉得我很坚强。人生有时候很奇怪的,你还什么都没有做,大家已经替你分好了类别,剩下的只是把你按照类别套进去而已,你做什么都是佐证。"

夏飞静默了很久,才说:"我该回去了。"

他拿起账单去收银台结账走人,龚艾吉却跟了出来,大声叫着:"喂!"

夏飞回头,看到龚艾吉那张有些抱歉的面孔,她迟疑了一下才说:"也许我这么说会显得很自大,不过说实话,如果你想不明白这些的话,将来会遇到更麻烦的事。"

她说那句话的样子就像个女巫一般,眼睛里有种高深莫测的感觉,同时又让人相信。

夏飞现在知道为什么那些女孩喜欢找龚艾吉倾吐心事了,她身上有种超然的态度,让人们很容易就变得轻松了一些。

"不管怎么样,还是要谢谢你。"夏飞说。

"你会坚持写下去的是不是?"

"我现在不知道了。"夏飞由衷地说,"我可能得想一想。"

迷茫,挫败,孤独。这是夏飞这么多年来从未体会过的情绪,此刻它们却一下都涌了出来,像苍蝇一样围绕在夏飞的周围。他就像丢了魂一般,焦头烂额,又手足无措。他很想跟苏子兮聊一聊,就像这么多年来无论发生什么事他们都一起商量那样,共同面对这一切。但她不肯见他,他只好像个傻瓜一样坐在她家楼下,怀念他写第一本书的时候,苏子兮跟他一起商量小说情节、聊天、幻想未来。那个时候他们那么好,仿佛一辈子都会是好朋友,但谁知道,才过去一年,他们的友情就不复存在了呢?

天渐渐地亮了,楼道里有人走了出来,夏飞这才站起来准备回家。腿有点儿麻,空气也很冷,他闷头往前走着,却没有注意到从楼道里走出来的正是苏子兮。她要去便利店打工,看到夏飞的背影时愣了一下,但最终,她也只是看着他远远走开了而已。

那之后连续两周,夏飞的小说都没有在网上更新。一开始还有人追着问后面的剧情,后来大家就仿佛放弃了一般,不再期待后面的故事了。

邮箱里倒是塞满了询问小说后续的邮件,夏飞翻着翻着,看到了一个有些熟悉的ID(用户名),点进去,没想到里面竟然写满了字。邮件是一开始支持夏飞的那个小鱼儿写的,他都快忘记她了,谁知道她却每看完一章都会写一长串的评论发给自己。内容倒是跟第一次差不多,有指出内容上的小问题的,也有夸奖写得棒的。她很细致地把他的错别字都标了出来,然后有些调皮地说:下次要注意哦!

见夏飞一直没有更新,她便说:为什么最近都没有写新的?是发生了什么事吗?我在论坛里看到你好像跟你们学校的人产生了矛盾?是因为那个原型吗?如果是的话请千万不要在意呀!谁的小说会没有原型呢?我觉得人活

在这个世界上,总是免不了要得罪别人的。快点儿写完,我请你吃糖。你喜欢吃糖吗?

夏飞忍不住笑了起来,他猜测小鱼儿是个很细心的女孩,虽然不怎么漂亮,但一定十分温柔。犹豫了一阵他才忍不住回复:多谢你写这么多评论给我,之前太忙,一直没有看到。最近停止更新不只是因为学校里的那个女生的问题,还有很多别的事情……

也许是太久没有跟人倾诉过,夏飞忍不住把生活里发生的所有事情都讲给了小鱼儿,包括跟苏子兮的冷战、包括龚艾吉带来的打击、包括自己的迷惘和失意。他写了很多,也没有考虑到可能会吓到读者,写完之后就点击了发送,过了一会儿有点儿后悔了,却已来不及了。

谁知道小鱼儿很快就回复了,她说:我觉得那个叫宫舒悦的女生应该能理解你的,你倒不用担心她。你想啊,她一直在看你的文章,从你还没有出名开始就在关注你,一定知道你在做什么。虽然你那些话说得过分了一些,但我认为她不是那种会计较这些事情的人,毕竟她也习惯了呀!至于那个被烧伤的学妹,我觉得虽然她说的都是对的,但你也不必因此而一蹶不振,毕竟每个人对小说的要求都不太一样,看她的评论我猜她很喜欢看名著吧?喜欢看名著的人跟我们这些喜欢看畅销书的人不一样,我们会比较期待有趣味、戏剧化的故事,要知道天底下的故事就这么多,其实所有的类型都被人写完了,现代小说的要求跟以前肯定是不太一样的……

她的文笔自然而随意,就像面对面聊天似的,夏飞很快就看完了,只觉得无比感动。

其实写作最快乐的无非就是这些,能被离自己很远的人看到,能让两个陌生人之间建立起共鸣,能够彼此安慰。他忍不住问:你几岁啦?人在哪里?

我十五岁了,在离你很远的地方,一座北方小城,你肯定没有来过。

夏飞好奇地回复道:来,给我讲讲你的生活,告诉我你是一个怎样的人。

我只是个很普通的人,家境普通,人也很普通。小的时候有一个亲戚送过我一本《豪夫童话》,我看完之后很喜欢,从此就爱上了看书……我很喜欢你的书,觉得你跟别的少年作家不同,有一种特别的气质,比较爱思索,也愿意

接受挑战，我觉得这一点非常了不起……

事后想想，连夏飞都觉得奇怪，他怎么就突然忍不住跟一个小女孩在e-mail上聊起天了呢？他可是个才貌双全的偶像派作家啊！

但不得不承认，有了小鱼儿的陪伴，他的情绪才稍稍好了一些。以前他特别困惑女生为什么这么需要友情，为什么她们连上厕所都手拉着手，如今他几乎失去了所有的朋友，才发现有人陪着自己，相信自己，是一件多么温暖而快乐的事。他虽然照例平静地穿行于校园之中，上学放学，对着电脑发呆，但内心孤寂了很多，必须要很努力地调整情绪，才能让自己平静一些。

这是一本长篇小说的中间阶段，故事虽然停滞了，心情却如大海一般平静，那是一种很奇怪的预感，夏飞很清楚地知道最困难的部分已经过去了，渐渐地海底会涌起很多波浪，他会想明白这一切，灵感会像海浪一样波涛汹涌地向他袭来。那个时候他会写得更好，更快。

只是在那一天到来之前的日子，远远比想象中还要难熬。

接着，十一月的某一天，早晨刷牙时夏飞耳边突然响起了一个尖尖的声音，问："喂！你到底要把我弄到哪里去？"

那是一个典型的女孩子的声音，尖细、任性，带着一股嚣张。

夏飞怔了一下，看着镜子里的自己，然后，他仿佛看到了那个窄窄的、长满了雀斑的脸蛋；眼白很多，黑眼仁很小，目光中透着刻薄和无情；嘴巴很宽，还天生有一点儿歪，看起来就像一只青蛙一般；头发蓬乱，却穿着一条很招摇的红色裙子，整个人都有一种不合理的病态。

她跟宫舒悦有那么一点儿像，但她比她更跋扈、更嚣张，叉着腰瞪着夏飞，愁苦的脸上写满了不满。

夏飞当然知道她是谁，她是陈小露——他的女主角。

是有这样的情况的，当你写的东西足够多了之后，你会发现你写的人物突然"活"了。他们出现在你的面前，你能看到他们的脸，能听得到他们的声

音。他们好像就生活在你的周围,对你了如指掌,而你对他们一无所知。虽然你创造了他们,但到了一定程度之后,他们就摇摇晃晃地站了起来,朝着与你的预期完全相反的方向走,根本不由你控制,你只能听他们的,跟着他们往前走,被故事推动,而不是推动故事。

夏飞此刻就静静地坐在桌前,脑子里想象着那个脾气很不好的陈小露。她怒气冲冲地瞪着他,问:"你为什么要把我写成这个样子呢?"

"不怪我,灵感忽然就来了,我一闭上眼睛就想到了这样的你,根本没法控制。"

"但你可以对我更好一点儿的!"

"那样小说就不好看了。"

陈小露怀疑地看着夏飞,双臂环抱在胸前,依旧不高兴地说:"除了好看之外难道你就没有别的追求了吗?"

"我也想写得深邃一些,不过对不起,我暂时写不出来。"夏飞有些抱歉地说。

陈小露的气愤这才缓和了一些,她放开了双臂,盘着腿,一本正经地看着夏飞说:"那么来说说,接下来你打算怎么办?"

夏飞很诚实地说:"老实说,我不知道。"

"你有没有想过我会怎么办?"

"什么?"

"你不是已经知道我是谁了吗?知道我是怎么想的了吗?那么你猜猜,如果我是你的话,我会怎么办?"

夏飞想了好久,一道光突然在他的脑子里闪过,他抬头看了看窗外,发现窗外全都是雾。有一个念头出现了一下,但很快就消失了,夏飞叫了起来:"我知道了!"

可是再低头,才发现陈小露已经不见了。

房间里的闹钟显示已经是早晨六点半了,夏飞这才飞快地穿上外套抓起书包跑出去,经过便利店的时候看到苏子兮的好朋友兔子,于是停了下来。兔子见是夏飞,毫不客气地翻了个白眼,夏飞却一点儿都不在意,拉住她说:"麻烦你跟苏子兮说一声,我想到该怎么办了。"

"你自己去说!"兔子很不满地看着夏飞,嘴巴上却又问,"什么东西想到怎么办了?"

夏飞却早已跑掉了。

上课铃响起之前,夏飞跑到了初中部,气喘吁吁地找到龚艾吉道:"我可以看看你脖子上的伤吗?"

"什么?"龚艾吉一脸惊讶地看着夏飞,天知道这个要求有多么不合理,多么不礼貌,但龚艾吉像是知道夏飞在想什么似的,走到一个没人的角落,摘掉了脖子上的围巾。

脖子,这个本该是身体最正常的部位,此刻就以一个骇人的状态出现在了夏飞面前。

龚艾吉的脖子形状跟别的女孩并没有什么不同,细细的,长长的,只是那些原本由洁白皮肤包裹着的地方此刻被斑驳的形状代替,它们有的就像干了的胶水一样皱成一团,有的又像婴儿的肌肤一般光滑;因为烧伤的程度不同,皮肤的恢复状态也不同,有的是深紫色,有的则是白纸一般没有生命力的白色。对于夏飞而言那些伤疤并不恐怖,但他想得到那些隐藏在衣服后面的,面积更大的伤痕,顿时就明白了龚艾吉的哀伤。

虽然明知道不太礼貌,他还是忍不住碰了碰龚艾吉的脖子,那些受伤的地方很软,像那种刚出生的小动物一样,有种怪异的黏黏的感觉。但透过那样的皮肤,夏飞还是感觉到了龚艾吉被隐藏起来的内心,流动着的血管,跟自己的指尖轻轻地碰到了一起。他忍不住说:"其实,你并没有那么在意被烧伤这件事是吗?"

龚艾吉虽然还有一些疑惑,但还是点点头道:"你非要说不在意呢,也不尽然,我当然也希望能有一个漂亮的脖子和背部,也希望长大了之后能穿上那种很优雅的漂亮的裙子;可是,你要说有那么介意的话,其实也没有,毕竟事情已经没有办法改变,我就只能带着这样的背部和脖子一起往前走。"

"他们会强迫你在意吗?"

"我不会用'强迫'这个词来形容他们,不过如果有人说你好可怜的话,

你总不能摇摇头说并不是吧？我也只能假装出一副可怜的样子等待他们惋惜的表情，不然能怎么办呢？"

夏飞想了想，好像的确没有别的办法。

龚艾吉道："当我走到一个新的环境中，认识了一些新的人，大家看到我穿着高领衣服，总是会忍不住问我发生了什么事情。我有的时候很想找个借口敷衍掉，可是南方的夏天这么热，不会有人觉得你是因为爱好才穿这样的衣服，我只好把事情的经过原原本本地告诉他们，然后等着大家一脸同情地说'好可怜啊'。有的时候我很想告诉他们，如果他们不说这句话，我会忘掉自己身上的伤疤，以为自己跟别的女生一样，平平静静地生活下去。可是没有人会在意这些，大家都觉得说我'好可怜啊'是应该的。"

夏飞说："这就是你所说的分类。"

"是的，我从一开始就被划分到'很可怜'和'很坚强'那一类里面了，我只能微笑，只能坚强，没有别的选择。"

"而我是个作家。"

龚艾吉补充："作家就应该见多识广、聪明睿智，没有别的选择。"

夏飞笑了起来，他把围巾围在龚艾吉的脖子上面，龚艾吉伸手系好，才抬头看着夏飞道："我知道你想说什么，其实一开始看那本书的时候，我就觉得陈小露跟我是一样的。陈小露相貌不好看，我呢，某种层面上说也属于相貌不好看的类型。但其实我并没有很在意身上的伤，所以我就在想，可能陈小露也没有很在意自己长得丑这件事。但别人总是会不断地提醒她她长得很难看，大家对长相不漂亮的人的期待，和对长相漂亮的人的期待是一样的。长得不好看，大家就会期待她性格也很糟糕，并深深地为长相自卑，大家会期待她能躲起来过着很凄凉的日子，而不是毫不在意地做自己。"

"跟你一样，就像你说的，哪怕只是很正常，别人也会觉得你很坚强。而如果你不坚强的话，他们又会觉得你脆弱，这么容易就被击垮。"夏飞看着她说。

龚艾吉的眼睛更加明亮了，她很认真地点了点头道："我就知道你会想明白这件事的。"

"但还是要感谢你，"夏飞由衷地说，"以前我跟他们的想法是一样的。"

"但现在你明白了，就能写出更好的小说了。"

"我以后还可以来跟你商量吗？"

龚艾吉笑了起来，说："当然啦！毕竟我也很享受被人请客吃饭的嘛！"

这是一句并不好笑的话，但夏飞知道不会有多少人能明白的，而此刻，他却明白了。

是你们令这个世界变得更为复杂的，你们一遍遍地强调长相并非那么重要，却会在看到丑陋或怪异的人时投去不信任的目光；是你们声明伟大的人格比肤浅的外表更重要的，却不愿意去深入了解一个人。倘若外表并不重要的话，为什么你们会觉得长相不漂亮的人很可怜呢？倘若重要的话，为什么又要假惺惺地说内涵才能决定一个人呢？

现在我明白你的愤怒是从哪里来的，陈小露，是因为你相信了那些可爱的白色谎言，对吗？是因为你从来就没有想明白这个世界为什么是这个样子，对吗？

当初我安排的那些情节或许不合理，但从现在开始，一切都将要合理了。我会让你面对更多的困境，会让你表现得更加糟糕，但这一次，我心里很清楚我在做什么，我会对你好的，就像我答应你的那样。

午夜的电脑屏幕前，夏飞认真地看着电脑快速地敲击着。淡蓝色的光线映着他的脸，他神情专注，甚至有些严肃。很久以前夏飞就做过调查，得知大部分人想象中的作家工作的场景是一张宽大的桌子，一个白发的老头儿趴在桌前不停地写。但实际上每个人写作的状况都不太一样，比如叶伟豪就喜欢窝在沙发里抱着电脑写，头上戴着一个大大的耳机。夏飞参观过一次，还以为他是在打游戏呢！事实上，他父母也是这么认为的，后来叶伟豪出了一本书，他们反而惊诧了半天。

而夏飞呢，他则比较孩子气地写一阵玩一阵，时不时去厨房翻点儿东西吃，或者做几个仰卧起坐。他很少给自己施加压力，但今天例外，他已经一动

不动地在电脑前写了六个小时,看样子还要继续写下去。因为他害怕一走神儿,那些感觉就都消失了,下一次又要想半天才能继续写下去。

如果说当初他对写这本小说还充满疑虑的话,现在那些疑虑都不见了。他一口气写了一万多字,直到手腕都变得僵硬了,才不得不停下来,穿上外套去外面买东西。

在夏飞家的小区门口,有许多卖早餐的小店,夏飞选了一家走进去,看到苏子兮也坐在那里。他正犹豫着要不要跟她打招呼,她却已经站起来走了。经过夏飞旁边的时候他闻到她身上的洗发水的味道,忍不住又在心里伤感了一会儿,才坐了下来,点了一碗粥和一屉包子。

冬天就这样来临了,南方的冬天其实毫无杀伤力,但清晨的空气中还是有一些冷冰冰的味道的。天空隐约有亮光,但那种黑蓝交加的颜色反而有种幽暗而隐秘的感觉。夏飞边吃着早餐边打量着路上的行人,忍不住猜测,他们会困惑于这些从小就明白的道理吗?他们有过像陈小露一样的疑虑吗?

想着想着,他忽然想起了宫舒悦。她也是这样的吗?因为想不明白这个世界,才拒绝与那些约定俗成同流合污的吗?

得抽空去看看她才行。

结果宫舒悦的生活远比夏飞想象中糟糕许多。

那天下午,他来到初中部的时候,初中部的大部分学生已经离校了。因为功课的繁忙程度不同,初中部一直是少上一节课的,虽然放学后很多学生会在操场上逗留,但相比高中部还是空上许多。夏飞几乎是怀着一丝侥幸问一个面熟的女生宫舒悦在不在的,那个女生却震惊又紧张地看了夏飞半天,才说:"她在小操场,今天她值日。"

说完,那个女生几乎是逃一般地跑开了。

夏飞一脸诧异,接着朝小操场走去。

那个地方与其称作操场,不如说是一块闲置的空地。作为一所全省知名的

重点学校，夏飞所在的学校无论科技馆还是生物馆都一应俱全，但这些一般人不常去的地方都在主教学楼的后面，拼成一个小小的L形，于是那些空余的地方就被称之为小操场。

夏飞初中的时候倒是很喜欢去那里玩，因为人少，比较清静，课间的时候夏飞就常常去那里看书。小操场的空地有一棵很老的榕树，据说已经几百年了，树干粗壮，三个人伸开了胳膊都围不起来。

好像也就是在那里，夏飞逐渐有了一个可以称之为"文学梦"的想法，在那里，他编造了一个又一个故事，虽然那些故事如今看起来都很离谱，但，他在其中获得了无数快乐。

如今那棵榕树下却不再是那个清静的角落，他刚走近小操场，就看到树上面挂着一个巨大的麻袋，麻袋里显然装了什么东西，一直在蠕动，底下则有一群初中生又跳又叫地欢呼着，仿佛在过节一般。

夏飞愣了一下，旋即就反应了过来，他飞快地朝榕树跑去，冲那些学弟学妹们大叫着："你们在干什么？"

那些人一见是夏飞，就慌忙跑开了。夏飞看了一眼挂在树枝上的麻袋，想也不想就朝大树攀爬。那棵榕树虽然很大，树枝也很粗壮，但夏飞的体重对树枝来说还是太危险了一些。他回忆了一下自己初中的时候，才一百一十斤不到，如今的他却至少一百三十斤，更何况树枝上已经挂了一个人。他在树枝的连接处看着不远处的麻袋，犹豫了很久，还是不敢往前爬，只好对麻袋大喊："宫舒悦，是你吗？"

里面只有"呜呜"声，夏飞明白她的嘴巴被人封住了，于是说："我得去找个梯子，你稍微等一下，不要着急，也不要乱晃，明白吗？不然树枝会断掉的！"

麻袋动了动，像是在点头一般。

夏飞这才飞快地朝附近那座小楼跑去，他知道那里有个仓库是用来放废弃的桌椅、教学用品之类的，那间仓库的锁是那种旧式的，把卡片塞进去轻轻一划就能打开。调皮的男生总是会一些莫名其妙的小技能，虽然谁也没想过这些技能将来会有什么用。夏飞走过去的时候才发现那间仓库的门并没有锁，打开

的折叠梯就摆在门口，看样子刚才那些初中生就是用这个把宫舒悦弄上去的。他抱起梯子就跑，没过多久总算到了榕树下面，架好梯子，爬上去对着麻袋说："你的手能动吗？我现在得解绳子了，不过梯子上只能站一个人，所以我解绳子的时候你得抱住我，不然我怕你掉下去。"

麻袋静了一会儿，才心不甘情不愿地动了一下。夏飞伸手碰了一下，一下子就感觉到那是宫舒悦的胳膊，隔着麻袋，他发现那是一个跟别的女孩没有什么区别的、细细的、柔软的胳膊。

他也知道这样不太好，但此刻没有更好的办法了，于是强行拉着她的手放到了自己的腰上，然后一只手抱住宫舒悦，另一只手去解绳子。

那个绳子的结打得十分牢固，解了半天也解不开，夏飞急得几乎快要骂脏话了，麻袋里的宫舒悦却像是明白了怎么回事似的，乖乖地伸出另外一只手，整个人紧紧地抱在他的腰上，夏飞这才抬起另外一只手去解绳子。

两只手轻松多了，没多久绳子就解开了，接着为了走下梯子方便，夏飞干脆把宫舒悦扛到了自己肩膀上。宫舒悦一动不动，直到站到了地面上，才再次挣扎了起来。用不着夏飞帮忙，她自己就从麻袋里挣脱了出来，用力地撕开脸上的胶布，接着坐在地上大口地喘着粗气，像溺水了一般。

夏飞看着她，他保证不会再见到比此刻更丑的宫舒悦了：她的头发乱成了一团，脸上还留着胶布的印子，麻袋也不知道是从哪里来的，里面全是土，所以宫舒悦也浑身是土。她整个人就像一个被人扔在地上又被踩了半天的洋娃娃一样，看起来破旧不堪，带着一种筋疲力竭的瘫软。

但饶是如此，那种被称为心酸和内疚的情感还是在夏飞的心头蔓延开来，他已经猜到了这一切都是自己造成的，虽然宫舒悦一向不怎么受欢迎，但倘若不是因为他，他们也没这么大的胆子公然欺负这个知名文化商人的女儿。也不难猜到这不是她第一次面对这种欺凌，从她脸上的表情就可以看出来，她仿佛已经习惯了，还带着一丝倔强和不屑。

夏飞当然明白学生间的欺辱是怎么回事，每个时代，每所学校，每个班级，都有着这种不公与恶意，唯一的区别只是程度不同而已。夏飞在年幼的时候也曾欺负过别人，也被人欺负过，也曾见义勇为过，也曾漠视过，这简直是

每个人成长的必经之路。

他在书包里翻了一会儿,才找到一瓶水,递给了宫舒悦。宫舒悦头也不抬地接了过去,喝了几大口,这才把矿泉水瓶递了回来,接着站起来拍了拍身上的土,捡起地上的书包掉头就走。

"喂!"夏飞大叫,问,"这种事发生多少次了?"

"关你什么事?"宫舒悦一脸倔强,加快了脚步。

但夏飞的身高摆在那里,想追上她真是再容易不过。他拉住她的胳膊问:"是因为那本书吗?"

"你说呢?"宫舒悦抬头看他,眼睛里有种根本不属于少年的冷漠。夏飞被那个眼神震了一下,好半天都说不出一句话来,但宫舒悦很快就调整了表情,淡淡地说道:"现在说这些有什么用?你也知道这种事一旦开始就停不了了,大家那么幼稚,恨不能人人都插一脚,学生不就是这么回事吗?"

"为什么不告诉老师?"

"我又不傻,告诉老师只会被人欺负得更惨。"

"那也不能就这么算了啊!"

"不然呢?责怪他们又有什么用?他们能有几个懂事的?小孩子的性格你还不了解?你越是阻止他们,他们越是变本加厉。我倒是无所谓,反正已经习惯了。"宫舒悦神色黯然地说,"也许你的书中说的是对的,因为长得不漂亮,就不得不承受这些,就算我阻止得了一时,也无法阻止一世,既然迟早要面对这一切,早跟晚又能有什么分别?"

夏飞怔在那里,他第一次觉得宫舒悦远比他想象中成熟,甚至可能比自己还要成熟。

可是那种与年龄不符的成熟还是让夏飞觉得心里有什么东西慢慢变凉,即便明知道安慰是无力的,他却也不得不说:"你不要这样说……"

宫舒悦却打断他道:"你以为我不明白吗?实际上我十岁不到就明白了,你不是也看过童话的吗?你没发现童话早就把这件事写清楚了吗?无论是丑小鸭还是小矮子穆克,长得丑就注定会过得凄惨,哪怕你其实是个王子或者公主呢!"

夏飞嗫嚅着,正思索着该说些什么,宫舒悦却继续道:"还有,我才不是你书里那个笨蛋的陈小露,要从欺负别人这件事上获得快感!我并不需要什么存在感,对我来说这种事反而会让我更清醒,知道人的本性不过就是这么回事儿,一想到他们就是这种货色我反而放心了,因为他们的巅峰时刻也只能到这里了,往后一辈子都会碌碌无为下去,靠回忆从前获得一点儿卑微的快乐。我会跟这帮可怜虫生气?别搞笑了!他们压根儿就不值得!"

她还是那么咄咄逼人,一句话接着一句,连停顿都没有。夏飞试图从她的语气里面发现一丝怨恨或者委屈,但是没有,自始至终她都很平静,用她不大的眼睛看着自己,仿佛他也是那些可怜虫之一。她身上那种冷漠和平静像利刃一样切开了夏飞的自尊和偏见,他忽然发现,他一点儿都不了解宫舒悦,一点儿都不。

夕阳的余晖打在宫舒悦瘦小的身体上,她背着书包慢慢朝远处走去,夏飞却站在原地,一动不动地看着她,心里有个声音响了起来,他一遍遍地压下去,那个声音却变得越来越大,几乎能将夏飞震醒。

那是夏飞想象中的陈小露的声音,她幸灾乐祸地说:"哈,现在你明白了吧?你这个笨蛋!"

夏飞彻底地明白了,他错了,大错特错。

第五章 她很好，又好像很糟糕

苏子兮刚回到房间就听到了敲门声，她抬头看了看墙上的挂钟，八点整，这是夏飞今天晚上第三次来敲门了。

其实不用想她也知道，他肯定是受到了什么刺激才一定要见自己，与夏飞认识十七年了，她了解他比了解自己还要多，这个看起来乐观温和的男孩子其实就是个被宠大了的小孩子，总觉得想要什么就一定能得到，付出就一定会有收获，全天下都该为他的才华和机智让路。

平心而论，他的确是一个讨人喜欢的男孩子，苏子兮也坚信他将来一定能获得了不起的成就，但在此之前，倘若他不经历一些挫折的话，迟早得为自己的自负买单。

果然门一打开她就听到夏飞的声音："阿姨，我真的有急事找她，你就让我进去一小会儿……"

"不是不让你进去，她不想见你我也没办法啊。"

苏子兮的妈妈是那种非常开通的家长，苏子兮从小就跟她无话不谈，这反而让她比同龄人拥有更多自由。

她一向信任苏子兮，也信任夏飞，两个人都是众人眼里的乖孩子，从小到大都没惹过什么大麻烦，对比别人的青春期或许不够"精彩"，但平静也有平静的快乐。

苏子兮静静地听着夏飞在外面解释说："我最近做了不该做的事，子兮一直因为这件事生我的气，阿姨，您不帮我的话她这辈子可能都不会原谅我了，您是看着我长大的，也知道我不是坏孩子，这件事也不可能只影响到了

我一个人，子兮不原谅我的话她自己的情绪也好不到哪儿去，您看是不是这个道理？"

房间里的苏子兮忍不住"噗"地笑了出来，这个夏飞，还真够能扯的，这种理由都搬得出来？

不过不得不承认，好像的确是有那么一点儿道理。

果然苏子兮的妈妈沉默了，苏子兮知道妈妈坚持不下去了，于是打开门说："你让他进来好了。"

夏飞看到苏子兮，仿佛鼻子都酸了一下。

苏子兮看到夏飞也愣了一下，他看起来格外脆弱，仿佛受了什么大刺激一般。

苏子兮的妈妈正朝厨房走去，准备切一些水果，苏子兮立即说："妈，你别忙了，我下去一会儿好了。"

说完她回房间拿了件外套走出去，经过夏飞旁边时，发现他脸色不是一般的差，连嘴唇都有些发白。

虽然看到夏飞那个样子苏子兮就心软了，但还是假装一副冷冰冰的表情道："到底什么事？"

"今天下午我去找宫舒悦……"

夏飞缓缓地说着下午发生的事，语气既沉重又震惊，苏子兮走在前面听着，经过小卖部时买了瓶可乐，小卖部的大叔还打趣道："哟，和好了？"

"才没有呢！"苏子兮故意板起面孔，那位邻居却心知肚明似的，也递了一瓶可乐给夏飞道："来，叔叔请你的。"

夏飞接过去紧紧握在手里，注意力却始终放在下午发生的事情上面，两个人走到小区内的篮球场边才停了下来。

他们并排坐着，夏飞还是那副又茫然又震惊的表情，手里的可乐越捏越紧，瓶子已经都变形了，他却浑然不知似的。苏子兮一直盯着瓶盖儿看，终于忍不住大叫一声："喂！"

夏飞这才发现自己正拧着瓶盖儿，可是可乐早就被他攥得变了形，巨大的气压将松开的瓶盖儿挤了出来，一下子就击中了夏飞的眼睛，紧接着可乐也向

上喷了起来，弄得夏飞一脸都是。

"你有没有事？"

苏子兮紧张地掏出口袋里的纸巾帮他擦着头发，他一直揉着眼睛，好半天才转过头，被喷到的那只眼睛紧闭着，另外一只则很辛苦地睁开，看起来十分狼狈。

"唉！"苏子兮叹了口气，脱掉外套递给他，他接过去擦着头发上的可乐，半天才苦笑着说："这算不算是报应？"

"哪有这么浅的报应？"苏子兮朝他翻了个白眼，然后看着球场上的小孩子，低声说，"我以前一直不相信'聪明反被聪明误'这句话，我觉得真聪明的话，根本不会干傻事，可是看到你现在这个样子，才觉得那句话是有道理的。你啊，迟早会吃大亏的，到时候后悔都来不及。"

夏飞并不辩解，把头发擦干了，才把衣服还给苏子兮。

但湿漉漉的衣服穿上去只会更冷，苏子兮只好把衣服叠起来放在一边。夏飞看到，立即脱掉了自己的外套递给苏子兮。

苏子兮也不客气地接了过去，披在肩上，轻声说："你又不蠢，懂得对我好，为什么不懂得对别人好呢？宫舒悦再怎么着也不过是一个孩子，你针对她干什么？也许对你们作家来说，抓住身边特别的人来写是一种灵感来源，但至少你可以做得含蓄一些。现在人家已经被你伤害了，你又忽然发现她根本不是你想的那样，有什么用呢？"

"我不知道，所以才来找你的。"他的声音低得不能再低，被瓶盖儿砸中的那只眼睛红通通的，看起来就像哭过了一样，格外可怜。

苏子兮说："你们男孩子啊，说你们蠢呢，有时候也是真的蠢。既然知道女生比较脆弱，还时不时地故意去刺激她们，一次次犯错，再一次次道歉，一点儿教训也不长！现在你来找我，我又能有什么办法呢？"

"但你了解女孩子呀。"

苏子兮笑了起来："哈哈哈，我？你敢说你了解学校里的每一个男生吗？如果不能，你凭什么觉得我就一定了解学校里的每一个女生呢？你以为男生的性格可以千奇百怪，女生就不可以？你看看球场上这些打篮球的男孩子，其中

强档星笔会

大部分你都认识,你也是从那个年纪过来的,你能猜到他们在想什么吗?"

夏飞沉默了,因为他回忆起那时的自己,才发现自己其实什么都没有想过。

他只知道到了点就该睡觉,闹钟响了就爬起来,饿了就去冰箱里找东西吃——那里总是有东西吃。

十一二岁的时候他甚至要妈妈催才肯洗澡,头发盖住眼睛都不记得去剪,完全就像个废物一般。

那个时候苏子兮总是说他幼稚,他还觉得是她自以为是,但现在看来,他可不就是幼稚吗?

苏子兮看着远处幽幽地说:"说出来你可能不信,虽然我只比宫舒悦她们大两岁,但实际上和她们的差别比我跟你之间还要大。现在的女孩子比我们那个时候还要早熟,从小就上网,有那么多的书,那么多的资源,有什么是她们不懂的?我十二岁的时候连电脑坏了都不会修,她们呢,几乎人人都是电脑高手,上周我跟初中部的一个女生说电脑变慢了,她三下五除二就帮我清空了缓存。你瞧,我也每天都生活在打击之中。如果你非要问我女生在乎什么,那么我会告诉你,女生在乎的跟男生在乎的一样多。如果有人说你长得丑你会生气,那么女生就也会生气;如果我说你嫉妒叶伟豪你不服,那么你说我嫉妒别人我也一样不服。下次你有什么特别想说的话劳烦说之前先想一想,如果有人这样对你说你会不开心的话,那么你就明白别人一样也会不开心了。女生跟男生的差别或许很大,但本质上,没你想象的那么大。我们的生活其实比你们还要辛苦一些,你们每天都在说男人三十一枝花,女人三十就是老女人了,所以我们不得不在乎容貌;你们说女生就应该干净漂亮,我们就不得不存钱去买衣服。你们男生呢?可曾因为女生说你们又脏又臭就开始注意自己的仪容仪表吗?你们有时候连基本的礼貌都没有,谁会在你们经过的时候哈哈大笑或者吹口哨吗?当然也有反例存在,但结果怎样呢?像叶伟豪这种很注意外形的,你们不是背地里叫他'娘娘腔'吗?或者像宫舒悦那样不在乎的,就被你们唾弃、鄙视、打击。你能说什么呢?"

夏飞始终低着头,苏子兮所说的每一个字都打在了他的脑门上,让他觉得

生疼。

　　他不得不承认苏子兮就是比他成熟很多,比如很小的时候她就懂得了体谅父母的辛苦,他却到了十五六岁才发现这一点;比如她总是尽可能地去帮助他人,因为她知道生活是多么不易,夏飞却总是觉得她同情心泛滥。

　　他一直以为女生有些矫情,现在才发觉,她们的敏感和热情,总是适时地落在了适当的地方。

　　苏子兮有些难过地说:"老实说我挺佩服宫舒悦,因为如果是我的话,我早就被打垮了,我都没有办法像她这样坚持下来。我比她俗气得多,因为我害怕跟别人不一样,害怕被人嘲笑,你一定想不到吧?我其实是这么脆弱的人。"

　　说完,苏子兮自嘲般地笑了笑,晃了晃手里的可乐瓶子道:"因为这瓶可乐,我明天会少吃一块肉,时刻担心体重的心情你能明白吗?夏飞,你真的不会明白的。"

　　夏飞怔怔地看着她,他忽然觉得,其实他并不了解苏子兮。

　　多么奇怪的日子,那些他曾经以为很了解的人,如今都有着一副陌生的面孔,真的是因为那本书的化学反应吗?

　　显然不是,因为连夏飞自己都意识到了,是因为他把她们想得太简单了。

　　他以为她们是爱慕虚荣才打扮自己,但实际上,她们只是在保护自己而已;他以为她们娇气才总是生气,但实际上,她们的确在生气;他以为是因为她们大脑空空才什么都不懂,但实际上什么都不懂的人是他自己。

　　他以为她们都是像花瓣一样透明脆弱的东西,只需要在微风里摆动就能够丰盈整个春天,可是他忘了,在变成花瓣之前,她们跟他一样都是一枚种子,在漆黑的土地里酝酿了那么久的时间,一点儿一点儿地茁壮成长,也要面临风吹雨打和数不清的危险,也得靠智慧和勇气才能开出花来。

　　原来他一直都错了,还错得这么离谱。

　　夏飞忍不住用手捂住脸,喉咙里有什么东西深深浅浅地起伏着,那种想哭的心情,真是久违了。

　　"这一次我不会陪你一起渡过这些难关的,"苏子兮轻声说,"不要误

会，我还是你的好朋友，你需要的时候我一直都在，但这一次例外，这一次你得自己想明白。"

说完这句话，苏子兮就站起来走了，夏飞的外套被她放在了一旁，他拿起来，还能感觉到她的体温。

无限的怀念和委屈就这样透过夏飞的皮肤抵达他的心里，他站起来往前走了几步，才发现眼角有什么东西掉了下来。

当然，他不会承认那是眼泪的，就像所有的男孩子——以及女孩子那样，他只承认是那只瓶盖儿把自己的眼睛打伤了。

第二天，夏飞一大早就跑到了宫舒悦的班级，她的同学却说："宫舒悦请假了，她爷爷病重，再加上……"

再加上最近学校这档子事。

虽然那个女生没有讲出来，夏飞却明白。他迟疑了一下才问："之前她被欺负得很严重吗？"

那个女生怯生生地看了夏飞一眼，才说："那些人觉得连你这个名人都在公开嘲笑她，那……"

夏飞握紧了拳头，那个女生却突然之间不知哪儿来的勇气，仰起脸说："你的书我买过，我很喜欢你的小说，可是我觉得你这次做得不对，不漂亮的女生也是有尊严的！"

夏飞却连一点儿反驳的力气都没有，只是说："你说得对。"

他掉头离开，经过走廊时又看到龚艾吉跟一堆女生站在一起聊天，看到夏飞经过，那几个女生都跑远了一些，龚艾吉则微笑着朝他走过来道："昨天那件事大家都听说了，虽然你英雄救美，不过我得跟你说一声，你要有麻烦了。"

"为什么？"夏飞麻木地看着她，仿佛如今无论发生什么他都不觉得稀奇了一般。

龚艾吉却率先注意到他的眼睛,问:"你的眼睛怎么了?"

"没事,昨天不小心碰到了什么东西。我要有什么麻烦了?"

"宫舒悦请假了你知道吗?虽然官方说法是爷爷病重,但大家都猜她是因为受不了大家的欺负才走的。说起来也奇怪,虽然宫舒悦在学校的时候大家都不喜欢她,但她一走,大家又都觉得她可怜了。我们班女生都觉得是你害的,正在联名年级里其他女生一起针对你。"

夏飞的第一个问题是:"她到底怎么被欺负的?"

"那可不是一两句话能说清楚的。首先,自从你那本小说在网上爆红之后,好多人都来找宫舒悦的麻烦,学校里的这些就不说了,连外校的都来了,一到放学就围在门口想看看宫舒悦长什么样子,还有人寄了快递给她呢,里面装着袜子,"龚艾吉看了夏飞一眼,才小声说,"是用过的。"

夏飞只觉得喉咙里像是吞了苍蝇一般恶心,他想象不出那个画面,想象不出宫舒悦打开快递时会是什么表情。

龚艾吉继续说:"然后呢,大家都觉得这一切都是你害的,尤其是你之前说过不漂亮就不要出来丢人现眼之类的话,大家就都很生气。你也知道的嘛,大部分女生都觉得自己不够漂亮,所以呢,大家就决定针对你。"

虽然不是什么好消息,夏飞却忍不住笑了,问:"她们想做什么?"

"哎呀,这个我得保密才行,我是看在你请我吃饭的分儿上才偷偷泄露这个消息给你的。"

"她们不会恨你吗?"

"才不会,她们巴不得让你提前知道。"

"可是干吗找我的麻烦?为什么不去找那些欺负她的男生?"

"你是红人嘛,棒打出头鸟你没听说过?而且说白了,这件事的确是因你而起。以前大家不喜欢宫舒悦,但看在她爸爸的分儿上还是会给她一些面子,现在连你这个当红作家都公开嘲讽她,大家当然就不怕了。"

龚艾吉把手背在了身后,陪着夏飞一路往前走着,夏飞四下里看看,才发觉很多女生看自己的眼神都变了。

以往他走在学校里收获的都是艳羡和崇拜,如今大家却都躲开了他的目

光,佯装根本不认识他。

奇妙的是,看到她们这副样子,他反而觉得她们都挺可爱。至少她们足够勇敢,跟男生不同,她们想到什么就去做了,叽叽喳喳地凑成一团,凝聚力十足,行动力也令人钦佩。

于是他忍不住笑了笑说:"总算有人能为宫舒悦做点儿事情了,也挺好的。我的确有愧于她,但如果因此能给宫舒悦换来一些尊敬,那么就让我来背这个黑锅好了。"

"你倒是很有担当嘛!"龚艾吉的语气里有些讽刺,但很快就转移了话题,问,"你的书写得怎么样啦?我看到了最新的一章,感觉比以前好了很多,后面的进行得还顺利吗?"

"还行。"夏飞忽然灵光一闪,转过头对龚艾吉道,"你说,如果我也在书里为宫舒悦做点儿什么怎么样?"

龚艾吉愣了一下,问:"怎么做?"

"既然大家都觉得宫舒悦就是陈小露,那么我为陈小露翻盘,算不算是为宫舒悦也翻了盘?"

龚艾吉想了一会儿才说:"这我可说不准,不过我知道有一个人肯定会因此原谅你的。"

"谁?"

"宫舒悦。"龚艾吉眨了眨眼睛,然后转身朝初中部跑去了。

夏飞笑了笑,才继续往前走。

跟初中部的女生相比,高中部的女生则大胆得多,毕竟她们跟夏飞相识了三年,也比较熟悉。

看到夏飞的时候有些人纷纷翻起了白眼,有一些还会故意走到他面前怒目瞪他一眼。

夏飞回忆着苏子兮头一天说过的那些话,才发现两三岁的年龄差果然很大,初中部的那些女孩看起来还都是小孩子,高中部的这些女生则已经有了女人应有的韵味了。

她们大都高挑优雅,仰着天鹅一样细长的脖子,傲慢地经过校园,犹如女

王一般。

以前夏飞跟她们相遇的时候也会打个招呼，随意地聊几句，那时候他相当受欢迎，有种名副其实的"校草"的味道。

但现在他成了过街老鼠，人人都冷眼相对。

唯一还愿意正眼看他的是苏子兮，但她也只是遥遥地点了点头，接着就钻进教室了。

夏飞就这样回到了自己的班级门口，叶伟豪感慨地说："校草也有今天啊！"

"别光笑我，说不定哪天就轮到你了！"

"不可能，我这么高大英俊、风流倜傥、才华横溢、盖世无敌的人，她们才不舍得不理我呢！"

"可别小瞧女生，她们厉害着呢！"

"你怎么突然这么清楚？"

"苏子兮昨天跟我聊了会儿，"夏飞看着远处，内心平静地说，"我突然发现，其实我一点儿也不了解女生。"

叶伟豪盯着他看了半天，才问："你昨天哭过了？"

"你才哭过了呢！"夏飞毫不客气就是一拳，叶伟豪哈哈大笑着避开，然后才问："你真的没事儿？"

"前几天还有事儿，但现在过去了。"夏飞扬起嘴角，脸上又恢复了写这本书之前的那种自信的微笑，道，"现在，我有别的事儿要面对。"

那个周末夏飞和叶伟豪，以及龚艾吉一起出现在了叶伟豪家里。

叶伟豪的家里相当豪华，除了一般的家用电器外，打印机等办公设备也一应俱全。

他爸爸有一个办公用的书房，此刻三个人就待在那里，面前堆着夏飞小说的前几章的打印稿，以及龚艾吉的一个小本子。

强档星笔会

龚艾吉把收集到的有关宫舒悦的奇葩事件一一念了出来:"最出名的应该是在考试的时候写了某部小说的书评来着,我问过他们班同学,他们说宫舒悦写得很认真,由于字数限制,还特意把多余的字都写在了背面,他们班语文老师当时就点名批评了她,说她瞎胡闹,她当时就跟老师吵了起来,说卷子上写明不限体裁的。"

夏飞沉思了一会儿才说:"她说得没错。"

"我也觉得,"龚艾吉道,"我以前也因为这件事被老师批评过,当时的题目叫'四季与人生',我觉得更适合写诗歌,就写了一篇,谁知道快被老师骂死了。这真是学校的问题了,既然说了不限体裁,为什么又希望大家都写议论文?"讲到这件事,连一向成熟的龚艾吉都生起气来。

"还不是为了考试。"叶伟豪懒洋洋的,说,"不过这件事也没什么好说的,毕竟老师也不希望中考或高考的时候学生因为这种事出了问题。"

"下一件比较出名的是她跑到编辑部跟编辑吵架这件事。这件事是一位编辑在网上发出来的,说是一个'书商的女儿'干的,虽然没有指名道姓,但宫舒悦自己站出来承认了。有趣的是这件事传到了学校里大家都笑话她,但在网络上大家都是站在她这边的。我打印了那个网页,你们看一下。"

夏飞接了过来,看到是一个征稿类的网站,一位编辑在约稿函后面讽刺地写道:本刊审稿较为严格,极有可能会被退稿,希望前来投稿的作者可以冷静面对,不要因为被退稿就跑到编辑部大闹,就算是知名书商的女儿也不行。

底下的评论一开始都在猜"书商的女儿"是谁,过了一会儿宫舒悦就顶着真实姓名冒了出来,说:不用猜了,我就是那个书商的女儿,我并不是因为被退稿才跑去大闹的,而是因为你们的措辞才大闹的。你敢把退稿信贴出来给大家看看吗?你可以说别人的稿子跟你们杂志的风格不符,但怎么可以说"烂到家了"这句话?一个编辑连基本的素养都没有,竟然还在这里指桑骂槐,到底是谁有问题?

不知道为什么,光是看到这些句子夏飞就想到了宫舒悦一脸正气的表情和铿锵有力的语气。

他忽然发现她是一个很生动的人,个人风格鲜明,让人一下子就能记住她。

相比学校那么多面目模糊的人,她至少是有个性的。

"我也站在宫舒悦这边,"叶伟豪说,"我觉得这是个基本的礼貌问题,编辑既然想收到更多稿件,就不应该打压作者。"

"下一件。"

"那就是因为暑假阅读书目跟老师吵架的事了,这件事倒没什么可说的,连同学都站在宫舒悦这边,不过大家还是因为她总是在跟老师吵架忍不住觉得她奇怪。"

"她总是跟老师吵架吗?"叶伟豪问。

"不止,她几乎跟谁都吵架。"龚艾吉眨了眨眼睛道,"学校里好像有不少人把自己写的文章拿给宫舒悦看过,她看完后很生气地告诉他们不要总是做白日梦,想当作家至少先把话讲顺溜了再说;还有人在超市遇到过她跟理货员吵架,好像是因为理货员把不太新鲜的苹果摆在了上层,想要把不新鲜的苹果先卖出去之类的。"

叶伟豪突然坐直了身体,眼睛亮晶晶地说:"天哪!你们到底为什么讨厌她?她明明是个很有原则的人,你们没有发现吗?"

夏飞却说:"哪儿来的原则?她还让别人不要做白日梦呢,自己却因为别人措辞不合理而大闹了编辑部。"

"可是这是两码事啊!"叶伟豪几乎是有些激动地说,"编辑是在做自己的工作,必然得考虑这些问题,宫舒悦却只是一名普通的学生而已,她根本没有替大家看文章的义务,想怎么说是个人自由吧?"

夏飞愣了愣,龚艾吉也呆了一下,他们从来都没有试过从这个角度看问题。

叶伟豪突然激动地把龚艾吉手里的小本子拿了过来,看了一会儿,才震惊地说:"你们没有发现这些所谓的奇葩事情,全部证明了宫舒悦是个再正常不过的人吗?我们都会为了考试成绩或讨老师喜欢之类的原因,昧着良心去写那些我们自己都不信的东西,或者看那些无聊的书,但她没有。我们都会为了一点点人缘假惺惺地做人,你把它称之为礼貌也好还是教养也好,但你不得不承认有时候这事儿挺虚伪,但宫舒悦还是没有!我的天!她到底是怎么坚持到现

在的?她简直就是个神好不好?"

这是第二次有人表达对宫舒悦的敬佩,而两个人都是夏飞十分欣赏和信赖的人,苏子兮、叶伟豪。

夏飞呆呆地看着叶伟豪,叶伟豪也呆呆地看着他,道:"我跟她并不熟,如果熟的话我保证我会不顾一切保护她的!她最大的错误居然是她什么也没有做错?世界上还有比这更讽刺的事儿吗?"

龚艾吉连忙在一旁说:"喂!你考虑一下夏飞的感受好不好?你这样说岂不是在暗示夏飞眼瞎?"

夏飞却低下头说:"我的确是瞎。"

静默了一会儿,龚艾吉才拍了拍手为大家打气道:"好,现在我们知道宫舒悦每一个行为其实都很合理了,接下来该找找陈小露的行为的合理性了!"

这就是这次周末聚会的目的,夏飞试图参考宫舒悦为陈小露翻盘,但他开了一个糟糕的头,找不到处理办法,只好拜托叶伟豪和龚艾吉一起帮忙。三个人看了半天,才找到几个可以利用的细枝末节:

"鸠笙的爸爸公车私用,好像的确应该惩罚,陈小露跟鸠笙说这件事的时候鸠笙明明道个歉就可以了,但偏偏要跟陈小露吵架,说陈小露的家那么有钱,为什么还要为难他们?我觉得这里跟宫舒悦身上蛮像的,陈小露其实没做错什么,虽然报复这件事挺孩子气,但好像可以理解?"

这是叶伟豪发现的。

"大飞总是暗示陈小露是个可怜的人,陈小露自尊心那么强,讨厌大飞也是可以理解的,换我我也讨厌!"

这是龚艾吉发现的。

……

夏飞把这些细节一一记下来,记到一半,却突然停了下来,抬头看着他们说:"我真的很蠢,是不是?"

叶伟豪和龚艾吉面面相觑了一会儿,谁都没有说话,夏飞却已经低头继续记笔记了。

就在这个时候,龚艾吉突然想到了什么似的,歉疚地说:"还有穿衣打扮

的事，我刚才忘了说，宫舒悦其实是个色盲。"

"什么？"

龚艾吉看到夏飞的表情，小声地说："不是那种分不清楚红色和绿色的色盲，好像有一种色盲是分不清蓝色和绿色，这个听起来有些奇怪，但你们不是学过三原色的吗？世界上有很多颜色都是由红黄蓝掺杂在一起而来的。"

叶伟豪不明就里地问："所以呢？"

"所以，灰色、褐色、棕色之类的颜色，在她眼里看起来是一样的，所以她才会穿那些怪怪的衣服。"

叶伟豪和夏飞都怔在了那里。

龚艾吉却继续说："其实大家都知道这件事情，但不知道为什么看到她穿这些颜色奇怪的衣服还是会忍不住地笑话她……"

她的声音越来越低，因为她看到了夏飞的表情，那仿佛是压垮夏飞的最后一根稻草，他整个人都变得沉重了起来，像是被一个巨大的影子笼罩着一般。

叶伟豪故意干笑着说："哈哈哈，这个我们又不知道……"

但没有用的，夏飞还是低着头，一言不发地在本子上记着什么。

离开叶伟豪家之后，夏飞静默地看着公交车外的世界，马路上的那些人、各式各样的店铺，以及灰蓝色的天空。

是什么时候自己变成了如今这样的呢？

曾几何时，他也曾因为老师不合理的要求表达过不满，现在他却不在意了；曾几何时，他遇到同学做了讨人厌的事也会站出来，但现在，为了不给自己找麻烦，他也选择了沉默；曾几何时，他的原则也像大山一样立在那里，岿然不动，但现在，那些原则却变成了流水，早已蒸发得一干二净。

又有多少人像夏飞一样，为了表面的平静忘了自己的坚持呢？

他们那么懦弱，却还要打压那些在坚持的人，这个世界到底是怎样变成这个样子的呢？

宫舒悦，对不起。

强档星笔会

那之后夏飞便将自己的全部心思都投入到写作当中，他每天晚睡早起，一有空就开始写作，有时候正在上课，他突然想到什么也会拿支笔记下来，回到家后再对着电脑打出来。

带着使命感写小说与纯粹地出于兴趣写小说，感觉又不太一样。那样的写作更加充实，也更加诚实。

夏飞知道如今这本书已经不再是一个赌约那么简单了，而是为了补救一颗破碎的心，于是在写作的时候也格外审慎，几乎每一个字都会认真斟酌半天，继而不断地修改，直到自己真正满意了，才肯把小说发布到网络上去。

可是说来奇怪，这么辛苦，夏飞反而由衷地感到快乐。他知道如今自己写下来的每一个字都是有意义的，因此负罪感也在逐渐减轻。

古往今来，人们总是为小说附加各种意义，夏飞以前觉得这事儿很蠢，现在才发现原来文字真的有这样的能力。

孤独的人借由文字找到共鸣，失落的人借由文字找到慰藉，伤心的人在文字中找到快乐，而歉疚的人，则在文字中自省。

那一个个字看起来都毫无意义，组合起来，却是一个深邃的灵魂，夏飞看着它们，就像是看着自己十多年来的人生，他的每一秒都凝聚在了这里，每一段经历，看过的每一朵云，念过的每一首诗，以及藏在心里的每一句道歉。

而与此同时针对夏飞的活动正在大张旗鼓地举办着，那些女生先是在网络上公开抨击夏飞，将夏飞数落宫舒悦的那段话制作成图片到处转发，并取了一个看起来挺吸引人的题目，叫作《长得不漂亮就别出来丢人现眼？看看当红作家是怎么说的》。

夏飞点开其中几篇看了看，文章虽然稚嫩，但也算是有理有据。

她们先是列举了夏飞那天跟宫舒悦说过的话，然后摘录了一些夏飞的小说内容，接着又描述了一下宫舒悦遭遇的那些不幸，暗指夏飞才是引起这一切的罪魁祸首。

夏飞几乎是以一个旁观者的心态在看那篇文章,看到结尾处她们义正词严地说:也许我们不该赋予文艺作品太多的责任,但一位当红的少年作家竟然能够公开发表这种歧视女生的言论而不遭受任何惩罚,那么也许有一天,我们人人都会变成宫舒悦,连正常生活的资格也没有!

夏飞苦笑,这铿锵有力的句子看上去还真的挺像那么回事儿的。

令夏飞感动的是,评论里也有不少人是站在夏飞这一边的,有个女生说:我跟夏飞同校,也知道最近的抵制行动,不过运动会的时候夏飞帮我抬过东西,我不相信他是这种人,夏飞在学校里照顾女生也是出了名的,一定是有什么误会!

还有人理智客观地说:首先得分清楚这是私人恩怨还是针对全体女生,再说,该受到惩罚的难道不是那些欺负宫舒悦的人吗?针对夏飞有什么用?抵制校园暴力才是解决问题的根本好吗?

夏飞很想对这些人说一声谢谢,他想写一封公开的声明,但敲了几个字之后,又放弃了。

生活大概就是这样,很多时候有苦说不出,也有很多时候,其实根本无从辩解。

要怎么样证明他是一个好人呢?

又要怎样证明他其实做过很多好事呢?

难道要把曾经的所作所为一一列举出来吗?

夏飞并不觉得一封公开声明就能说明自己是个怎样的人,事实上,也没必要。

他做错了,受到惩罚也无可厚非,最重要的是,她们将来会明白的。

沉默与坚持,才是男人最大的美德。

但幸运的是,这几篇文章并没有引起太大的反响。那时刚好有一对明星结婚,帖子渐渐地就沉了。

她们见毫无成效,就在学校里举办了一次轰轰烈烈的烧书行动。

那天夏飞正在座位上玩手机,忽然听到几个男生跑进来大叫:"夏飞!那些女生正在烧你的书!"

什么？

夏飞愣了一下，接着就跟着几个男生跑了出去，叶伟豪跟在后面大叫："等等我！"

烧书的地点不是在别处，正是在宫舒悦上次被绑起来的小操场，夏飞赶到的时候那里已经围了几十个人，几个女生正站在中央大叫："反对歧视！反对以貌取人！反对夏飞！"

叶伟豪在一旁笑着说："这一点儿也不押韵嘛！"

夏飞则苦笑着说："好记就行了，谁会在意这些？"

围观的人一看是夏飞，立刻就让开了位置。

夏飞和叶伟豪走进人群当中，才看到自己的书就堆在操场上，数量不算多，估计不到一百本，她们大概是为了显得壮观，特意在书底下垫了些砖头，看上去挺像那么回事儿。

为首的几个女生一见夏飞来了，立即拿起一本书撕开，从口袋里掏出打火机点燃，接着把点着的书页放在砖头底下。

不一会儿，那些书就飞快地燃烧了起来，火堆像是有生命一般，宣泄着女生们的愤怒和不满。

叶伟豪小声安慰夏飞说："特意买了这么多本你的书，说不定你上一本书的销量要突破新高了呢！"

夏飞却苦涩地说："哪里是新书，明明是旧书，有几本上面还有我的签名呢。"

叶伟豪往火堆中看了一眼，这才闭上了嘴巴。那堆书里果然混杂着几本旧书，封面已经褪了色，书角也皱皱巴巴的。

仔细看，才能看到书的封面上的签名。

夏飞记得刚出书的那段时间，学校里每天都有几个人走到他前面来索要签名，为此他特意买了几支黑色的签字笔装在口袋里，这样一旦有人来，他就可以掏出笔写下自己苦练了许久的"欧阳夏飞"这几个字。

而如今这些字都随着大火一起消失了，夏飞静静地看着眼前的一切，说心里不难过，那一定是骗人的。

那毕竟是他自己的书,每一个字都是他亲手写的,一次又一次在键盘上敲下来的;封面是他与编辑部的人商量了很久才定下来的,字体选用哪一种,排在哪个位置……

他们付出了那么多的时间和精力,如今却被这样毁掉。

夏飞眼睁睁地看着自己的书被烧掉,就像当众被人打了一巴掌一般,脸上火辣辣的痛。

他很想走过去把那些还没有烧掉的书捡起来,但是他知道自己不能,他连为自己申诉的机会都没有。

他几乎是怀着受虐一样的心态看着自己的书随着大火一起烟消云散,一边在心里说:欧阳夏飞,现在你知道自己做错了什么吗?这件事就算是一个教训,请你以后时时刻刻地把它记在心里,提醒自己以后要做一个怎样的人。

烟雾漫过那几个女生的脸,她们都一脸正义地看着夏飞,而围观的同学则已经开始一脸同情。

叶伟豪拉了拉夏飞的袖子说:"走吧。"

夏飞这才默默地转身,人群再次给他让出了一条路,谁知道没走多久就听到前面有人大喊:"你们在干什么?"

夏飞抬头,看到几个保安正在朝这边跑,而身后跟着的,是素来以严厉著称的教导主任。

夏飞想:这下完了。

第六章 你是一枝缀在故事腰肢上的鸢尾

夏飞所在的学校的校长，是一个非常精神的中年人。他只有五十多岁，因为头发过早发白，就干脆把头发全都染白了，但这不仅让他看起来显得更加年轻，还令他看起来别具魅力。他总是穿着休闲西装，打着领带，即便是百忙之中也常常在学校里转转，十分亲切。

夏飞出第一本书的时候，市晚报的记者曾经采访过这位校长，问他如何看待学生出书，会不会影响学生的学业。这位校长开明而睿智地说："心中对学业在乎的孩子，无论有多少业余爱好都能稳住成绩，而心中不在乎功课的学生，即便是强行令他们学习也不会有太好的结果。写作是一个很好的爱好，看到这两个孩子出书我也感到非常高兴，他们都成绩优异，不用老师和家长操心，业余爱好还能有所成就，这是我们学校的骄傲。"

因为这段话，夏飞一直喜欢这位校长。

而相比之下教导主任就不是那么好对付的了，这位赵主任是出了名的严厉，他的教育方针就是不打不成才，但凡学生有过错，一定要重罚才行。夏飞看到他才想起来，上一次宫舒悦在操场烧袜子的时候也是被他逮了个正着。这是第二次校园焚烧事件，他必然会发火。

果然他一张口就说："都是谁在烧书？到底是怎么回事儿？"

大家都一言不发，周围的空气就像被冻起来了一样冷寂。

此刻他们几个人站在教务处接受赵主任的批评，校长则在一旁半是疑惑半是无奈地看着。为首的那几个女生就站在夏飞的前面，都低着头看着脚背，教导主任则冲着她们大骂："公然在学校里点火，这还像话吗？你们以为学校是

什么地方？垃圾场？要是出了什么事怎么办？你们谁担得起？"

那几个女孩子长相各异，有的长头发，有的短头发，有一个个子很高，背影看起来就像男孩一般，有一个则小巧玲珑的，像只小动物。夏飞一边打量着她们的背影，一边在心里盘算着该怎么办。他所在的学校是省重点，校规自然也比别的学校更为严厉。这几个女生才念到初中，一旦受到了处分，就得因此记过五六年，而相比之下夏飞已经高二，即便是受到处分，一年多之后也就毕业了。更何况这件事的确是因夏飞而起，他免不了要担这个责任。

想清楚了这些之后他就朝前走了一步，谁知道还未开口，教导主任已经注意到了他的动向，提高了声音道："你想干什么？我还没有说到你呢！马上就要高考的人了，成天不好好学习，整天在网上瞎写！那些东西将来能让你找到工作吗？能让你养活自己吗？"

夏飞却想也不想就说："能。"

一旁围观的几个同学都笑了起来，眼看着教导主任正要发火，夏飞急忙走向前一步，对着校长道："校长，请您听我说。"

校长这才抬起头来看了夏飞一眼，又打量了那几个女生一会儿，道："你说吧。"

夏飞十分平静地说："她们几个是因为我说错了话才烧我的书，这件事是我有错，请您不要惩罚她们。"

话音刚落，教导主任已经冲了上来，呵斥道："你说得倒是轻巧！不罚她们这像话吗？以后人人都在学校里烧书怎么办！"

校长揉了揉额头，才无奈地对教导主任道："老赵啊，你少说两句。"然后又转过头看着夏飞，问，"你说说看，你说错什么了？"

夏飞便咬了咬嘴唇道："我说了一些非常不尊重女生的话，伤害了她们的感情，并给她们的生活带来了困扰，是我愚昧无知，不懂得尊重他人，也不懂得保护弱小，全都是我的错。"

这句话虽然显得十分冠冕堂皇，但几个女生还是忍不住抬头看了夏飞一眼。校长看着那几个女生问："是这么回事儿吗？"

大家你看看我、我看看你，却都没有说话。教导主任在一旁大叫："问你

们话呢！"

高个子的女生这才走出来道："就是这么回事，他在网上公开歧视女生的容貌，导致我们学校里有一个女生受人欺负，欧阳夏飞同学跟别人不一样，他是个作家呀！他说的话别人是会听的，如果连他都这么做，别的人当然会跟着做咯！您不觉得这应该受到惩罚吗？"

她一脸的倔强，像只小刺猬一般，一点儿也不畏惧，腰板挺得直直的，看起来骄傲极了。

教导主任正准备开口，校长及时拦住了，问："那么你觉得烧书就能解决问题吗？"

那个女生道："至少表明了我们的态度。"

出乎意料的是，校长笑了起来，他问夏飞："欧阳夏飞同学，看到自己的书被烧，你伤心吗？"

夏飞思索了一会儿，才诚实地点了点头。

校长便对那女生说："看来你的表态很有用嘛！"

那个女生没有说话，只是气鼓鼓地瞪着夏飞。

校长来来回回地走了几步，说："这件事就这样吧，你们几个烧书的呢，这个月负责打扫厕所，欧阳夏飞同学嘛，我再想想……"

"校长！"教导主任率先叫了起来，校长却摆摆手道，"几个孩子闹着玩，不值得你大动干戈，我倒觉得为了维护自己的权益表示抗议挺好的啊，不过以后不能再用烧书这么危险的方法了知道吗？"

几个女生异口同声："知道了！"

"至于你，"校长走到了夏飞面前，看了他一会儿才说，"处分呢，我暂时也不给你了，你知错能改就好。我也不能阻止你上网，但以后在网上说话慎重一点儿知道吗？不过，事关我校的声誉，发言的时候请记着这一点，你也不小了，什么话该说，什么话不该说，你心里也得有数才行。这一次就算了，下一次你再犯错，我可能就不客气了。"

夏飞点了点头。

校长这才摆摆手道："好了，你们都回去吧。"

几个人一起走出教导主任的办公室,那些围观的同学立即凑了上来,叶伟豪小声问:"怎么样?"

"没事儿,教导主任想惩罚我们来着,不过校长拦下来了。"

那几个女生却突然追了上来,挡在夏飞面前道:"你不要以为这样我们就会原谅你!我们才不稀罕你帮我们呢!"

说完,她们就一溜烟地跑开了,但夏飞还是看得出来,其中有两个女生动摇了。

他忍不住扬了扬嘴角,叶伟豪问:"你笑什么?"

夏飞说:"刚才那句话,不久之前我还对别人说过呢,没想到如今却有人对我说了。"

他想起曾经也有人为了他主动将责任担了下来,替他说好话,希望他不要因此而受到惩罚。

而那时他跟这几个女孩子一样,选择了不信任对方。

上天果然自有一把尺,你欠别人的,迟早会有其他人要你还。

所以他曾经对宫舒悦说过的话,如今,又回到了他的耳朵里。

这件事过去没多久,就有不少女生倒戈了。龚艾吉说:"本来那些半信半疑,认为你不是这种人的人因为这件事更加信任你了。当然,也有不少阴谋论者认为你这是'怀柔政策',因为你替大家顶罪的话,大家就不好意思再针对你了。"

夏飞啼笑皆非,道:"反正做什么都是错,对吧?"

"也不见得,这件事传出去之后初中部有不少男生开始崇拜你了呢,觉得你敢做敢当,非常了不起。"

夏飞听完,也只有苦笑。

但这件事带来的后果比夏飞预想的还要麻烦一些,夏飞的班主任给夏飞的父母打了个电话,大致说了些夏飞的新书给他带来了不少负面影响之类的话,

夏飞的父母便如临大敌，某天晚上语重心长地问夏飞："夏飞，你这本书到底写了些什么？"

"一个女孩子的故事。"夏飞很简单地回答。

夏飞的妈妈却一脸严肃地说："你们老师打了个电话给我，说因为这本书，你跟学校里的同学都相处不好了，是不是这样？"

在妈妈的心里，夏飞仿佛永远都是个跟幼儿园小朋友打完架哭着回家的小孩子似的，他苦笑着说："妈，跟同学之间有矛盾是很正常的事，我自己会处理好的。"

夏飞的妈妈却一脸紧张地说："可是我听说连校长都惊动了，你确定没什么事吗？"

夏飞无奈地说："我就是写本书而已，能有什么事？"

他一边也在心里苦笑：是啊，只是写了本书而已，谁知道弄出了这么多事儿。到底什么时候才能结束这一切呢？生活什么时候才能恢复正常呢？

然而他自己也清楚，发生了这件事之后，他的生活也随之改变了，无论接下来会发生什么，他都不可能再变成当初那个无忧无虑的快乐的少年了。写书对他而言再也不是一个爱好那么简单，从此他会在书中注入许多自己从未思考过的东西，从此他写下的每一个字，都将谨慎许多，也温和许多。

少年般的犀利和狂妄就这样统统被砍掉了，剩下的，只有难以言说的苦涩。

夏飞的妈妈却还在劝阻着夏飞，道："要不然，你过一阵子再写？反正也快期末了，考试那么忙，等到寒假再写也是一样的。"

夏飞却很坚持，道："不，我一定要写完它。"

就这样夏飞变得更沉默了，每天除了上学放学，就是沉浸在小说的世界里。冬季正式到来，傍晚，夏飞总是能听到窗外的鸟叫声。他在电脑前一个字接一个字地敲打，反复地修改，又反复地删掉，一遍遍重新来过，就像跟自己较劲一般，暗自发誓，一定要把这本书写好才行。

但好在，功夫不负有心人，他的最新章节一发出来，反响比预想的还要好很多。某天当夏飞打开电脑正准备写些什么的时候，叶伟豪突然打了个电话过

来，道："阅读量过五十万了，九指转发了你的文章。"

夏飞几乎不相信自己的耳朵："谁？"

"九指，"叶伟豪一字一顿地说，"你没听错，就是你崇拜的那个作家九指！"

作家九指，是夏飞从小到大最崇拜的人之一。他四十多岁，以写武侠小说出名，出版过的图书累计至少一亿字，被翻译成各种语言，远销海外。同所有的男孩一样，夏飞很小的时候就沉浸在他构建的武侠世界当中，为那些刀光剑影、快意恩仇的故事废寝忘食，看一套书，仿若活了一生。

他人如其名，只有九根指头，右手大拇指多年前在工厂打工时被机器轧断了，故而取了这个笔名。九指虽然只有四十多岁，却长着一张十分严肃的脸，他早年很是吃过一番苦头的，如今岁月的痕迹都留在了他的脸上，布满了苦难与深邃。也许对女生来说那样一张脸太过粗犷，但对男生来说，这样的脸却令人惊叹，饱含沧桑与历练，充满了英雄气概。

夏飞打开电脑，才发现九指不仅转发了他的小说，还在网上与人吵得不可开交。九指对这本书的评价并不算太高，他转发说：文笔还很稚嫩，架构也很拙劣，可是人物塑造妙极了。这本书竟然出自一个少年作家之手，真是后生可畏。

网上那些人炸开了锅，在评论里纷纷骂道：你居然转发这种东西，出版社给了你多少钱？

九指也很幽默，道：五百万。

也有人说：你怎么会转发这种东西？亏你还是个大作家！

九指回复道："这种东西"是什么东西？作品只有好坏之分，以类型来下判断，未免太狭隘。

还有人说：哪有你说得那么好，我看这个叫欧阳夏飞的就是故弄玄虚！

九指便说：第一，我没有说这本书很好，我只是说有些优点可取；第二，

以欧阳夏飞的年纪,这种"故弄玄虚"也是很了不起的,请仔细阅读。

夏飞震惊得说不出话来,这个九指素来以低调闻名,不参加签售,也不接受任何采访,如今他竟为了自己跟网友争论,自己何德何能,才能有此荣幸?

他在电脑前呆滞了很久,才点开了九指的私信,先是敲下一句:天哪,九指!真的是你吗?

但紧接着他就把这句话删了,觉得太过孩子气。

思索了半天,他又敲下一句很客套的:谢谢您帮忙转发,能够得到您的指点我真是三生有幸。

这句话还没打完,他就又删除了。

就这样他对着电脑敲了半天,又删了半天,激动的心情却始终没有平复。他盯着"文笔稚嫩""架构拙劣"那几个字看了半天,才关掉了页面,打开文档,继续写他的小说。

有一个作家说过,想要成为伟大的作家只有一个秘诀,那就是坐下来,写、写、写。

陈小露的故事已经到了高潮部分,还需要一两万字,书就可以结尾了。越是在这种时候,夏飞越是不敢掉以轻心,否则一不小心就功亏一篑了。

故事的最后有一个英俊潇洒的人出现,将陈小露的所有行为都解释了出来。他不仅理解陈小露,还支持陈小露,他宁愿与全世界为敌也要去保护陈小露,而陈小露将在这个人的保护下成为一个快乐、幸福、可爱的小女生。

夏飞知道这个结局很俗,但这是他欠宫舒悦的,她值得一个这样的人出现。

在男主角的人物设置上他参考了叶伟豪,叶伟豪当时一听就哈哈大笑起来,说:"没问题!记得在小说里给我弄个高一点儿的鼻子,我一直不喜欢我的鼻子。"

夏飞毫不客气地抢白他:"你这个娘娘腔!"

叶伟豪却说:"喂,你不许别人娘娘腔的吗?你这个该死的大男子主义!"

一想到叶伟豪和龚艾吉,夏飞又快乐了起来,至少,如今还有人愿意支持他。

他一口气写了几千字才下楼,想要给自己买些东西吃,结果却遇到了苏子兮。她刚从超市回来,正拎着一个大袋子走进小区,夏飞一看到就走过去接过袋子,问:"里面有没有零食?"

"你不会自己去买吗?"

虽然这么说,但苏子兮还是从里面翻出来一块巧克力给夏飞,夏飞接过去,毫不客气地拆掉包装吃了起来,并说:"你不是不吃巧克力的吗?"

苏子兮解释说:"我表弟明天要来。"

"就是那个小胖子?"

"是啊,他父母都出差,所以要在我们家待一个周末。"

"这次你得看好你收藏的那些香水了。"

"放心,我都装起来了。"

走着走着,两个人才发觉他们之间的冷战已经结束了,好像就是不知不觉之间,他们又恢复了以前那种淡淡的情谊。苏子兮看了夏飞一会儿才问:"你好像心情不错?"

"嗯,小说快到结尾了,心里的压力就小了一点儿。"

"阅读量怎么样?"

"今晚刚过五十万。"夏飞停了一下,才说,"不过,九指转发了我的文章。"

苏子兮睁大了眼睛,问:"那个作家九指吗?"

"嗯,就是那个九指。"

"哇!"苏子兮兴奋地叫了起来,"你要红了是不是?九指怎么说?"

夏飞却很平静,道:"文笔稚嫩,构架拙劣。他是这么说的。"

于是苏子兮的表情立即又沮丧了起来。

夏飞觉得有些好笑,说:"但他能看到我已经很满足了,我还想过有朝一日我成了鼎鼎有名的大作家时去拜访他呢,谁知道他却先看到了我,多么不可思议。"

"你回复他了吗?"

"还没有。"

"为什么不回复?"

夏飞看了看远处,轻声说:"我想先把小说写完再说。"

苏子兮愣愣地看着夏飞,过了好久,才微笑着说:"我忽然觉得你成熟了许多呢!"

"是吗?我却觉得我需要学习的地方还有很多。"

"可是,能够发现这些问题,已经很了不起了呀!"

"这多亏了你的指导。"

两个人一起哈哈大笑起来,夏飞帮苏子兮把东西提到楼上,两个人这才告别。夏飞一路跳下了楼梯,准备回家继续写文章,谁知道苏子兮却突然推开窗户大叫:"夏飞!"

夏飞抬头,苏子兮把一个东西扔了下来,说:"小说写完了之后再把这个东西还给我。"

夏飞接住,打开一看,才发现是那只当初他们用来打招呼的铃铛,此刻它正静悄悄地躺在一团报纸中央,像是在微笑一般。

夏飞抬头冲苏子兮摆了摆手,这才飞快地跑回了家。

有了九指的转发,夏飞的小说很快就获得了无数关注。

当然,夸他的也有,骂他的也有,夏飞却都不在意,而是一心一意地构思着后续的情节。

等到小说全部写完的时候稿子的阅读量已经过了七十万,夏飞把结局重新修改了一下,这才分别发送给了苏子兮、叶伟豪、龚艾吉、吴唔,以及宫舒悦。

他不太敢看网上的评论,唯恐会因为读者的意见改掉现有的内容,但他还是打开了邮箱,看了一下他的那些旧读者的邮件。

看着看着他忽然想到了什么,于是又把写好的结局抄送给了小鱼儿一份。

说起来有些奇妙,如果没有小鱼儿的话,这本书也不会这么快就结局,如

果不是她在一开始鼓励夏飞、支持夏飞，可能夏飞写不到第二章就打了退堂鼓。他翻出小鱼儿最早给他的评论，忍不住在邮件中说：这本书如果能够顺利出版的话，我一定要在后记里好好地感谢你才行，你希望留下真实姓名还是小鱼儿就好？

可是，小鱼儿并没有回复。

一开始夏飞以为她在忙，并没有放在心上。期末在即，夏飞也把精力全都放在了功课上面，为了这本小说他有十来节课都没有好好听，为此不得不加班加点地补习。

而与夏飞相反，叶伟豪的书则到了最艰苦的时刻，每天下课的间隙他都跑来跟夏飞抱怨一通，道："那些对白我都快写吐了，唉，你说，现实里真有人这样说话会怎么样？"

夏飞立即换上另一副神情，掐着嗓子说："伟豪，我的生命中不能没有你，如果你不肯爱我的话，这世上就没有人肯爱我了！"

叶伟豪大叫起来："我宰了你啊！"

两个人哈哈大笑着在篮球场上奔跑，已经是十二月了，虽然降了温，中午的阳光却还是很耀眼，风也淡淡的。夏飞和叶伟豪在篮球场上玩了半天才坐下来休息，以往陪他们打篮球的人很多，如今却只剩他们两个了。夏飞知道自己的名声从此都会毁誉参半，但说来奇怪，他已经不在意了，好像慢慢地就接受了这个事实。他做错了事，理应得到惩罚，这没什么大不了的。古人说得好，知错能改，善莫大焉。古人又说：路遥知马力，日久见人心。他不介意靠时间为自己平反，一点儿一点儿把那些失去的荣耀争取回来。

他尚有机会把所有的歉意和悔恨都写在书里，这是一个作者的运气，也是一个作者的使命。所有他想说的话，想要表达的观点，都写在小说里了，如果宫舒悦看到的话，一定明白他在说什么的。

但宫舒悦并没有回复。

不仅宫舒悦没有回复，连小鱼儿也没有回复。

夏飞等了很久，等到最后开始好奇了，于是又写了一封邮件给小鱼儿。

大概每个作家都有几个格外珍视的读者，他们对自己好，研究自己的一点

一滴。夏飞无以为报,唯一能做的,也不过是一点点额外的关照和交流而已。

小鱼儿就是一个这样的读者,所以得不到她的回复,夏飞觉得失落极了。

他翻看着小鱼儿之前的那些邮件,看到一半时,忽然发现了什么,她说过"小的时候有一个亲戚送过我一本《豪夫童话》,我看完之后很喜欢,从此就爱上了看书……"。

豪夫?夏飞把"《豪夫童话》"放入了搜索框,不久一个页面就跳了出来:威廉·豪夫,是德国十九世纪著名的小说家和诗人……代表作有:《冷酷的心》《小矮子穆克》……

《小矮子穆克》?这名字有些耳熟啊!

夏飞突然想到了什么,陡然愣在那里。他想起遇到宫舒悦被绑在麻袋的那一次,宫舒悦对自己大喊:"你以为我不明白吗?实际上我不到十岁就明白了,你不是也看过童话的吗?你没发现童话早就把这件事写清楚了吗?无论是丑小鸭还是小矮子穆克,长得丑就注定会过得凄惨,哪怕你其实是个王子或者公主呢!"

这个世界上看过安徒生童话的人很多,但看过豪夫童话的多吗?深深地热爱着这个作家的人呢?究竟有多少?

夏飞从网上搜到《小矮子穆克》,那是一篇挺长的童话,大意是讲一个又丑又矮的人备受欺凌的故事。

穆克的父亲去世时,由于亲戚不喜欢他而没有被人收养,他一个人跑出去冒险,无意间获得了两件宝贝,一件能让他跑得飞快,能让他去任何地方,另外一件则能告诉穆克哪里埋着金子。他靠着这两件宝贝在皇宫获得了一份差事,但皇宫里的人嫉妒他受皇帝宠爱,陷害他,穆克由此失去了皇帝的信任,同时宝贝也被人抢走了。

可怜的穆克在森林里度过了许多天,这时他发现有一种野果吃了之后可以长出驴耳朵,而吃了另外一种野果驴耳朵就又能消失。

于是穆克带着这两种野果在皇宫周围售卖,最终解救了长了驴耳朵的国王,并成功地带着他的两件宝贝跑到一个不知名的小村子里生活。

但故事的重点并不在这里,故事是以第三人称倒叙而成的,主人公是一个

小孩子，是穆克的邻居，他连同周围的小伙伴总是在欺负矮子穆克，有一天他的父亲将他打了一顿，才告诉了他小矮子穆克的故事。他说："好吧，如果我把穆克的故事告诉你，你就会和我一样尊重他了。不过，为了教训你，我还是要打你一顿。"

夏飞震惊地看完了整个故事，这才发现，原来他想写的故事，真的早就有人写过；而他犯过的错误，早在数百年前就有人犯过。

这个世界就是这样讽刺，人们总是一而再、再而三地在犯同一个错误：欺凌弱小、以貌取人、肤浅、愚不可及。原来这么多年来人类都没有吸取教训，原来他经历的，别人也都经历过。

夏飞看完了这篇文章之后又翻起小鱼儿的邮件，一封封地看着。她说：豪夫的童话跟别人的不同，很冷酷，也很现实，其实并不适合小孩子看，因为有些故事即便是长大之后我突然想起，都会觉得很震惊。怎么能说这种大实话呢？太可怕了不是吗？

她说：虽然我知道自己很丑，但我爸爸一直对我很好，他从来没有因为这一点而疏远我，事实上刚好相反，他甚至过度地宠爱我。

她说：我在学校里也没有多少朋友，大家都觉得我很古怪，但我觉得我有我的坚持，我只是不想与大家同流合污而已……

她说：你的第一本书还没有出版时我就看过了，当时我就觉得你一定能红……

夏飞点进了小鱼儿最早给他留言的账号，接着，赫然看到一张照片，是一张雪地的照片，文字内容写着：下雪了，爷爷说，这可能是他看到的最后一场雪了。

再往下拉，是在飞机上拍的照片，上面写着：离开一阵也好，也许再回来时很多事就尘埃落定了。

夏飞看了看日期，又看了看图片。看了看小鱼儿的账号，又看了看宫舒悦的账号。看着小鱼儿的邮件，耳边则回响着宫舒悦的声音……《豪夫童话》《小矮子穆克》……北方、爷爷……飞机……

会有这么巧吗？

夏飞从口袋里掏出手机,拨给叶伟豪,大声地问:"你是不是很擅长搜索?如果我给你一个账号的话,你能不能搜出来这个人的全部信息?"

电脑屏幕上是黑色的背景,上面有着数不清的字母和数字跳来跳去,叶伟豪随意地敲下几个键,有几个邮箱地址就加了高亮,叶伟豪指着那几个邮箱道:"你没猜错,小鱼儿和宫舒悦的确是同一个人。"

夏飞愣愣地看着电脑,但他看不太懂,于是看着叶伟豪。

叶伟豪有些难过地看着夏飞,解释说:"其实一开始的步骤很简单,既然知道了小鱼儿的邮箱,那么通过这个邮箱搜索后面的就不难了,你看这里,小鱼儿的注册邮箱跟宫舒悦在约稿论坛跟编辑吵架使用的是同一个。宫舒悦应该有两个邮箱,一个是日常用的,学校论坛和微博她都是用这个注册的,另外一个是私底下用的,注册了一些小论坛的账号,大部分也取了小鱼儿这个ID。"

叶伟豪边说着边调了几个网页出来,那些页面与夏飞平时看到的不同,屏幕的上半截是网页原本的状态,下半截则是代码。叶伟豪继续说:"大家注册网站基本都是用邮箱,虽然网页上不显示,但后台可以很轻松地看到,这个并不需要太多技术,非常简单。"

他的手指再次灵活敲击着键盘,继续说:"咦?她还有个blog(博客),你要看吗?"

夏飞迟疑了半天,才点了点头。

叶伟豪便拿出了一台笔记本电脑打开,操作了没多久两台电脑的内容就同步了,他把笔记本电脑递给夏飞道:"你用这台看,我看看还能找到些什么。"

夏飞接过电脑坐在一边,那是一个很旧的博客网站,很久之前夏飞也曾在那里写写东西,后来博客日渐式微,微博火了起来,博客几乎已经没有人用了,宫舒悦却依旧更新着。

　　她的博客界面很简单，白色的底，黑色的字，几乎没有任何图案或者其他花里胡哨的东西，简单，却很清爽。

　　夏飞打开最近的一篇，是宫舒悦前两天写的，题目叫作《北方》。他点开，看到上面写着：

　　很久没有再回北方，结果一回来就遇到了今年的第一场雪，大地白茫茫一片，医院里也白茫茫一片，令人觉得仿佛得了雪盲症一般。医生说爷爷已经到了弥留之际，大概是撑不了几天了……爷爷一直对我不太好，小的时候我以为是因为我是个女孩子，长大了之后才隐约觉得，大概是因为我长得不好看而已。爸爸当初为了躲避爷爷奶奶才带着我们来到南方，希望我有个快乐的成长环境，但天不遂人愿，在南方的日子我也没有过得特别开心。有时候我甚至怀念北方，尤其是冬天，人们都可以戴上厚厚的帽子、围上围巾，把自己隐藏在衣服后面，没有人能看到我的脸……

　　夏飞曾经看过宫舒悦在网络上写的东西，她的文笔其实非常好，细腻、简洁、优雅，但看她的博客，他才知道她的文笔这么好，那种淡淡的不经意的叙述，是女孩子才会有的文笔，最重要的是她没有女孩子的通病，既不矫情也不花哨，就这么淡淡地，讲述着生活的日常。

　　夏飞继续看下去，再之前的一篇，是她出发前的一天写的。她说：

　　思来想去还是跟学校请了假，并不是我不能够面对，而是这么一直纠缠下去也没有意义，再说，也很想去见爷爷最后一面。昨天被XF救出来后一激动跟他说了很多话，总算是把心里想的都说出来了，我并不想让自己显得太激动，但好像还是失败了。还有一些话我还没有说，那就是，其实，我并不需要他的同情。我不需要任何人的同情，因为我并不介意自己吃这些苦，我介意的是吃了这些苦之后，我始终一无所得。但令我失望的是，我一直以为XF跟他们不一样，我以为他会聪明一点儿、成熟一点儿，没有想到他其实跟他们并没有太多不同，以为我会是因为这个才委屈的人。我真傻啊……

　　终于看到了"XF"那两个字母，夏飞怔在了电脑前，虽然早就预料到了这一切，但还是有什么东西涌上他的喉咙，让他觉得无比压抑。

　　原来这就是宫舒悦内心所想的，原来她是因为自己的表现才失望的……

现在是女生时代！③

他一口气把博客拉到了最后一页，这才发现最早的一篇是两年前写的。那个时候宫舒悦几岁？十三？正是升中学的时候，但那个时候她的文笔就已经很成熟了，她说：

马上就要升中学啦！

今天去未来的学校逛了一圈，看到有几个学生正在学校里玩。未来的学校很大，走了大半天才走完，有一个十分隐秘的小操场，那里有一棵很大的榕树，我走近看了看才发现有个男生正在那里看书，他看起来比我大一些，应该已经念高中了？喜欢看书的男孩子真不多见，他在看狄更斯的《双城记》，真好。

第二篇：

开学了！今天特意在学校里逛了半天，没有发现那天看书的男孩子。当然，也不可能这么快就遇到他。新的学校很好，夏天，花园里的花开得正灿烂，高中部的女生也都很漂亮，有一个姓苏的学姐代表学生上台欢迎我们，她美极了，像个王妃一样。走下台时我冲她笑了一下，没想到她也回给了我一个微笑，看到那样的笑容，真是觉得心都暖了。

遗憾的是新同学跟以前一样，看到我还是会刻意地摆出一副"并不介意你的长相"的表情，什么嘛，这么做作！

……

第六篇：

终于遇到之前在学校里看到的那个男孩子了！原来他姓欧阳，我还是第一次遇到复姓的人呢！

他比我高三届，今年读高一，成绩很好。而那个很漂亮的苏学姐是他的青梅竹马，两个人走在学校里好看极了。班里的女生把学校里的这些风云人物打听了个遍，各种各样的校花校草，各种各样的小道消息，虽然很蠢，但我还是觉得挺开心。下课的时候我特意跑到篮球场看他们打篮球，这才发现他个子很高。他换了一个发型，比暑假的时候看起来笨一些，但动作还是灵活极了。班里的女生都更喜欢那个叫YWH的男孩子，但不知道为什么，看到XF我会有种隐秘的熟悉感，大概是因为他喜欢看书的缘故？我喜欢爱看书的男孩子……傍

强档星笔会

晚我故意跑到高中部逛了一圈,几个男生一看到我就不怀好意地走了过来。他们都说高中部的男生喜欢欺负低年级的女孩子,本来我还不相信,没想到他们却真的那么幼稚。幸好没过多久XF就出现了,他看到我,就故意跟他们说:"有没有出息啊你们!干吗总是欺负小女孩?"

因为这句话,我觉得我没有白白记住他那么久……

夏飞已经看不下去了。

他怔怔地坐在椅子上,回忆着第一次见到宫舒悦的情景,这才发现他根本不记得第一次见到她是什么时候。是去编辑部见吴唔的时候?还是在此之前,她走过来问自己书写得怎么样了?她也曾在篮球场边看过自己打篮球吗?她也曾经默默地关注过自己吗?

原来那么早以前她就已经注意到他了,他却始终不知道这个女生的存在。两年前的夏天?他甚至不记得自己曾经在暑假特意跑到学校里看书的事,但他记得《双城记》那著名的开头:这是最好的时代,也是最坏的时代……

原来,她那么在意自己,只是因为自己喜欢看书而已。

可是他那么讨厌她,哪怕她为了自己的第一本书不遗余力地帮忙……

叶伟豪突然小声地说:"我发现了一点儿东西……"

夏飞转过头去,问:"什么?"

"你看到后可能会非常难过。"叶伟豪迟疑着,把显示器转过来道,"我试着搜索'小鱼儿+夏飞',或者'小鱼儿+小说'之类的,总之,换了很多个关键词,结果发现了几个营销账号的广告报价表,是拿你的书做案例的。你还记得之前你的小说第一章刚放在网上时没人看吗?后来有一天,忽然有几个大号转发了?"

夏飞怔怔地看着叶伟豪,他知道他要说什么,可是,仿佛不敢听下去似的,耳边有什么东西一直嗡嗡作响,让他觉得头痛欲裂。

叶伟豪却还是说出了他最怕听到的那些内容,他说:"原来那几个转发是宫舒悦花钱买的,这里有她用小鱼儿那个账号购买的记录……"

夏飞愣了几秒才在面前的笔记本电脑上滑动着,不久之后就翻到了他开始

在网上发布小说时的日记，他看到宫舒悦写着：

还是忍不住给夏飞买了推广，他要是知道的话大概会很生气吧？可是，这本书如果不能出版就太可惜了，不知道为什么我看到陈小露会有一种很奇怪的熟悉感，大概是因为我们都不漂亮的缘故？

那么多人都写了美女的故事，可是很少有人关心我们这些不漂亮的女生在想什么。真想让多一点儿的人看到，不漂亮的女生也是有故事的呀！也是有爱恨情仇的呀！

希望夏飞这本书能有所突破，希望他真的明白，丑女孩到底是怎样一种存在。

世界从来都没有这么安静过，好像忽然之间，宫舒悦所提到的那场大雪覆盖住了夏飞所在的世界，整个世界都白茫茫一片，悄无声息。夏飞想起宫舒悦那倔强又清高的面孔，她那看起来始终不怀好意的眼睛和总是飞快翻动的嘴巴。她总是那么不开心，可是，她始终在想办法令自己开心……

他想起他对她最凶的那一天，亲口说出"讨厌你"这三个字的那一天，想起她低垂的脑袋和暗淡的眼神，他想起她明明很伤心却佯装不在意的表情，想起她一次又一次地朝自己走过来时的脸，想起那棵巨大的榕树，想起她躲在编辑部看书时的身影。

宫舒悦啊宫舒悦……

夏飞觉得自己像是被人打了一拳似的，胸口有种闷闷的痛感。那种痛并不会令人难以忍受，可是它带来的窒息感却让夏飞鼻子发酸。

叶伟豪一直同情地看着夏飞，半天才走出房间，留下他一个人静一会儿。

那天夏飞一离开叶伟豪家就拨了宫舒悦的号码，可惜她手机一直关机。他只好再拨吴唔的电话，吴唔很快就接了起来，还没等夏飞开口就说："哎呀，我看到最后几章了，老实跟你说，结局写得好极了，不过我觉得读者不一定喜欢……"

夏飞却打断她道:"对不起,我是想问你一下,你知道宫舒悦的家乡在哪里吗?他们不是去看望爷爷了吗?那个地方在哪里?"

吴唔愣了一下才说:"你是想找宫舒悦还是宫总?他们过几天就回来了,宫总的爸爸前天晚上刚刚去世,他要待在那边守灵。宫舒悦则早一点儿,她不是还要参加期末考试吗?应该就是这一两天的飞机,到时候我得去接机,我知道了日期跟你说一声。"

"好,谢谢了。"夏飞道。

吴唔却听出他的情绪不太对,问:"发生了什么事吗?"

"没有。"

夏飞挂了电话,这才回到家,去敲苏子兮的门。苏子兮正在复习,看到夏飞失魂落魄的表情愣了一下,道:"今年是怎么了,你怎么三番两次都一脸的生无可恋啊?"

夏飞却连苏子兮的父母坐在一旁都没有注意到,像是打了一场仗般,在沙发上坐了下来道:"苏子兮,我活了这么多年才知道,原来我这么傻……"

苏子兮的爸爸大笑了起来,说:"这小子是失恋了?"

苏子兮的妈妈却瞪了他一眼道:"你这么大的人了怎么什么话都乱说?让欧阳听到非打死你不可!"

苏子兮朝他们俩使了个眼色,两位大人才钻进了厨房。苏子兮倒了一杯水给夏飞,问:"又发生什么事了?"

夏飞想了半天,才发现他连怎么开口都不知道。他就这样怔怔地坐着,想到宫舒悦说苏子兮像个王妃,忍不住笑了起来。

可是笑着笑着,他又觉得自己就快要哭了。

第七章 还给你最好的世界

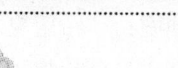

等到夏飞再次见到宫舒悦的时候，寒假已经正式来临了。宫舒悦虽然已经回来了，却并没有参加考试。

夏飞打了几次电话给她都没有打通，于是就放弃了。原本等着吴唔通知自己宫舒悦回来的日期，吴唔却忘记了。

结果来领成绩单的那一天，龚艾吉却突然跑到夏飞和叶伟豪的班级门口，隔着窗户对夏飞用口型说："宫舒悦回来了。"

老师正在讲台上布置寒假作业，夏飞却想也不想就站起来往外走。全班同学都惊讶地看着夏飞，老师回头，问："欧阳夏飞，你干什么去？"

叶伟豪及时站起来道："老师！夏飞今天脑袋撞坏了，我去看看他，以防他出什么事！"

大家都哈哈大笑了起来，夏飞却像没听见一样走了出来，龚艾吉一看到他就说："她在小操场！"

夏飞二话不说就朝小操场跑去。

叶伟豪和龚艾吉慢慢地跟在后面，叶伟豪问："你猜他会跟宫舒悦说些什么？"

龚艾吉说："我才不猜呢！"

这时苏子兮正好从教室里走出来，一看到他们就问："刚才跑过去的是夏飞？发生什么事了？"

龚艾吉说："宫舒悦今天来学校了，虽然她没参加考试，但还是来学校拿寒假作业了。"

"唉？她还好吗？"

"瘦了不少，大概爷爷去世给她带来的打击也挺大的吧。她戴了条黑纱，一个上午都没有跟人说话，他们班的那些男生本来不是说一看到她就要给她道歉吗？结果看到她的状态，谁都没敢跟她搭话。我下课时特意跟她说夏飞最近在找她，她听了也没什么表情，只是'嗯'了一声。"

苏子兮一脸怜惜地说："希望夏飞这次可不要说错话，像是翻到她博客这种事，估计讲出来宫舒悦又要生气了。"

叶伟豪插嘴道："这有什么好生气的？她写在网上，被人看到也是迟早的事呀！"

两个女生却一起转过头瞪着他道："你懂什么！"

叶伟豪吓了一跳，愣在了那里。

苏子兮和龚艾吉却边继续往前走，边气恼地说："我发现男生有时候就是真的傻，根本不懂什么叫隐私！"

"虽说也不能怪夏飞吧，不过如果有人看到了我的博客我肯定是会气死的！"

"我也是！"

叶伟豪怔怔地看着她们俩的背影，总算是明白了两件事：第一，原来夏飞说得没错，女生果然是难懂的生物；第二，原来她们都有博客啊……回头得去搜一下才行。

与此同时，夏飞却已经一路小跑地来到了小操场，宫舒悦果然就坐在那里。

此刻是寒假，大家都没有穿校服，宫舒悦穿着一件黑色的大衣，系着灰色的围巾，脚底却不合时宜地穿着一双荧光色的运动鞋。

她穿衣打扮果然还是乱糟糟的，可是一想到宫舒悦看到的世界只有许许多多的灰色，夏飞就觉得自己的心脏被什么东西揪住了一般，有种闷闷的痛感。

即便是冬天，南方的树木依然绿葱葱的，宫舒悦安静地坐在树下一动不动，瘦小的身影就像一只栖息在树下的笨拙的小动物一般，不知所措，又充满警惕。

夏飞调整了呼吸，才缓慢地朝宫舒悦走去。她听到了脚步声，立即抬起头来，看到是夏飞，才换上一副冷冰冰的表情看着他。

夏飞知道她依旧在生自己的气，可是，那是应该的。

他走到她面前蹲了下来，想了一会儿才说："我知道小鱼儿是你。"

一瞬间宫舒悦又皱起了眉来。

这次夏飞在她开口前抢先道："你先别急着生气，这事也不能怪我，你跟我提到过《小矮子穆克》，小鱼儿跟我提到过《豪夫童话》，其实也不难把你们两个联想到一起，尤其是后来连小鱼儿都不理我了。"

宫舒悦依旧气鼓鼓的，却没说话，只是看着他。

夏飞深吸了一口气，才说："宫舒悦，让我们成为好朋友吧。"

"凭什么？"宫舒悦冷冰冰地说，"你不是朋友很多吗？为什么来找我？还有你不是很讨厌我的吗？"

夏飞正准备开口反驳，宫舒悦却继续说："我听说学校里发生的事儿了，你没必要因为这个就来讨好我，那些女生也是逗你玩的，说是针对你，其实下一次还是会偷偷买你的书看。至于大家向我道歉就更不必了，要不了多久他们还是会欺负我的，毕竟我的性格不讨喜，我也并不在意他们喜不喜欢我。所以你没必要跟我道歉，我慢慢地就好了，世界也终究会恢复成老样子，顶多一个寒假，大家的热情过去了，这些事情也就跟着过去了。"

夏飞却朝她伸出手去，说："我是说真的，让我们成为好朋友吧，不要管其他的那些，什么书啊百万阅读量啊我都不在乎，我曾经很傻，误解了你，但我现在明白你是个怎样的人了，就像我知道陈小露在想什么一样。你看了我的书的结局了吗？"

宫舒悦摇摇头，道："随便你吧，你想要成为好朋友就成为好朋友好了。"

夏飞却再次说："不，我不要你的敷衍，我是真的想要跟你成为好朋友。"

"为什么？"

夏飞看着她的眼睛道："因为，我发现，你是世界上最好的女孩，最好的。"

这一次他把手朝宫舒悦伸了过去，宫舒悦怔在那里，过了好久，才把手递了过去。

夏飞扶着她站了起来，她依旧很矮，需要抬起头才能看到他的脸。曾经无数次她这样仰望过他，他都别开了面孔，但这一次，他很认真地看着她，目光里既有歉意，又有温柔；既有了解，又有敬佩。

忽然之间宫舒悦明白了什么，说："你……"

"嗯，我看到那个博客了。"

夏飞以为宫舒悦会生气的，可是宫舒悦没有，她只是呆呆地注视着他，过了好半天，才扁起嘴巴哭了起来。

夏飞伸出手去拍了拍她的肩膀，过了一会儿，又忍不住抱住了她小声说："我发誓，我再也不会跟你讲那些话了，再也不会让你因为我而哭。"

宫舒悦却哭得更大声了。

远处，苏子兮他们刚好到达小操场，看到这一幕，苏子兮欣慰地说："好啦，总算是和解啦！"

叶伟豪则说："这样的话以后宫舒悦会不会更有理由缠着夏飞啊？不过也不是坏事，我倒是很想跟宫舒悦真正认识一下，我挺佩服她的。"

苏子兮和龚艾吉异口同声道："我也是！"

几天之后夏飞再次来到了蓝时文化公司，一进门吴唔就笑眯眯地迎了过来，小声对他说："真有你的，九十八万！居然差点儿让你做到了！"

她指的是夏飞那本小说的阅读统计，虽然有九指的宣传，但最终阅读量还是停在了九十八万这个数字上面。其实大家都知道，随着时间的流逝，过百万是迟早的事，但夏飞已经不在意这个赌约了，因为他收获了许多远比出书更重要的东西。

宫墨明正在办公室里等着他，一见到夏飞他站了起来，走过来拍了拍他的

肩膀说:"臭小子!了不起!"

他也憔悴了一些,袖子上别着黑纱,但至亲的去世丝毫没有影响到他的理智。他说:"书呢,我是看过了,虽说离我们约定的百万阅读量还差两万,不过那也是迟早的事儿,所以还是按照我们之前说好的,以后你想写什么就写什么。"

夏飞点了点头,宫墨明才继续说:"不过你也得知道,编辑们有编辑们的考量,有时候会给你一些修改意见,你遵守了,对你也没有坏处。我今天找你来,就是谈谈陈小露这本书的事。"

吴唔从文件夹中拿出了几张打印纸道:"我们调查过了,读者对你这本书的结局都不太满意,毕竟跟开头反差太大,显得很牵强,所以希望你能修改一下结局。"

夏飞象征性地接过那些打印纸,其实他一早就知道那上面是什么内容了。早在几天之前,他就统一又彻底地把读者的评论都翻了个遍,大部分人的看法是:太牵强了!哪有这样给陈小露洗白的?就因为她有自己的一套行事逻辑,就可以作恶多端?

还有一部分人说:能看出作者的意图,可是要么是开头没处理好,要么是结局没处理好,总之得改掉一个,不然这样的反转太生硬了。总体来说,我还是很喜欢这篇小说的,希望作者能好好修改。

更多的人则是连评价都没有,只丢下一句:结局居然是这样!

倒是九指,很认真地说:其实之前就猜到了结局,读者如果仔细看了那些心理描述,其实也能猜到。再说一次,作者对陈小露这个角色的塑造很到位,在审丑为主流的当下,这种心理挖掘难能可贵,虽然并不算一次成功的尝试,但假以时日,一定会写出非常棒的作品的。

这一次夏飞发了一句话过去:谢谢您,您一直是我最崇拜的作家之一,能得到您的鼓励是我前进的动力。

很俗,但夏飞也只能想出这句话来。纵然心中有千言万语,最终落到纸上的,也不过是寥寥数句。文字有时候是无力的。

九指回复了一个微笑给他,并说了一句:加油!

因为这两个字,夏飞顿时觉得一切努力都是值得的。

说起来有趣的是,将这本书写完之后,夏飞就觉得自己的使命已经达成了,什么赌约也好,被抵制也好,被误解也好,好像都不是最重要的,也许命中注定他就要写一本这样的书,或早或晚,写完了,就彻底圆满了。至于后面的,有没有人喜欢,能不能红之类的,似乎都不重要了。

所以夏飞深吸了一口气,道:"我知道这本书写得并不算太好,不过我不打算改,我不想出版了。"

宫墨明和吴唔都愣在了那里,好半天宫墨明才问:"该不会是有别的出版社找你了吧?对方是谁?给了你什么条件?"

夏飞摇摇头道:"没有,我只是不想更改结局。"

"那就改一下开头好了!"吴唔说。

夏飞再次摇头,然后站起来,深深地朝他们鞠了一个躬,道:"我知道你们器重我,我也觉得十分荣幸,不过这本书对我来说意义重大,它深深地伤害过一个人,也让我明白了许多道理,也许这本书的意义就在这里。但出版的话,它将给很多人带来困扰,所以这一次我不太想出版,希望你们能够理解。"

宫墨明始终是一脸震惊的样子,吴唔却像明白了似的,道:"你自己想清楚了就好,不过,这本书如果出版的话,很有可能会大卖哦!"

夏飞笑了起来,道:"命里有时终须有。"

吴唔也跟着笑了起来。

宫墨明想说些什么,吴唔及时拦住了,道:"不出这个写别的也成,马上就要过年了,你刚好趁寒假想想还有什么想写的,来,我送你出去。"

说着她就拉着夏飞朝外走,宫墨明目瞪口呆地看着两个人的背影,喃喃道:"神经病吗……"

这次会议的消息传了出去后,连叶伟豪都觉得可惜。他说:"好歹十万多字呢,就这么打水漂了?"

强档星笔会

"放着呗,反正又不会丢,将来想改也不迟。"夏飞躺在叶伟豪的床上,拿着一个网球在手上抛来抛去,叶伟豪则对着电脑敲打着,半晌才说:"那么跟吴唔聊到新的写作计划了吗?"

"还没,想休息一阵。"

"那校草时代岂不是只剩我一个人了?"叶伟豪鬼哭狼嚎地叫道,"啊!可怜的我!孤独的我!"

夏飞二话不说就把手里的网球丢了过去,叶伟豪眼疾手快地接住,又丢回给了夏飞。

夏飞问:"你的写了多少字了?"

"别问,才三万,想想都头痛。唉,我说我们校草时代干脆解散了算了!"

"别着急,慢慢来。"

"都打了包票一定要治好龚艾吉了,怎么能不着急?她也真是的,大家好不容易凑够了钱,她却二话不说就给了别人,虽然说那家人真的需要帮助,但也不应该这样啊!"

叶伟豪大声地抱怨着,看表情仿佛要哭了出来。

那是春节后不久发生的事,学校里的女生们打了整整一个学期的工,结果还不如随手收的压岁钱多。

大家都又开心又沮丧,但好在荷包丰满,一人一两百的,没多久就把钱凑够了。

苏子兮她们亲自把一万块现金交给了龚艾吉,谁知道回头龚艾吉就——登门道歉,说是把钱给了别人。

龚艾吉前来道歉的那一天,夏飞刚好在苏子兮家串门,于是就看到了这一幕。

龚艾吉站在房间里,深深地朝苏子兮鞠了一个躬,才说:"那家人更需要帮助,他跟我爸爸在同一天值班,我们家只有我一个人轻微烧伤,他却惨遭毁容,如今连工作都找不到。他的小孩儿才五岁,马上就要念书了,那天他来我家借钱,我实在看不下去,跟爸爸商量了之后就把钱借给他了。其实那个人你

们应该也都见过,就是在市区广场乞讨的那个。"

夏飞和苏子兮互相看了一眼,他们的确见过那个人,他浑身严重烧伤,嘴唇和鼻子都没有了,牙齿裸露在外,眼部如同洒了胶水一般粘连在一起,十分可怖。

夏飞每次见到他的时候都会忍不住给他一些零钱,却没有想到他跟龚艾吉一家也认识。

想到那个人的面孔,夏飞顿时理解了龚艾吉,他说:"你早说啊,早说我们可以另外凑钱捐给他的,可是现在大家压岁钱都花得差不多了,再凑也来不及了。"

龚艾吉却摇摇头道:"我早就说了,我不是很赞成你们去打工凑钱的,如果我一开始知道也会拒绝的,我知道这听起来有些不可思议,但我已经习惯身上的伤疤了,我不介意带着它生活一辈子。再说,它也是我的保护伞,毕竟别人一旦知道我受过伤就会觉得我好可怜呀!"

她俏皮地眨了眨眼睛,夏飞和苏子兮却都明白,最后一句话是安慰他们的。

苏子兮花了很长一段时间才平静下来,道:"反正钱是给你筹的,你喜欢怎样就怎样好了。晚上要不要在我家吃饭?我让我妈妈加一副碗筷。"

"不用了,我还得去叶伟豪家里跟他道歉。"龚艾吉这样说。

夏飞和苏子兮却都面面相觑,因为他们已经猜到了叶伟豪鬼哭狼嚎的样子。

果然事情已经过去一个星期了,叶伟豪也没有缓过劲来。夏飞不时地来看望一下叶伟豪,他每次都是一副要死不活的样子,抓着头发尖叫:"啊啊啊,实在不想写了啊,为什么要写这么长啊!"

如今轮到夏飞幸灾乐祸地嘲笑叶伟豪了,道:"你不是才华横溢、盖世无敌吗?别担心啦,去洗个澡,听听音乐,打打篮球……哈哈哈!"

叶伟豪却选择了用脑门撞墙的方式缓解压力,他哀号道:"当作家真辛苦啊!"

是的,当作家,是很辛苦的。

虽然夏飞现在还不敢自称作家,可是,他感受过作家的快乐。

转眼寒假快要结束了,叶伟豪的书也没有写完,可是,龚艾吉的背却治好了。

那天她打电话叫大家去叶伟豪家里集合,等所有人都到齐了,龚艾吉才姗姗来迟,她穿着一件黑色的外套,坐下来半天,才脱掉那件外套,露出一件草绿色的连衣裙。接着她转过身去,大家都惊讶地睁大了眼睛。

因为,她穿着的是一条露背连衣裙。

龚艾吉裸露出来的背部并不多,但大家还是看到,她的脖子连同背部都已经治好了。

虽然仔细看还是能看到一些细小的疤痕,但整体看上去,还是光滑、洁白,有种梦幻的纯真。

夏飞和叶伟豪都是第一次看到女生的背部,两个人都连忙转过头去。苏子兮和另外几个女生却很激动地围了上去,尖叫道:"怎么弄好的?哪儿来的钱?"

"宫舒悦给我的。"龚艾吉害羞又激动地把外套穿好,才说,"她也不知道从谁那里听到这件事,特意跑到我家来,给了我一张整形医院的会员卡,跟我说钱已经交过了,让我去做手术。她唯恐我不肯去,就一直堵在我家门口,还说就算我不去钱也已经打了水漂,我爱要不要之类的,我无可奈何才跟着她去的。"

"她哪儿来的那么多钱?"

"她说她爷爷去世时留给了她一笔小小的遗产,反正她也不怎么花钱,放着也是放着,就拿出来一些钱给我了。"

大家都目瞪口呆,万万没想到是一开始最反对这个行动的宫舒悦最后出来收场。

龚艾吉却像是知道他们在想什么似的,道:"她其实不是因为我才出这笔

钱的,她是因为你们。她照例又狠狠地骂了我一顿,说我太自私了,怎么能将别人的钱私自拿出来做决定呢?你们也知道她的性格啦!总而言之,我是被骂得很惨就对了。她觉得搞不好大家又要没完没了地折腾,一想到这里她就觉得烦,所以干脆出钱趁早解决这一切好了。"

龚艾吉眨了眨眼睛总结道:"她就是这么说的。"

这还真是宫舒悦一如既往的风格。

但几个人都惊讶得不知道说什么好,只有夏飞走到了阳台打给了宫舒悦,宫舒悦很快接起,夏飞微笑着说:"你为什么没有来叶伟豪家?"

"我一想到大家抱在一起激动的画面就觉得烦,这么点儿小事儿,至于这样吗!"

隔着电话,夏飞仿佛都能感觉到她翻了一个大大的白眼。

但夏飞还是很高兴地说:"真的谢谢你。"

又问:"明天想出来看电影吗?"

"我不喜欢去电影院。"

"那,图书馆?"

"图书馆有什么好去的?人又多又吵,烦都烦死了。"

"动物园?"

"这么冷的天去动物园有病啊!"宫舒悦大叫。

夏飞也被逼得大叫:"那你到底想去哪里?能不能说一个地方出来?"

宫舒悦静了一会儿,才问:"为什么找我出去?"

夏飞说:"这是好朋友应该做的。"

宫舒悦沉默了很久,才说:"那,我们去看电影好了。"

接着她挂断了电话,夏飞却苦笑了起来,心想,这个女孩真是难对付。

陈小露还是不讨公众喜欢——没办法,谁让她积累的罪孽太多了呢?

但一如既往的,陈小露根本不在乎是不是有人喜欢她。

她依旧沉浸在自己的世界中,她的新兴趣就是欺负黎家树,比如总是冷不防地出现在黎家树家楼下,大声喊:"黎家树黎家树!下来跟我玩!"

黎家树总是一脸无奈地推开窗道:"等一会儿。"

"不行!你立刻下来!"

黎家树只好立即出门。

旁人都不明白黎家树是怎么忍受陈小露的性格的,只有黎家树明白,其实并不是他在忍受她,而是她在忍受他。

因为独特,是一种天赋,不是每个人都能够拥有,并能够驾驭的。独特需要很多的勇气和毅力坚持下来,独特是区别于陈小露与芸芸众生的光环,也是陈小露最强大的内核。她就像一株仙人掌一样屹立在世界中央,任由周围人来人往,岿然不动,却又穿越了万水千山。

这是一种荣耀。

遇到她,则是一种运气。

这是那部饱受争议的小说的结尾。

宫舒悦看了之后说:"我还是不喜欢陈小露,黎家树是不是眼睛有问题啊,怎么会喜欢陈小露这样一个人呢?这太不合理了!"

夏飞无奈地说:"嗯,没错,他就是瞎……"

"不过我倒是蛮喜欢黎家树这个人的,他很聪明,又很宽容,我喜欢这样的男生。"

夏飞依旧唯唯诺诺:"没错没错。"

此刻他们俩正走在街头,殊不知跟书里的结局殊途同归。一大早夏飞就被宫舒悦叫了起来,她说:"你不是说好请我去动物园的吗?"

夏飞困意十足,道:"可是我也没说是早上啊……"

"早上多好啊!人又少,空气又清新,到了下午就没有好位置了!你快点儿起来!"

夏飞几乎是恳求的语气,道:"我就再睡五分钟……"

"不行!你不起来我去你家找你了!"

夏飞只好立即爬起来,洗脸刷牙,走下楼去,果然看到宫舒悦正站在楼下

等他,脸上挂着兴奋的表情。

苏子兮刚好从楼道里面出来丢垃圾,一看到宫舒悦就对夏飞狡黠地笑了起来。

她故意调侃宫舒悦,问:"前天去了游乐园,昨天去了图书馆,今天你们又要去哪里?"

"动物园!"宫舒悦高兴地说,"是他非要让我做他的好朋友的!好朋友就应该做这些来着!"

夏飞听到这句话,只觉得头都大了,苏子兮却笑得很开心,对宫舒悦说:"没错!好朋友就应该做这些!你应该让夏飞带你去逛街,我们几个都很喜欢逛街的!"

"我的姑奶奶,你饶了我吧……"夏飞几乎跳了起来。

宫舒悦却一本正经地说:"好像很有道理。"

其实他们都知道宫舒悦是故意折磨夏飞的,苏子兮知道,宫舒悦知道,夏飞也知道。

不过,夏飞一点儿也不在意,因为,这是他欠她的。

事实上,他也说到做到了。直到几年后,夏飞已经念大学了,宫舒悦也追随而来。

一大早,夏飞就出现在机场等着迎接宫舒悦。那时候夏飞已经大三,而宫舒悦也考取了北京的大学,跟夏飞打电话说:"我爸让你来接我!"

夏飞道:"我都不在他手底下写书了……"

宫舒悦却说:"苏子兮也让你来接我!"

苏子兮远在英国留学,她与夏飞也只是一年见一次面而已,没想到宫舒悦跟她的联系却更密切一些。

她说:"我们昨天打了国际长途,我咨询她大学该准备些什么来着!"

一想到隔了这么远,夏飞都有可能被苏子兮骂,他立即就举手投降,道:"好好好,我去接。"

宫舒悦这才把航班号和时间告诉他。

于是一大早,夏飞就打着哈欠出现在了机场。

接机处无数的人进进出出，夏飞一不小心就撞到了别人。

那是一个长头发的女孩子，戴着墨镜与棒球帽，虽然看不清面孔，夏飞却已经感受到了她脸上的怒气。

他连忙道歉："对不起，对不起。"

女生张了张口，想要说些什么，身后却有人喊道："莫小西，快点儿，要迟到了！"

女生应了一声，但终究没说什么，昂起头走了。

她穿着白色的T恤和牛仔裤，看起来与夏飞的年纪差不多。

其实这样的女孩在北京到处都是，但不知道为什么，夏飞在她身上看到了一丝似曾相识的东西。

走出去好久他还忍不住回头，那个女孩却已经消失在了人群之中。

直到两年之后他们才再次重逢，不过，那已经是后话了。

摆在眼前的，是宫舒悦这个他摆脱不掉的好朋友。

此刻她长高了一些，照例又穿着那种颜色奇怪的衣服和裙子，可是在北京这座大都市，那些颜色却变成了一种别致的时髦。

她长高了，也长大了，身材苗条，看起来也有了一种成熟少女才有的韵味。

许久不见，夏飞怔了一下。

宫舒悦却又开始喋喋不休地说："让你在到达口等着的，你跑去干什么了？你怎么吃得这么胖？你妈还担心你吃不好呢，特意让我带了好多她做的鱼子酱给你，我看你还是不要吃了，这么重，累死我了……"

夏飞无可奈何地接过她手中的包裹跟在她后面，可是看到她逐渐成熟的背影，他又忍不住笑了。

谁让这是他欠她的呢？

他真不介意继续欠下去。

欧阳夏飞"关键词"大爆料

看完了夏飞亲自撰写的充满青春气息的小说，淑女们是不是对夏飞有了新的认识呢？其实，一千个人眼中就有一千个欧阳夏飞，也许此刻在淑女们眼里，他已经成了阳光帅气、才华横溢的"准男神"，但在与他朝夕相处的女编们眼里，其实他还有着你们所不知道的样貌哦！现在，就让我们助（羡）人（慕）为（嫉）乐（妒）的女编们，为大家全面解读夏飞君不为人知的四个"关键词"吧！

关键词一：催稿机中的战斗机 爆料人：词词

在爆料之前，词词我要先勇敢地对夏飞隔空咆哮一句："我不怕你！"至于为什么要咆哮……咳，主要还是想战胜内心中对夏飞的恐惧。

淑女们是不知道，自从夏飞君成了编辑部的"畅销书君"，每天在办公室那是横行乡里、鱼肉百姓，简直让人无法容忍！（夏飞：你见过哪个鱼肉百姓的人还要天天换水、扫地？）平时明明都是我拎着小皮鞭催大家工作，只有夏飞每天反过来催我："你还记不记得你这期的稿子还差两篇没修完呀？你倒是催她们啊！还有读编会，一个个的都堆到最后才写，你让我这个主持人怎么办？"时间久了，我真是见到夏飞就心惊胆战。我本来已经开始计划从夏飞身边这个通风、防晒又宽敞的"风水宝地"搬到墙角的位置去了，谁知道，明察秋毫的阿朱姐居然发现了夏飞能催稿的优点，某天开会时，她突然宣布："鉴

于夏飞负责的书本本畅销，而且催执行主编的力度十分到位，即日起，我决定提升他为小MM的执行副主编，辅助F和词词的一切工作！"

那一刻，我只觉得天昏地暗，别问我想什么，我只想静静，也别问我静静是谁……

关键词二：大于等于软骨头 爆料人：彭彭

刚进入编辑部的时候，我对夏飞君的印象是百分百完美暖男——平易近人，说话总是笑呵呵的，换水、扫地、扛书、搬杂志从不抱怨，最主要的是还会烤面包、做饼干、制作手撕牛肉干……可这个好印象因为后来发生的一件事土崩瓦解了。

我租住的房子去年因为面临拆迁所以我不得不另觅住处，可是租房子给我的黑心中介不肯退剩余三个月的房租。因此，我每天都跟中介打电话交涉，整个人濒临崩溃的边缘。在看了一周我那沮丧的脸之后，夏飞君终于忍无可忍，愤然道："别打电话了，直接去找他们理论，凭什么不退房租啊？"我一听，如抓到救命稻草，惨兮兮地说："我一个人不敢去，你和绿茶陪我去好吗？"夏飞君毫不犹豫地拍拍胸脯："交给我，我就不信还治不了他们了！"

我们仨在周末下午雄赳赳、气昂昂地去了中介公司。在进门之前，夏飞君回头对我和绿茶说："万事有我，待会儿一切听我指挥。"我和绿茶勇气满满地点了点头。哪知道，踏进中介公司之后，夏飞君的画风立刻变了——先是"大哥大哥"喊得亲热，最后在那帮高大威猛的中年人面露不爽时，突然蹿到门外，边使眼色边对我和绿茶说："你俩快哭，快哭啊！"最后，三个月的房租是要回来了，但代价是我和绿茶因为假哭，把嗓子都喊哑了。

所以，就算全世界的人都被夏飞君那张帅气的脸蒙

骗，大彭我也永远不会忘记当年怂包蛋的少年居然把我和绿茶扔进虎口，自己逃跑的画面。天啦噜，我好像曝光了什么不得了的秘密，如果夏飞君找我麻烦，小淑女们一定要为我撑腰哦！

关键词三：表里不一 爆料人：莫小西

经常在各种场合标榜会下厨、喜欢做家务、生活有情调的夏飞君，完全是一副居家好男人形象，然而一次偶然的机会，小西姐不小心见识到了他的真面目。那画面真是，啧啧……

某周末，小西姐正独自在商场血拼，兜里的手机响个不停。我掏出来一看，发现阿朱姐、Fairy、词词等人已经在微信群里嚷嚷开了。原来，按计划今天该为夏飞君的宣传照定装的，可他迟迟没有出现，电话也一直关机，怎么都联系不上。小西姐看她们急得都要挠墙了，安慰道："别急，正好商场离他家不远，我直接杀过去看看！"

来到夏飞君的住处，我便开始"咣咣咣"地砸门。门"吱呀"一声开了，我却在看清他的瞬间彻底傻眼：面前的夏飞君头发乱得像鸡窝，衣服一看就穿反了，踩着拖鞋，两只袜子颜色都不一样，最关键的是，屋子里完全乱成废品回收站了好吗！我愣了半天才反应过来："你是受什么刺激了吗？"夏飞君一脸疲惫地看着我："还不是《女生时代3》的小说，改了八百遍了，但每次再看还是觉得可以更好，我都快被自己逼疯了，其他事儿哪里顾得上！咦，手机什么时候自动关机了？"小西听完长叹一声，拍下夏飞君"流浪汉"的造型发到微信群里：这真的是你们要找的男神吗？半分钟后，阿朱姐等人震耳欲聋的语言消息便传了过来："你的手机被狗吃了吗？给你半个小时，立刻洗澡换衣服给我滚过来！"

好吧，小西姐必须承认，虽然流浪汉造型的夏飞君吓了我一大跳，但他变

起身来也是分分钟的事儿，成果如何，大家都已经看到啦！

关键词四：一个大写的好男生 爆料人：绿茶

认识夏飞好几年了，听闻这次有爆料夏飞的机会，想必女编们已经迫不及待地开启"黑夏飞"的模式了。然而绿茶我这么温柔善良、体贴懂事，是不会随波逐流的。我要成立"夏飞反黑军团"，说一说夏飞的"暖心二三事"，为他一一平反。

夏飞是一个很有爱心的男生。比如前几天，当他看到莫小西的眼睛上有脏东西时，就很热情地迎上去，表情特别温柔地把莫小西的双眼皮贴撕掉了……夏飞也是一个很有品位的男生。比如有一天词词新买的名牌香水到货了，大家叽叽喳喳地围观时，夏飞特别"专业"地给予了好评。他评价道："这香水味真好闻，好像小时候我去乡下时刚挖出土的地瓜……"另外，夏飞还是个特别绅士的男生。某天，下着漫天大雪，"饭团"小伙伴一起去看电影，他贴心提示道："天气冷啊，别冻着！"然后看着我和彭彭穿着单薄的棉衣冻得浑身发抖，他特别"绅士"地把自己的羽绒服……紧了紧。夏飞还是一个特别……喂，夏飞，你为什么捂住我的嘴？

好吧，夏飞就是这样一个男生。或许他不够完美，或许也没有你们想象的那么好，但不管怎样，他都是编辑部不可或缺的一员，更是"饭团组"不可替代的成员！（众编：这条反黑吐槽，我们给满分。）

王牌编辑秀

小编天团现真身,
书写下班后的秘密故事

意外的幸运签

文◎词 词

一

词词一直觉得自己对即将发生的事有着异常敏锐的直觉。这种直觉和绿茶那种借助塔罗牌啊、星相来占卜不一样，确切地说，她的直觉更类似雷达、天线一类的东西，一旦即将发生不好的事，天线就会高高地竖起来。

比如这天，当阿朱姐第三次把修改后的长篇稿子丢到她办公桌上，并冷着脸表示"再交这种没认真看过的东西，就去跟实习生一起学习基础技能"的时候，她头顶那根"隐形天线"就竖了起来——她的工作，最近似乎又变得不太顺利了。

当天晚上，词词老老实实地缩在办公室前修改稿子。

其实，不是她没有认真修改，实在是工作太多太繁杂，导致她精神不济，很多原本能看出来的错误，此时却好像施了隐身术一样，莫名其妙就被她的眼睛"放过"了。

时间到了十二点，她的手机传来了消息提示音。

她匆匆瞄了一眼，发消息的是她的"老朋友"莫白翎：刚刚开车路过你公司楼下，好像还亮着灯，你不会是还在加班吧？

词词随手发了个剪刀手的表情过去，便又进入了工作状态。

但莫白翎并没有放弃，继续追问：剪刀手是什么意思？

词词正烦躁得要命，直接发了语音："我忙着呢，你下班了就好好休息，不要吵我啊！"

这句话似乎很有效，果然莫白翎再也没有发消息过来。

如此一来，词词却开始有点儿心虚——毕竟人家是为了自己好，怎么也不应该摆出刚刚那副态度来。

她纠结了一会儿，正要再发条消息道歉，办公室的门却响了。

一定是莫白翎！

词词"噌"地跳起来跑到门口，一脸期待地打开门，门外一位青年拎着一袋子散发着热气的食物饱含期待地看着她……

并不是莫白翎，而是大厦的门卫。

"您是词词吧？这是莫主持让我送上来的。"对方把食物塞进词词怀里，两眼依旧放着不太正常的亮光，"那个，既然您是莫主持的朋友，能不能请您……"

"跟他要签名是吧？"词词了然地拍了拍门卫的肩膀，"放心吧，我会帮忙的！"

"呃，不是。"门卫小哥憨厚地挠了挠头，"我是想说，能不能请您把小费付了？他说自己没零钱，下次来给我二十元小费，我才答应送上来的，可是我想了又想，这辈子能不能第二次见到他还真是难说……"

词词默默地进屋拿了钱递给他，看着对方美滋滋地下了楼，她忍不住磨了磨牙——

这个莫白翎，绝对是在报复自己刚才的坏脾气！

他就不能不那么幼稚吗？

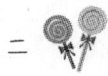

二

把第四版修改稿交给阿朱姐的那天下午，词词在心里算了算，自己跟莫白翎居然已经有一百五十六天没见了。

不是两个人之间有什么隔阂，而是彼此都太忙了——词词忙着出刊、策划

新系列图书、催稿子、管理贪玩的编辑们,而莫白翎则在策划一档真人秀节目,据说电视台对这个栏目寄予了很大期望。

自己是已经尽力了,但工作依旧忙成一团乱麻,不见起色,希望莫白翎能争口气,也许一炮而红,钱挣得花不完,可以分自己一点儿呢……

词词这样想着,有气无力地趴在了桌子上,接着头顶就传来了冷冰冰的咳嗽声。

"开会时间,请大家集中注意力,不要开小差儿。"会议长桌前,阿朱姐面带不满地看着词词。

词词面对着那表情,一瞬间心里就有了委屈:我明明已经努力到凌晨了,是人都需要休息嘛,没精神不是很正常的吗?

大概是她哀怨的眼神传递给了阿朱姐,阿朱姐皱了皱眉,补充道:"现在是年底的重要关头,我明白大家都很辛苦,但再辛苦,也要担负起自己的责任来。都是成年人了,不要为了一时的情绪影响工作,想想读者们……"

一起开会的其他人都以同情的目光投向词词,她忍不住低下了头,不发一语。

那天下班后,她无视阿朱姐在身后催促的声音,拿起包头也不回地冲出了办公室。

人在最失落的时候,永远会寻找最耐心听自己倾诉的那个人。

对词词来说,那个人当然是莫白翎。

搭着计程车来到莫白翎所在的电视台,向门卫问清了他的办公室位置之后,她飞快地冲进了电梯。看着电梯数字一格一格地上升,词词忍不住想,待会儿见到他后,一定要立刻撇嘴哭给他看,他一定会吓得手忙脚乱……

莫白翎的办公室很快就到了,词词在门口踌躇了一会儿,有个秘书模样的女生好奇地看过来:"请问您找谁?"

"我……我找莫白翎,我是他朋友……"词词有点儿拘谨地说。

"呃,莫主持啊。"女生的脸色变得有些尴尬,"他正在跟台长商量事情,可能要晚一点儿才会出来……"

话音刚落,办公室的门被推开了,高挑显眼的莫白翎从里面走了出来,沉

着脸环视了办公室一圈,扫到词词的脸时,他明显一怔,随即脸上的冰雪融化了一点儿。

他大步走过来,诧异地问:"你怎么来了?"

词词见到工作状态的莫白翎突然就哭不出来了,总觉得他变成了另外一个人。她傻乎乎地眨眨眼:"我今天心情不好,我……"

还没说完,莫白翎就扯着她的胳膊把她拎了出去,一边走一边说:"你以后别来这儿,有什么事打电话跟我说,我今天有事,没办法陪你聊天,你先回去吧!"

词词傻愣愣地被莫白翎推进电梯里,正想问为什么,却听他又问道:"你来这里找我,没人看到吧?"

词词摇摇头,莫白翎松了口气,拍拍她的头:"行了,回去吧,晚一点儿我打电话给你。"

"我……"没等词词说完,电梯门已经合上了。

看着电梯数字一格一格地降下来,词词心里的温度也一格一格地降低。难道有我这样不是名人的朋友,很丢脸吗?难道真的红到一定程度,就会变得高不可攀了吗?她的脑子里有着无数个疑问,但汇总起来,只有一句话——再也不理莫白翎了!

词词有些伤心地离开电视台,走到大楼门口时,余光扫到门边不知道谁挂的几道横幅,上面写着"莫白翎,不配做偶像""为人傲慢,本性低劣"之类的字眼。

她并没有当回事,只是撇撇嘴:"果然是红了,连黑粉都出现了。"

三

然而,事实证明,那天拉横幅的,不仅有莫白翎崭新的"黑粉",还有曾经的"真爱粉"。

当词词终于听说了莫白翎父母是交通肇事逃逸犯的消息被曝光时,这件事早就传遍了大街小巷,连编辑部都在讨论这件事。

午休时,猫猫雪把词词拉到角落,小声问:"你知道吗?莫白翎爸妈的事,听说他们是交通肇事逃逸的杀人犯,最近被放出来了……"

词词没心思去向猫猫雪解释这些,急忙奔到电脑前查看微博,果然,头条就是"莫白翎的杀人犯父母",而第二条则是"当红主持爱慕虚荣拒不认亲"。

新闻里,一部分人在谴责莫白翎父母道德败坏,另一拨人则不知从哪里打探到,莫白翎父母减刑出狱后,曾经来找过他,他却把落难的父母拒之门外。

词词越看越心急,她知道对莫白翎来说,父母的过去是多大的伤害。每次接受电视采访时,只要提到父母的身份,莫白翎总是会瞬间沉下脸,淡淡地说一句:"他们死了。"即使面对自己的时候,父母依然是他的"禁区"。那些年,他所受到的嘲笑和欺凌,大概在他的心里烙下了一道深深的伤疤,任谁都无法抹平。

一下午,她拼命打电话给莫白翎,却始终没人接。打到电视台,却听说他已经休了长假。实在没办法,她只能火急火燎地跑去他家逮人。

十分幸运,词词抵达莫白翎家楼下时,他家亮着灯。但可怕的是,同一时间,莫白翎的电话终于接通了,而在听她说起自家亮灯的时候,对方明显有些诧异:"不可能,我人在欧洲避难,家里没人!"

"怎么会?我明明看到你家窗口有道人影……"词词越说越害怕,猜测道,"难道是小偷?"

莫白翎沉默了一会儿,低声说:"有可能。你什么都别做,去报警,等警察来处理。记得千万不要敲门,也不要让对方发现你。我家用的是电子密码锁,我把密码告诉你,你就可以让警察开门了。"

词词忙不迭地照做,警察很快就赶来并打开门,警觉而安静地走了进去。然而词词缩在门外等了很久,却没听见想象中的"打斗"声。她忍不住也凑进去看,只见昏暗的台灯下,一个十二三岁的女孩窝在莫白翎家的布艺沙发里睡得像天使一样可爱。

警察们有些不知所措,倒是词词见对方基本无害,胆子大了点儿,凑上去戳了戳女孩的脸蛋:"喂,醒醒,你是谁啊?"

女孩终于醒了过来,迷迷糊糊地揉了揉眼睛,在看清词词的一瞬间,可爱的天使面庞瞬间垮成了嫌弃脸:"唔哇,你是莫白翎的女朋友吗?怎么这么丑!"

公安局里,词词木然地与那个莫名其妙出现在莫白翎家的小姑娘大眼瞪小眼。因为莫白翎算是个名人,所以警察也都很好奇,经过她们身边,总会窃窃私语两句。

"这小姑娘不会是莫白翎的私生女吧?"

"不会吧?年纪对不上啊,莫白翎也才二十多岁。"

"听说他对外公开的家庭背景都是假的,谁知道年龄有没有作假呢……"

词词越听越生气,正要出声纠正,对面那个娇小的女孩先一步跳了起来:"说什么呢!我叫莫小贝,是莫白翎的亲妹妹,我这次是来带他认祖归宗的!"

妹妹?词词愣了一下,脱口问:"我怎么没听说他有个妹妹?"

莫小贝翻了个白眼:"我出生没多久爸妈就把我过继给别人了,他压根儿没怎么见过我,当然不会提起我。"

见词词一脸不信,她撇撇嘴:"你不信可以打电话给莫白翎问问嘛!再说,他家门的密码是他的生日,我试了几次就进去了,他从来不对外公开生日,你知道的吧?这就说明我很熟悉他呀!你不仅丑还笨,我爸妈一定不会同意你当莫白翎的女朋友!"

词词这辈子大多数时候都被人夸奖"漂亮""聪明""优秀",但最近不仅被阿朱姐质疑工作能力,还被一个十来岁的小姑娘指着鼻尖说又丑又笨,简直气得想挠墙:"谁是他女朋友?就算他想,我还不乐意呢!"

"你……"莫小贝瞪圆了眼睛,正要反击,却被一旁的警察大叔打断:"你们先别吵。小姑娘,告诉我,你是一个人来找莫白翎的吗?你爸妈叫什么名字?住在哪儿?我打电话通知他们来接你。"

谁知莫小贝一脸无赖状:"我是一个人来的,他们怕再出现会给我哥造成不好的影响,我就偷偷跑出来了。他们叫什么我不告诉你,我家住哪儿我也不告诉你!我要等我哥回来,不见到他我就不回家!"

警察被这小姑娘的厚脸皮震惊了,脱口问:"不回家你想待在哪儿?现在莫白翎的手机关机了,我们没办法确认你的身份,不能把你留在他家,难不成你想天天住在公安局?"

莫小贝沉思了一会儿,眼珠扫视了众人一圈,最后伸手指向了词词:"她是我哥的女朋友,我住她那儿,我哥就跑不了!"

词词正慢条斯理地喝着茶,闻声"哧"地呛了一下:"你说啥?"

五

词词从来没见过莫小贝这么熊的孩子。

自己不过去买个菜的工夫,她就能把猫剃掉半身毛;带她出门逛一圈,她能跑丢四五次;更别提把她留在家里、自己去上班了,工作一天回来,阳台花架上的多肉花盆碎了七八个,每个都是自己精心养育了四五年的昂贵"老桩"……

然而把她送回公安局是不可能了,警察大叔巴不得有人暂时照顾这位"小主子",只说会尽快查到她的身份资料,便撒手不管了。至于莫白翎,他的手机自从上次通话后就彻底关机,再也没有接通过。

毫无办法的词词只能把这个熊孩子带到编辑部,还特地给她找了台闲置电脑和一大堆小说,让她无聊的时候作为消遣。

莫小贝对小说没什么兴趣,她更爱上网,词词时不时就能看到她在某个网站或者贴吧兴致勃勃地刷着帖子,但只要有人靠近,她立刻就会切换界面,神秘得很。

一次猫猫雪实在好奇,蹑手蹑脚地凑到她背后,随即惊呼:"哇,你到底是不是莫白翎的亲妹妹,居然在刷他的黑粉网站?"

词词闻声立刻看过去,莫小贝脸上罕见地闪过一丝慌乱,但还是一副理直

气壮的架势:"我看什么你管得着吗?我多了解了解我哥的另一面不行呀?"

猫猫雪被这孩子强大的气场压制了,罕见地耸了耸肩膀,悻悻然走了,边走还边嘟囔:"还真没见过哪个亲妹妹刷自己哥哥的黑料刷得那么开心的……"

词词原本就觉得莫小贝古怪,这样一来,她更狐疑了。

莫小贝虽然时常表现得好像拥有莫白翎这个哥哥是很骄傲的事,总觉得自己配不上他,但时不时地也会表现出对莫白翎的反感。

比如前几天,自己和阿朱姐正讨论要不要给莫白翎这个热门话题人物做个专访,她不知什么时候悄悄出现,大声说:"他现在的名声那么差,你们居然还想给他做专访,小心杂志卖不出去哦!"

阿朱姐原本就对这个喜欢时不时打扰编辑工作的小姑娘没什么好感,如今她突然闯进会议室偷听,就更不高兴了。

她皱着眉对词词说:"办公室是用来工作的,私事要自己处理好,尽量不要把外人带到工作场合来,这样很不专业。"

又一次被批评,词词的情绪有点儿低落,但还是没把自己的难处说出来,只是点了点头。反倒是莫小贝仰着脖子大叫:"我自己偷听的,你批评她干什么?你不讲道理!你……"

词词急忙捂住她的嘴,抱歉地对阿朱姐笑笑:"对不起呀,她太小,不懂事,我会教训她的。"说完就把莫小贝拖了出去。她没有看到,阿朱姐盯着她的背影,深深地叹了口气。

六

第二天,编辑部发生了一件大事——阿朱姐连夜修改的一本书稿凭空消失了。

大家都知道阿朱姐为了这本书耗了多少心力,连续两个礼拜几乎都住在办公室,工作到快天亮才回家,好不容易修改完毕,却在马上要下印的关头丢了纸稿。

一瞬间大家吵吵嚷嚷，词词灵机一动，心里有了"作案人选"——昨晚自己加班到很晚，一直和阿朱姐在会议室讨论图书上市前的宣传方案，当时的办公室里，只有莫小贝一个人。

这孩子，真是太能惹事了！词词沉着脸去跟阿朱姐请假："阿朱姐，我想回家看看，也许是我不小心拿回家了。"

阿朱姐大概猜到了原委，便点了点头，看词词一脸暴风雨来袭的模样，还补充了一句："她还小，不要太严厉。"

词词愣了片刻，"嗯"了一声。

大概没想到词词会这么快回来，莫小贝正在家里的沙发上边吃水果边翻看着偷来的书稿，一页页的A4纸像垃圾一样铺散在地。

见到词词回来，她愣了一下，随即欢快地朝她招手："欸，你别说，你们策划的故事还真好看……"

"你要闹也要有个尺度！"词词大步走过去，把书稿从她手中夺过来，恼怒地说，"怎么能偷东西？你知不知道这对我们来说有多重要？不管是我还是阿朱姐，抑或是其他编辑，这些都是心血，我们很努力……"

"我知道你很努力，所以才不爽她批评你嘛！"莫小贝一脸不解，"你看，你总是加班到很晚，但她还是要找各种事来教训你，这种人……"

"她是想让我变得更好！这本来就是我该做的啊！"词词脱口而出。随即，她心中梗了许久的委屈突然烟消云散——对啊，为什么没有想过呢？同样通宵达旦，甚至阿朱姐比自己加班的时间多得多，但她依然谨慎小心，从来不会出错，也不会把错误赖在"太辛苦""精神不济，所以马虎"这种不像话的理由上。她从来都是兢兢业业地做自己应做的一切，而她所希望的，不过是自己也能够承担起自己的责任来。

想开之后，词词心里的不满已经消散了。

她叹了口气，温和地看着莫小贝："你还小，你不懂每个人都要承担自己的责任，你也是。偷东西是不对的，你现在需要承担的责任，就是去向阿朱姐道歉。"

"我才不去！"莫小贝突然大声说，"你这个不知好歹的丑女人，我要让

我哥甩掉你！一定要！"

说完，她头也不回地跑了出去。

七

词词满世界地找莫小贝，把公安局、编辑部甚至莫白翎家都找了一遍，却依然没看到她的踪迹。

最后抱着试试看的想法，她去了莫白翎工作的电视台。

如果把莫白翎的妹妹弄丢了，自己要怎么跟莫白翎交代呢？虽然，自己其实还不确定，她到底是不是莫白翎的妹妹……

万万没想到，词词真的在电视台门口发现了莫小贝。

只见她拉着之前曾在电视台门口看到的大条幅，正在接受一位记者的采访："我是莫白翎的亲妹妹。我爸妈出狱之后，没有工作，没有收入，走投无路去找莫白翎，他却让助理把他们拒之门外，连见一面都不肯，更别提支付赡养费了！赚了那么多钱却对亲生父母一毛不拔，他就是个冷血动物……"

记者听得津津有味，词词大步走上前去，一把将莫小贝拉到身后，瞪着她说："你到底在干什么？你知不知道你这样说会毁了他？"

谁知莫小贝一把甩开了她的手，大声说："我就是要毁了他！当不成偶像，他就知道家人有多珍贵了！"说完，她指着词词向记者喊："这个女生就是莫白翎的地下女友，他根本不是单身，他早就跟她在一起了，我在莫白翎家看到过好多他们的合影，他连她高中时送给他的手工都还留着……"

看到摄像机的镜头转向自己，词词两眼一黑，觉得这辈子都要被毁掉了。她几乎能想象，自己明天就会跟莫白翎一同登上头条……谁知，下一秒，她的头上却被扣上了一顶棒球帽，适时地帮她遮住了脸。

"快走。"耳边传来熟悉的声音，词词提到嗓子眼儿的心一瞬间放下来。她有点儿委屈，嗓音都带了哭腔："莫白翎，你去哪儿了？"

失联许久的莫白翎一手扯着词词，一手扯着莫小贝快步把两个人拉上了车，一踩油门，就将记者远远地甩在身后。

"我的手机被偷了,所以联系不上你。"他一边开车一边通过后视镜看了看后座一脸不安的莫小贝,皱了皱眉,问道,"这小丫头是谁?"

词词愣了:"她不是你妹妹吗?"

又是公安局。

莫白翎和词词并肩坐着,表情严肃地看着莫小贝,以及她身边那对中年夫妻。

一时间,大家都没有说话。

还是警察大叔先打破了尴尬的气氛。他指了指好不容易联系上的莫小贝的父母,转头问莫白翎:"莫主持,这两位……不是你父母?"

莫白翎的嘴角抽了抽:"当然不是。"

"那她也不是你妹妹?"警察大叔指了指莫小贝,对方直接翻了个白眼给他看,拒不说话。还是那对夫妻先开了口:"小贝确实是莫主持的亲妹妹,我们是她的养父母。"

莫白翎原本看向莫小贝的眼神是"你这个小骗子",听了这话,瞬间有点儿愣神。词词戳了戳他,小声问:"你到底有没有妹妹?"

莫白翎表情复杂地看了她一眼,转头对莫小贝道:"你是莫白羽?"

听到这个名字,莫小贝终于有了表情:"你还记得我呀?"

"其实不太记得。爸妈把你送走的时候,我还小,你甚至刚出生。"莫白翎眼里带了些揶揄,"说吧,你闹这么一出是想干什么?"

莫小贝……不,莫白羽又不说话了。她的养母叹气道:"她只是想让你回去见见你父母。他们真的很后悔,也真的很想念你。"

莫白翎的脸色沉了下去:"我给了他们一笔钱,他们可以生活得很好,见面就不必了吧?"

莫白羽闻声跳起来,大叫:"他们才不要你的钱!他们只是想见见你,见见自己的儿子,这有什么不对?"

"我没有这种撞死了人又偷人钱财的父母!"莫白翎突然激动起来,全然不似平日里的淡定优雅,"如果他们真的有想过我这个儿子,就不会做那样的事,让我的一生都笼罩在阴影里!你不也是受害者吗?他们把刚出生的你送给别人,只因为自己养不起……"

"你根本什么都不知道!"莫白羽听他说到这里,突然哭了出来,"他们把我过继给别人,是因为我天生兔唇,却没有钱给我做手术!他们会喝酒撞人,是因为送走了我,他们很伤心!他们偷人钱财,是因为他们舍不得我,想把刚送走的我接回来……你根本什么都不知道,凭什么这么说他们!"

莫白翎瞬间呆住了,连词词也被这突来的真相震惊得不知说什么好,只能茫然地看着这个飞扬跋扈的小丫头,哭得稀里哗啦。

"都是因为我才会变成这样的,所以我有责任把你带回去见他们,你不能这样误会他们,明明都是为了我……"

莫白羽的养母心疼地把她抱在了怀里,眼睛却看向莫白翎。词词也在看莫白翎,她看着他的眼圈慢慢变红,眼里有一种说不出的难过,像怨恨,像后悔,更像心疼。

她什么都做不了,只能轻轻地拍了拍他的头,就像他平时安慰自己一样。

九

小MM终于还是在风口浪尖上做了一期莫白翎的专访。

这次的专访稿比较特别,是由执行主编词词亲手写的。她将莫白翎从小到大的经历都写得清清楚楚,包括他灰暗的童年、饱受争议的少年时期,以及一个迟到了十多年的真相。在专访的结尾,词词写了这样一段话:王尔德曾经说过,每个圣人都有过去,每个罪人都有未来。他的父母犯过错,花了十几年才将之弥补;他曾经也犯过错,但他更幸运,他还有数十年的时间,去弥补,去原谅,去享受曾经遗失的亲情。

这段话,是说给那些误解莫白翎的人,也是说给莫白翎本人的。

这篇专访发出之后,很快便引起了强烈反响,虽然仍然有些争议,但大体上，人们终于理解了莫白翎，甚至对他表示了深深的同情。他的人气又回来了，与此同时，他忙碌的工作也回来了。

在莫白羽第五次打电话给词词抱怨莫白翎依旧不肯见父母的时候，词词只能无奈地答应，下班后亲自去"逮"莫白翎。

下班时间很快就到了，临走前，她犹豫了一会儿，走到忙碌的阿朱姐面前，有点儿紧张地说："谢谢您，同意我给莫白翎做专访。"

阿朱姐抬起头，面无表情地说："你写得很好，我们的杂志也因此大卖，不用谢我。"

词词有点儿不好意思，转身走了两步，又补充道："我会认真把所有的工作都做好，如果有做得不好的地方，请您一定要告诉我。"

阿朱姐愣了一下，居然露出了久违的笑容："嗯，我知道。"

词词心里好像开了花一样，一路到达莫白翎的办公室，脚步都轻飘飘的。谁知道莫白翎见到她的一瞬间又像上次一样把她推了出去。

"不是说了让你不要来吗？怎么又来了？路上有没有人看到你？"

词词被他一路拖得倒退着走，正不爽地要爆发，上次见到的秘书小姐笑眯眯地走了过来："哇，莫主持的地下女友来啦？"

"哈？"词词莫名其妙，就见莫白翎一脸挫败，把一张报纸塞到她手里，只见上面一行大字：**莫白翎地下女友曝光！**而照片里头戴棒球帽、被莫白翎护着逃跑的身影，虽然模糊，但仔细辨认，可不就是自己吗？

莫白翎有点儿无奈地说："最近这件事闹得很凶，虽然没拍到你的脸，但看身材也能猜得出是你，你就别来找我了，先躲一躲……"

词词撇撇嘴："还不是托你妹妹的福！你什么时候去探望你父母？"

莫白翎沉默了一会儿，低声说："我还没做好心理准备。"

词词看着他复杂的表情，十分理解，毕竟他怨恨了对方十几年，实在不是一瞬间就能淡忘的。她想了想，拍了拍他的肩膀："这样吧，在你能心平气和地面对他们之前，我先替你探望他们，好不好？"

莫白翎有些惊讶地看了词词一会儿，蓦然轻松地笑了："好，告诉他们，我不会让他们等太久。"

词词去探望莫家父母那天,莫白羽一脸嫌弃地向他们介绍:"爸,妈,这是我哥的女朋友,叫词词。虽然她又丑又笨,但人还是不错的,而且特别维护我哥,你们就忍了吧。"

词词被她说得满脸通红,想要解释自己和莫白翎并不是那种关系,却被热情的莫家父母围着问长问短,什么都说不出来。

莫白羽全程站在旁边笑眯眯地围观,词词手忙脚乱,却又十分不解——她不是很嫌弃自己吗?怎么又接受了呢?

这个年纪的女孩子呀,真是让人搞不懂。

不过,她到底是做了一件好事,不是吗?

编辑互评

夏飞:看完第一章,我十分不解,为什么词词这么热衷于"自黑"?你最近有了个华丽的新绰号叫"天线宝宝",你知道吗?

猫猫雪:哈哈哈哈哈,夏飞你怎么能告诉她,她会报复我们的好吗?就算不报复,下次她停止自黑怎么办?我们还有什么乐趣可以围观!

壶壶:你们不要太纠结那个绰号啦,要关注故事本身啊!难道只有我一个人觉得,她和莫白翎根本就是男女朋友关系吗?

绿茶:我也这么认为!他俩至今没有结婚实在太不可思议了,除了词词,全世界的人都默认他们是一对了啊!

词词:我们……真的只是普通朋友……

众编:这话你都说三季了,真的不累吗?

元气少女成长记

文◎Fairy

将手里的成绩单看了又看，团皱又展开。

Fairy揉乱清爽的短发，整个人都不好了。她回头愤恨地瞪了陈彦几眼，当然，睡梦中的陈彦根本没有察觉。

Fairy是个学霸，那种千年老二的学霸。

享受不到王座桂冠，却也超凡脱俗，一人之下N人之上。然而初三以来，分到了新的火箭班，她做不到像以前那样偶尔拿次第一了。因为她现在变成了万年老三，新班级里一个叫陈彦的男生把原来的第一挤到第二的位置上了……哼！

回家的路上，凛冽的寒风把Fairy的心吹得越发凉了。这个冬天过去，很快就到中考了，说好要考全校第一的。

按照惯例，Fairy回家之前，都会在小区的北广场看一会儿广场舞，一群上了年纪的人还让人觉得朝气蓬勃，她觉得是很可贵的事。

但是今天的北广场空空荡荡的，Fairy觉得有些奇怪，李奶奶可是雷打不动的"广场舞领袖"，今天怎么不见人呢？

Fairy跟小区里的李奶奶是忘年交，交情不是很深，但还是蛮熟的那种。

李奶奶是小区里的名老太太，小区最大那片广场的领袖舞者。

她年纪已经很大了,耳朵也有点儿背,还每天准时作为领舞教练出现在广场舞前排。

李奶奶有很好的群众基础,深受爱戴,毕竟小区里很多五六十岁的老人都是她带入行的。年轻人都不敢跟她大声说话,不然自家老人可能好几天都要站在最后排了。

Fairy跟李奶奶的交集,是从发现彼此都在喂小区里的流浪猫开始的,虽然喂的都是家里的剩饭剩菜,并不奢侈,但那些寒冬里难挨的"流浪客"们会在天寒地冻里好过很多。

Fairy还记得第一次遇到李奶奶的时候,她正蹲着往小碗里装猫粮,旁边的老太太靠过来:"看到你好几次了,你这个小男生还挺有爱心嘛。"

"奶奶,你好,我是个小姑娘。"

李奶奶好像很吃惊,看着Fairy短短的头发不太相信地"哦"了一声。

渐渐地,两个人就熟络了起来。

仔细想想,Fairy之所以对李奶奶有莫名的好感,大概是因为姥姥吧。姥姥身体不好,晚年一直坐在轮椅上,无法自由行走活动的人往往更羡慕那些灵活的同龄人。

前两年Fairy每天放学都推着姥姥去小区广场看人跳舞,后来姥姥走了,Fairy还坚持每天去广场,她总是望着那些跳舞的老奶奶想,假设姥姥身体健康的话一定也会出现在这里吧。

收回思绪,Fairy再度望向空荡荡的广场,总觉得哪里有些不对劲。

第二天早上去上学时,Fairy还挂念着李奶奶,本想在上学之前去她家看看,但着急上班的爸爸说什么也不允许,坚持要先送她去上学。

被拽着走到地下车库的时候,Fairy的一张脸还是臭臭的,谁知一转头,却在爸爸的车后轮胎下发现了一只"老鼠"。

Fairy从没见过尾巴那么大、毛那么长的大圆脸老鼠,虽然长得很奇怪,

可又莫名让人觉得萌萌的。

看它在轮胎里侧冻得瑟瑟发抖的可怜模样,Fairy一时动容把它抱了出来,装进了自己的外套口袋里,朝坐到驾驶座上的爸爸喊了一声:"我有东西忘在家里了,爸爸,你先走吧!"接着,就跑回了家。

怕被爸妈发现,Fairy将那只大老鼠安置在了自己卧室衣柜的收纳箱里,又从厨房偷了点儿蔬菜叶丢了进去。

老鼠好像很满意自己暖和的小窝,一边啃菜叶一边抬头望望Fairy,明亮的黑眼睛里甚至透出了谢意。

看着小家伙乖萌的模样,Fairy的心都要化了,忍不住自言自语:"真没想到,这年头连老鼠都长得这么萌!"说着她掏出手机给老鼠拍了张照片。

整点时钟响起,Fairy如梦初醒,她要迟到了,慌慌张张地起身,立刻朝着公交车站狂奔。

在公交车上,她用手机在学校贴吧发了"求问这是什么老鼠,好像比较好看,不知道是不是变异"的帖子。

随即她又看到了学校贴吧置顶的最新的成绩排名榜,Fairy原本的好心情顿时一扫而光,把手机放回口袋,她暗暗攥紧拳头:总有一天,她会超过陈彦。

紧赶慢赶,Fairy上学还是迟到了十五分钟。

临下课时,班主任特意走到她座位旁,委婉地对她说:"成绩我们可以再努力,但是首先学习态度要端正。"

但是陈彦上课瞌睡得那么厉害,老师却嘱咐他多注意身体。

真是……哼!Fairy有些生气,看陈彦越发不顺眼。

放学铃声敲响,Fairy没精打采地趴在课桌上,同桌顾思语倒没注意到她的情绪,反而举着练习册问她题目:"Fairy,快帮我看看,这个怎么做了好几遍也做不对,老班快叫我家长了!"

那是道带动点运动的几何题,列对应函数解析式,求自变量取值范围。

步骤有点儿麻烦,但基本按部就班来做,前面几步的分都手到擒来,Fairy是个热心肠,在演算纸上比着题目一步步写清解题步骤,大半页纸转眼就写满。

思语在旁边听着讲解"嗯"个不停,说着"Fairy,你好棒啊"。

"太复杂了吧。"有道低沉的男声从一旁飘进Fairy耳朵里。男生变声后特有的音色,低沉而富有磁性,她抬头一看,竟是陈彦。

并没人答话,他却自顾自地拿过Fairy手中的笔,在原题上作了两道辅助线,"先证明这两个三角形的关系,然后重建坐标轴……"他幽幽地说了几句思路,转而微微蹙了眉,看着Fairy,"你这方法太笨了,死板。"

这时,门外有人喊了他一声,他放下笔,走开了。

顾思语大口呼气翻起白眼来:"什么鬼?哪里来的莫名其妙的自信?这什么破方法,都没听懂好不好?!"

"拽什么,老师提都没提过他说的这种解法。"邻座的女生似乎也注意到了这一幕,"听说他家好像有点儿背景,估计不是什么教育局领导,就是富商,送了礼吧,你们看看班主任对他简直跟亲儿子似的!"

Fairy揉揉短发:"咱班主任儿子都三十好几了……"

顾思语直接无视没搞清重点的Fairy:"哎,我也听说了,他这学期刚转来,教导主任亲自接待的他,还点头哈腰的。看来是有背景的,说不定成绩也有水分。"

顾思语和邻座的女生你一句我一句,纷纷炸裂脑洞。Fairy一脸不愿意承认却又不得不承认的模样:"别的我不清楚,但他的成绩,应该很真实……刚才这个解题方法,我见都没见过,但是算起来真的非常简单。"说着举起刚刚重做时的演算纸证明。

两个女生哪里听得进去,还在纷纷提出自己的论据,简直要把陈彦说成小说里那种掌握全球经济命脉的某家族巨子。

而Fairy的这番话不偏不倚地落到了刚从门外进来的陈彦耳中,他歪歪脑袋,多看了Fairy几眼。

三

Fairy终于知道小区这两天安静许多的原因了。

因为她目睹了一群老太太在小区内外搜索大小花坛的空前盛况，场面简直壮观，这些奶奶都说是在找李奶奶家的猫。

早就听说李奶奶只有一个女儿，嫁到国外了，几年不回来一次。老人家一个人养了只猫，没事儿跳跳舞，就是全部的晚年生活了。

现在猫不见了，李奶奶说那是小外孙送的，丢了猫简直丢了老命。Fairy每天都能看到二三十个老太太在小区内外的草坪绿化带找猫，舞也不跳了。

平常学习之余，看看李奶奶跳广场舞占据了Fairy大半的娱乐生活，作为李奶奶的粉丝，她自然也是要出一份力的。

李奶奶年纪大了，描述不明白，也没有照片，只是干着急。

也有人劝她："你常年喂流浪猫，也有跟你亲的，要不索性抱只回家吧。这都好几天了，大冬天的，要我说未必能找到。"

李奶奶听了气得直瞪眼："那能一样吗！我家的猫，爪子小小的，可爱得不得了，跟那些猫长得不一样的！"

一群老太太都拗不过她，"寻猫奶奶团"一直持续了好些天，越找越远，连隔壁几个小区常斗舞的奶奶们也都帮起忙来，阵仗大得惊人。

Fairy也连续帮忙找了几天，一放学就跑去帮忙，奈何一点儿成果都没有，瘦瘦的李奶奶好像更瘦了，Fairy因为担心，情绪一直不高。

成绩也只能勉强超过原来班里第一的那个男生，但是跟陈彦的差距还是非常大，数学竞赛的卷子还被陈彦当众说愚蠢死学不得章法。

唯一算得上幸运的事情，大概就是她在家偷养大老鼠的事情还没有被爸妈发现。

养了几天之后，Fairy对那只大老鼠竟越发喜爱起来，一想到万一爸妈知道了，很可能会被勒令丢弃，心里就止不住地难过。

超爱学习的Fairy，今天连学习的心情都没有了，黑着脸在微机课上逛学校贴吧。

谁想到，现在贴吧最火的帖子，竟然是她上次在公交车上随手发的那个。热评上百条，Fairy翻了好几页才看完。

2L："哇塞！龙猫啊，我的天啊！"

17L:"楼主上辈子拯救了银河系啊!这都能捡到!啊啊啊,我也好想捡啊!"

49L:"楼主,你方便养吗?不方便的话送给我好不好,我一定好好照顾,求你了,跪谢啊!拜托拜托!"

54楼:"貌似是纯紫(龙猫高级品种),这大圆脸小圆耳,卖相也太好了,估计贵得要死!好可爱的长毛龙猫啊。"

大部分楼:"啊啊啊,好可爱,心都要融化了。[星星眼]"

Fairy至此完全惊呆了,原来自己人品这么好?居然捡到了一只名贵的龙猫?可是……Fairy看了一眼自己之前拍的照片,这龙猫长得跟自己曾经看过的宫崎骏的动画片里的龙猫也差太多了!继而她又想到李奶奶形容的自己丢失的"爪子小小的猫"……Fairy挑挑眉毛,该不会是这家伙吧?末了她又摇摇头,李奶奶虽然一直走在广场舞前沿,但思想应该不会开明得去养一只酷似大老鼠的龙猫。

这样想着,Fairy继续将目光转回电脑屏幕上。

右上角有几条私信提醒。

她一一点开查阅。大都是表示有意领养的,除了最后一条:请问是在景和佳苑小区捡到的吗?照片拍得有些不清楚,但是非常像我家走丢的那只。这是我的手机号,请务必联系我,重金酬谢。

失主看起来挺着急的,Fairy趁老师不注意拿出手机比着号码发了信息过去,约定好放学之后的时间在小区附近的甜品店见面。

为了防止被冒领,她还自己想了几个问题,想考考人家,都答对了才可以领走这只老鼠。

现在的人养的宠物都太奇怪了,Fairy翻翻眼珠,这样想道。

Fairy早早就赶到了约定地点,等人的间隙点了杨枝甘露和榴莲班戟。谁知道她都吃光了人还没来,但是吃些甜的好像心情确实可以变好,于是她又点了

芒果西米露、奶香烧仙草、椰汁血糯米……这个吃一口,那个吃一口,感觉整个人都得到了升华。

如约准时到来的那个人一进门就看到了这个场景,太……能吃了。

察觉到有人影投在桌面上,Fairy赶紧抬头,想着确认下来人,谁知她这一抬头,勺里的芒果都惊掉了:"陈……陈彦?"

对方略微皱眉,视线扫过桌面上的碗碗碟碟,似乎……有些嫌弃?

Fairy断定这一定是自己的错觉,不过还是主动解释了下:"哈哈哈哈哈,说了你可能不信,我平时吃得很少哦。啊,看表情你好像真的不信……"

Fairy对陈彦其实是有些惧怕的,这个人太让她捉摸不透,她在他面前,不管是成绩、自信心还是气场,都有种被碾压的感觉。

今天是来谈"鼠"的,打起精神来!

Fairy开口前在心里为自己默默打气。

两个人坐下,谈起正事。

谁能想到李奶奶那么大阵仗要找的猫竟然真的是只长得像老鼠的龙猫,而陈彦就是送老鼠……哦,不对,应该说是送龙猫给李奶奶的人,也就是老人家的外孙!

之前就总是听妈妈念叨,李奶奶的老伴去世好多年了,女儿又在国外,老人家年纪越来越大,身边连个照应的人都没有。

现在听陈彦说,上个月,他们从国外举家回来陪李奶奶了,就住在相隔不远的小区。

Fairy舒了一口气的同时又想起,怪不得前阵子陈彦上课总睡觉,想来是时差倒不过来,最近似乎好多了。

解除了误会,陈彦送Fairy回家,当然主要还是去拿回龙猫。路不长,却好像走了很久,大概因为两个人一路无话,Fairy心里好生尴尬。

终于到了,Fairy客气地将陈彦请进家里,天气太冷,赶紧开了空调递了热茶。她心里也有小算盘,如果能借"无意间收养李奶奶的龙猫"这件事拉近她和陈彦的距离,那再好不过。陈彦的学习方法简洁高效,她真的很想学习一下。

Fairy将食指伸进笼子,小家伙习惯性地用两只小小的前爪抱住她的手指,用鼻子在上边蹭来蹭去。

将龙猫物归原主本来是大团圆的结局,Fairy心里却涌起满满的不舍,正难过着,陈彦靠近笼子,看了下小家伙的粪便,突然怒气冲冲地吼道:"你喂它吃什么了?"

Fairy没反应过来这是个质问,反而认真地回答起来:"我之前不知道是龙猫,以为跟老鼠差不多,就拿大米啊红豆啊黑豆啊什么的喂它,每天也会给些新鲜的蔬菜和水果。"

"麻烦你做事前多用用脑子。既然知道并不是老鼠,只是像,就可以活用搜索引擎、可以去宠物店咨询,搞清楚的方法太多,你一定要这样死板盲目?呵,像你的学习一样。"陈彦音调不高,却有着伤人的寒意。

Fairy留在原地有些不知所措,像我的学习一样?

钙片、乳酸菌素片、75%的医用酒精、消炎粉、达克宁软膏、高锰酸钾、紫花苜蓿、提摩西草,哦,对,还有好吃的苹果干、葡萄干。

三个小时后,Fairy站在李奶奶家门口一项一项清点自己拿着的大袋子里的物品,都是龙猫饲养中会用到的东西,反正宠物用品店的人是这么说的。把东西摆在门口,Fairy按了下门铃就往外跑,倒像是做了什么亏心事。

"喂!"陈彦开门后没看到人,就去窗口看了眼,夜色中有一个女孩子,跑得真……难看啊。

啊……被发现了……Fairy回头,就看到了站在窗口的陈彦,真是太不凑巧了,怎么正赶上他在李奶奶家啊。

漆黑的夜色里,站在窗口的男孩像会发光。

她愣神的工夫,拥有大长腿的陈彦已经走到了她身边:"对不起,因为龙猫肠胃比较脆弱,不科学喂养很容易出事。刚才对你发了脾气,很抱歉。你毕竟是它的救命恩人,而且它性情其实很凶的,没想到那么亲近你,想来是你温

柔地待它了。"

　　Fairy有些意外，这个一向高冷的大男孩竟然抢在她前面开口道歉了。陈彦难得对她说了那么多话——从小在国外长大的他，其实并没有什么要好的朋友，或许是因为文化差异，性格也慢慢孤傲起来。好在得过奖的比赛非常多，这让他成为一个备受瞩目的人。这只龙猫就是他用比赛的奖金买来送给姥姥的，价值不菲。

　　Fairy突然反应过来，之前听同学说陈彦转来时是教导主任亲自接待的他。想想也没什么值得诧异的，有这样出色的学生转学来，学校都乐疯了，说不定校长都常跟他嘘寒问暖。

　　在陈彦的眼里，Fairy是个死板的女孩，因为每次看到她，她几乎都是埋着头做题，即使不是，也是在做与学习相关的事。

　　他觉得这个形象有些像在异国他乡时那个努力的自己，又很讨厌这样没有突破白白努力的结局。

　　他开始试着用自己的思维方式引导她，但不知道是不是自己的表达方式有问题，惹得班里那些女生只觉得他自大，Fairy也并没有领悟到他的用意。

　　"不是我说你，主要还是你的社交方式问题。"虽然对于陈彦所说的"说狠话只是想点醒你改变笨拙的学习方法"有些感动，但Fairy还是撇着嘴，说出了心里话。

　　陈彦正想张口说些什么，李奶奶从窗口探出身子，很大声地喊道："小彦啊，带你身边的小姑娘到家里来玩吧！她帮我养猫我还没谢谢她呢！"

　　陈彦应了一声，好奇地问Fairy怎么会和姥姥如此亲近，姥姥好像很喜欢她，刚才还因为他之前骂她没有养好龙猫的事而责怪了他。

　　Fairy咧嘴笑笑，这一次在陈彦面前的她十分放松，说："因为是粉丝啊。"

　　"啊？谁的？"男孩有些难以置信。

　　"你姥姥的啊……呃，我没有说脏话哦。"

　　"你们女生都好奇怪啊。"

　　"其实是因为我的姥姥啦，她以前坐轮椅的时候很喜欢看李奶奶跳舞，虽然现在不在了,也很希望我能像李奶奶那样充满活力、热爱生活吧。我答应过姥姥中考要考全校第一的,唉,都怪你转来了,不过我很聪明的,你既然愿意传授我你的独门方法,我肯定要超过你的。"Fairy眨眨眼睛,整个人都元气满满。

"聪明?呵。"陈彦不屑地笑了,长腿往前一迈,落下她好远。

Fairy追上他的脚步:"我是说真的。"

"别做梦了,去我姥姥家,请你吃我做的曲奇饼干,味道一级棒。"

昏黄的灯光洒在青石板小路上,一切都显得静谧美好。

Fairy绽放出一个大大的笑容,想:希望明天是个好天,也希望她和陈彦都可以成为更好的人。

编辑互评

彭彭:F姐,你的视力简直糟透了,哈哈哈哈哈哈,连我都能分清龙猫和老鼠!(F看过来的眼神似乎有杀意)那个……我先说明,我很尊敬你哦,F姐!我说的是真的,求你了,快把刀放下!

绿茶:好心疼你啊,F姐,老奶奶连你的性别都认错了欸,你说实话,你当时心里有没有哭?哈哈哈哈哈哈哈哈,不知道为什么看到这么悲伤的事情我整个人开心得不得了……

词词:望着楼上抱在一起幸灾乐祸的"彭茶闺蜜",词词我真的要替F打抱不平了!甭说别的,人家F中学时代认真学习的精神多值得颂扬啊!虽然……学习方法不得要领被帅哥同学痛斥古板,哈哈哈哈哈哈哈哈……呃,我真的没有笑……

十七岁的生日礼物

文◎彭 彭

一

"昨晚更新的韩剧你们有没有看啊?欧巴帮女主雨中撑伞那段简直帅炸了啊!"

"对对对!还有那个跪在地上帮女主穿鞋的画面……真是美得不得了哦!"

"女主这一集穿的那件黄色毛衣好好看!不知道哪里有卖。"

……

好不容易可以趴下睡会儿的大课间,女生们叽叽喳喳议论韩剧的噪声不绝于耳,坐在最后排的肖沐烦躁地深呼一口气,从座位上站起来,向后门走去。

肖沐对声音异常敏感,任何声音在他耳朵里都仿佛会被无限放大,所以他受不了吵闹。

他还记得自己高中刚入学的时候,还曾因为班上的男生比女生少了一半暗暗窃喜。

因为那时,在他心里,女孩子都是"文静""可爱""善解人意""温柔安恬"的代名词,比起爱吵闹、不修边幅又总是散发汗臭味的男生不知道好多少倍。

所以,到底是从什么时候开始,班里的这群女生变得如此聒噪又令人讨厌

的呢？

肖沐站在走廊的窗边仔细回想了一下。

好像就是从高二上学期开始的吧。

以彭彭为首的全班女生开始疯狂地迷恋韩剧，将好好的长发扎得千奇百怪也就罢了，还总是见到男生就喊"欧巴"……

"肖沐欧巴，在这里思考人生哪？"一个清脆的女声悠悠地飘了过来。

肖沐暗暗扶额，回过头，他看到了声音的主人——韩剧病毒传播者、使他丢失安静环境的罪魁祸首彭彭。

其实有点儿不想理她，但出于礼貌，他还是淡淡地问道："有什么事？"

彭彭走到他身旁，双手放在窗户上，低头抿嘴轻笑，犹犹豫豫好像很紧张的样子。

正当肖沐有些不耐烦时，她突然抬头，眨着亮晶晶的眼睛说道："我搬家了，和你住一个小区。以后上学放学我们一起走吧。"

呃……肖沐一脸无奈，他没听错吧？

开什么玩笑，他现在最想躲的人就是她了，跟她一起上学放学，除非自己疯了……

"那就这么说定了！"见肖沐一直呆愣着，彭彭笑着拍拍他的肩膀，"放学我等你哦！"

望着女孩甩着斜扎在耳朵上方的马尾辫离开的俏丽背影，肖沐彻底傻眼了。

他不过是内心戏丰富一点儿，所以明明还什么都没说呢，这家伙怎么能自己抢答啊！

"喂！"肖沐张嘴冲着彭彭喊道，"喂……"

"肖沐！"班主任突然从楼道转角处出现，"过来帮我把这个投影仪搬进教室。"

狠狠地踢了一下墙壁，肖沐只得转身领命。至于彭彭……往后只能想办法躲着她走了。

二

下午放学铃声一响,肖沐几乎是以百米冲刺的速度跑出了教室,任凭彭彭在后面怎么喊,他都不予理会。

明明在下雨,他却连伞都顾不上撑,一直跑到离学校很远的一条小路上,回头看到没有人追上来,才敢停下脚步喘口气。

胡乱拨开额头上被雨水打湿的刘海儿,肖沐撑开手中的雨伞,长长舒了口气。

这已经是躲避彭彭的第五天了。

肖沐其实也很纳闷,为什么班里那么多人,彭彭偏偏那么喜欢缠着自己?回想起来,他与她之间并没有过多的交集。

如果硬要扯上一点儿特别的关系,那就是彭彭或许是对自己展露笑容最多的女孩吧。

肖沐知道,性格沉闷又寡言少语的自己其实并不讨班上同学的喜爱。但永远如向日葵般明朗温暖的彭彭从未在意过他的木讷和古板,无论他怎样对她,再见时她仍会保持笑脸。

所以有那么一瞬间,肖沐心里对于自己现在的做法有些愧疚。而仿佛是为了给他弥补的机会一般,揣在外套兜里的手机突然振动了起来。

屏幕上闪动的来电人正是彭彭。

明明不想招惹麻烦的,可他不由自主地按下了接听键:"肖沐欧巴!"

他恢复以往冷淡的语调:"干吗?"

"我忘记带伞了,放学的时候拼命叫你你都没听到。现在走到哪儿了?能不能回来接我一下啊?"说完彭彭又嘻嘻笑着补了一句,"肖沐欧巴,康擦阿米达(韩语:谢谢)!"

挂断电话后,肖沐站在原地犹豫了好一会儿,还是转身回了学校。

共同撑伞回家的路上,一向爱说爱笑的彭彭突然变得异常安静,想象中的吵闹场景并没有出现,这让肖沐反而不自在起来了。毕竟,和女生这样撑伞走在一起……

还是第一次啊。

雨越来越大了，行人脚步匆匆，路旁的植物被雨水浸成了深绿色，被风吹斜的雨滴打湿了彭彭校服左边的袖子，她左边鬓角垂落的头发上缀着水珠，因为寒冷，她的脸颊泛出一抹乌青。

不知怎的，肖沐心中生出一丝怜惜，在他还没有理清自己怎么会这样时，已经不受控制地脱掉了自己的校服外套披到了彭彭身上。

见彭彭一副感激涕零的表情，肖沐尴尬地挠挠后颈，说：“这都几月了，也不知道多穿点儿。”

原以为自己的校服外套穿在女孩子身上，应该宽大如戏服一般，哪知道个子高挑的彭彭居然穿着无比合身。

彭彭窘迫地拽拽衣袖，红着脸讪笑：“没想到这衣服……我穿正好。”

肖沐别过头，轻轻笑了。

他今天估计神志不清了，竟突然觉得闹哄哄的彭彭也……挺可爱的。

三

晚上，肖沐打开书桌抽屉，掏出一沓从超市里捡来的打折宣传彩页，一张一张抚平，然后认真地叠起了纸百合。

窗外的汽笛声、细雨滴答声、风吹动树叶时的沙沙声、偶尔听到的一两句争吵声、邻居家的小朋友的哭闹声、厨房里妈妈洗碗时撩动的水声、电视机里传出的球赛声以及爸爸无意识地拍打在沙发上的节奏……肖沐全都听得一清二楚。

但其实，在十一岁之前，他并不是如此喜静的，甚至可以说正好相反。

九岁时，他就喜欢上了节奏感很强的说唱歌曲，除却上课时间，他的耳朵上总是罩着黑色大耳机，整个人忘乎所以地沉浸在音乐里，对耳机之外的世界毫不关心。

爸爸妈妈当然非常反对，但是无比疼爱他的奶奶给予了支持。

爸爸妈妈都是非常传统的人，不敢跟老人家唱反调，也就对他睁一只眼闭一只眼了。

可是十一岁那年暑假，奶奶因为心脏病过世了。

肖沐没有告诉过任何人，奶奶心脏病发时，他正在自己的卧室里听音乐。

他不知道，当时客厅里的奶奶有没有向他求救，他只知道，倘若当时自己没有听音乐，至少能够听到奶奶倒在地上的声音。

那样的话，他就能够及时把滚落在地上的速效救心丸捡起来递到奶奶手上。

那样的话……事实就不会是：在他发现奶奶时，奶奶已经去世了。

尽管从未有人因此责怪过肖沐，但他还是无法毫无介怀地忘掉这件事。

他丢掉了最爱的耳机，再不听嘈杂的音乐，性格越发冷淡沉默，对声音也开始极为敏感。

爸爸推门进来给他送切好的水果，陷入沉思的肖沐来不及收起桌上的纸百合，爸爸愣了一瞬后，突然恼怒地大吼："你不好好学习，叠这些东西干什么？"

没等肖沐解释，爸爸便抓起桌上的纸百合一股脑地丢向窗外："从前整天听那些吵死人的音乐，现在又搞这些没用的东西，怪不得你的成绩总是提不上去！"

肖沐蹙紧眉头，狠狠瞪了爸爸一眼，什么都没说，拿起外套摔门而出。

可刚刚站定，便看到了门口站着的女孩。

"你来干什么？"肖沐不客气地问彭彭。

"我……"彭彭手足无措地说，"我妈妈忘记交电费，家里停电了，我刚搬过来，不知道哪里有便利店，所以想找你借根蜡烛。"

"我家没有！"说完这句，肖沐脚步飞快地跑下了楼，转身直奔自己卧室窗下的那片灌木丛。

他小心翼翼地捡起那些落在地上的纸百合，可惜因为下雨地面潮湿，能用的没有几枝了。

烦闷地吐出一口气，肖沐转过身，竟又看到了彭彭的脸。

他有些哭笑不得："你干吗又跟过来？我都告诉你了，我家没有蜡烛。"

"你要那个打折彩页吗？"彭彭怯怯地指了指他手中的纸百合，"我家有很多，都是我外婆从超市拿来的。"

肖沐的表情蓦地变得柔和起来："原来老人家都这么喜欢超市打折彩页啊。"

见他变得友好，彭彭又恢复了以往的开朗，神采奕奕地说："对啊，我妈妈要扔掉，我外婆说什么也不肯，说是要对比打折力度，看看什么日子东西最便宜。"

说完，她抬头问肖沐："不过，你为什么要用这个折百合啊？"

肖沐愣了一下，在清冷的空气里长长呼出一口气，寒气缭绕中，他说："送给我奶奶的，周末是她的忌日。"

这世上究竟有多少事情是意料之外的？

至少，肖沐从未想过，自己会和别人一起前往墓园看望奶奶，并且是和彭彭。

阳光明媚的午后，开往郊外的公交车上除了他们只剩一个坐在最后排的女孩。

窗外灰白光秃的枝干透出冬日的萧条，车厢里的暖气开得很足，肖沐使劲眨了眨眼睛，想赶走不断袭来的困意。

"肖沐欧巴，你为什么每天看起来那么不快乐？"坐在窗边的彭彭转头问他。

她仍旧不停地叫他欧巴，可奇怪的是，肖沐内心的排斥减少了很多。

他挑挑眉，答道："没有什么不快乐，就是正常生活而已。说起来，倒是你，为什么每天都笑嘻嘻闹哄哄、一副精力旺盛得不得了的模样？"

彭彭不好意思地笑笑："我觉得人本来就应该开心生活啊，毕竟每一天都是独一无二、无法追回的。"

想了想，肖沐认同地点点头。

每一天都无法追回，所以曾经犯下的错误也会随着时间远去吗？

那么……已经去世六年的奶奶，原谅他了吗？

以往肖沐每次来墓园时，都会忍不住流眼泪，但今天大概是有彭彭陪同的缘故，心里的悲伤被分散了。

他们一起把那束纸百合放在了奶奶的墓碑前，走出墓园时，漫天晚霞铺展在头顶，周遭被染成了暖暖的黄色，四处静悄悄的。

肖沐转头问彭彭，为什么一定要陪自己前来。

"怕你哭啊！"

"怕你难过啊！"

明明有那么多合理的答案，彭彭所回答的却是："我就想和你一起坐一次公交车。"

肖沐感动的心情顿时被打消了一半。嘴角不自觉地上扬起来，他暗暗摇头，女生真的是很奇怪的生物。

有时她们看起来脆弱如玻璃，但有时候，她们又可以给人温暖和力量……

"哎呀！"彭彭忽然大叫一声，把肖沐吓了一跳。

他慌张转过头去看她，就见到她兴奋地指着路边停放的可以刷公交卡使用的公共自行车，大声喊道："肖沐欧巴，我们不坐公交车了，一起骑车回去好吗？"

还有时，她们总是会提出让人觉得不可思议的要求。

肖沐叹口气："你知道从这里回到家有多远吗？至少要骑两个小时。"

"没关系啊，我可以的！"彭彭豪迈地拍拍胸脯，继而又摆出嘲笑的表情，"难不成你不会骑自行车？"

激将法对于男孩子永远都是管用的，肖沐接受了彭彭的提议。

天色渐晚，温度也越来越低，肖沐一边骑车一边望向身旁脸颊和鼻头都冻得通红的彭彭。

她摇头晃脑地哼着歌，一脸悠然自得。

肖沐微笑着心想，多年以后，即使他们都已记不起这个骑车回家的寒冷黄昏，但空中灿烂的晚霞会替他们记得，脚下灰色的柏油路会替他们记得，路旁掉光叶子的白杨树会替他们记得，擦肩而过的行人会替他们记得……

晚上，肖沐将这段话写进了电脑存档的电子日记里。

在日记的最后他又补了一句：呃……对她越来越有好感了，怎么办？

五

肖沐觉得自己变了。

自从奶奶去世，他丢弃那个耳机之后，他没有再对任何事物提起过兴趣。就像他曾经解释给彭彭听的那样。

可是现在，平淡如水的生活里突然起了涟漪。他觉得，许多情绪都不再是自己的，他变得无法自控了。

比如，下雪的天气里，彭彭却穿了一件很薄的风衣来学校，一堂课打了十几个喷嚏，到了课间，肖沐不自觉地跑去学校医务室，买了感冒冲剂和消炎药给她。

再比如，历史课上，老师叫彭彭起来背诵上一堂课布置的问题答案，她手足无措，一看就没有准备，肖沐便后撤凳子，整个人以非常狼狈的姿态摔进了桌子底下，全班哄堂大笑，历史老师也忙着问他有没有受伤，回答问题的事情被掩盖了过去。

还有，昨天体育课时，体育老师要求大家绕着操场跑圈，肖沐不经意地回头，看到了一脸难色的彭彭，然后他做了一件让自己事后觉得万分不可思议的事——

他竟然跑到体育老师面前，叫嚣着要和他比赛投篮。

体育老师真的答应了，而他当然也输得很惨。

可是彭彭笑得很开心，尽管肖沐下课后累得几近虚脱，可仍旧觉得很值得。

他并不知道自己到底是怎么了，可是只要彭彭跑过来，甜甜地叫他一声"肖沐欧巴"，他就觉得无比温暖。

彭彭生日的前一天，肖沐把家附近的精品店转了个遍，最后选了一副鹅黄色的毛线手套和同款毛线帽。

抱着给她惊喜的心态，他拿着包装好的礼物去彭彭家敲门。然而，脸上的笑容在门打开的一瞬间凝固了。

一个看起来二十多岁的大男生不解地问他："你找谁？"

肖沐愣了一下，随即将礼物藏到身后。

他看着男孩，有些谨慎，又有些狐疑，不太确定地问："这里不是彭彭家吗？"

男生看起来更疑惑了："什么彭彭？没有这个人。"说完"嘭"的一声关上了门。

肖沐站在门口怔了一会儿，仔细回想曾经彭彭告诉自己的门牌号，又抬头核对了一下自己所在的楼层。

他确定自己没有记错，也没有敲错门。

所以，唯一的答案是，彭彭对他说了谎——她家根本就不住在这里。她骗了自己。

仔细想想，他们一同经历过的那些：雨中共撑一把伞、一起乘坐公交车、在黄昏的街道上并肩骑自行车的堪比韩剧的美好时光，好像都是在彭彭的刻意"安排"下发生的。

肖沐呆愣地站在原地。

他不明白，彭彭到底为什么要这样做。难道是为了营造浪漫的氛围，重现韩剧中的唯美桥段吗？

如果真是这样，那自己算什么？

配合她演戏的"演员"吗？

突然间，肖沐懂了。

这段时间里，彭彭只是在借助他演一场她向往已久的"韩剧"罢了。而他却像个傻瓜一样，不仅被她耍得团团转，还动了真心……

肖沐怒气冲冲地跑下楼，将手中的礼品袋丢进路旁的垃圾箱，转身却看到了正向他跑来的彭彭。

"肖沐欧巴！"她甜甜地叫他，"你怎么在这里？我们一起去吃甜品吧！"

"你家不住这里。"肖沐直视着彭彭的眼睛，"骗我很好玩吗？"

彭彭瞪大眼睛，惊慌地摇头："不是的，肖沐欧……"

"别再这么叫我了！"肖沐突然大吼道，"我现在听到你说话都觉得恶心。你可以活在韩剧里，但别找我陪你演戏。"

狠狠说完这句，肖沐迈步离开。

身后传来彭彭断断续续的抽泣声，尽管非常不忍心，可他还是头也没回地走了。

难道在知道真相以后，还要他继续做被戏耍的小丑吗？

肖沐狠狠地攥紧拳头，哪怕再不舍得这份友谊，他也不能不要尊严。

他再也不会理她了。

尾声

肖沐的生活再度变回了不咸不淡的白开水状态。

那段和彭彭共同经历过的美好时光仿佛成了搁浅在沙滩上的鱼，经过风吹日晒，渐渐被掩埋进沙滩里。

没有人知道那条鱼已经死了，就像没有人知道那条鱼曾经活过。

这世上给过他温暖和快乐的音乐、奶奶和彭彭，在离开之前却都留给了他难以消化的伤痛。

肖沐开始认为，他的人生注定是消极堕落的，开朗和乐观并不属于他。

他又回到了自己的世界里，各式各样的声音充斥他的耳朵，让他深夜无数次被惊醒，白天的每一个时刻都昏昏沉沉。

他的成绩依旧没有提高，爸爸妈妈看他的眼神里带着失望和困惑。

他没再和彭彭说过话。

甚至可以说，他没再抬头看过她一次。

在没了任何期待之后，时间反倒过得飞快，几乎是眨眼之间，便迎来了

寒假。

很平常的一天,肖沐收到了一份快递。

拆开之后发现是一盘录像带,肖沐非常纳闷,实在想不到谁会给他寄这么奇怪的礼物。

他怀着好奇心看了那盘录像带,这才发现,内容居然是一部剪辑好的小短剧,而短剧的所有内容都来源于他和彭彭的真实相处画面。

和彭彭的关系破裂之后,肖沐便将与她有关的记忆打包放进了内心深处。

不仅如此,他还会每天自我催眠:和彭彭相处的那段时间,只是做了一场梦而已。

经过漫长的时间治疗,他终于可以不受过去的侵扰,继续做独来独往的自己。

可是此时,望着屏幕里爱笑爱闹、高挑可爱的女孩,那段被隐藏的美好时光冲出心门,瞬间占据了他的所有思维。

肖沐攥紧拳头,恼怒地想:好不容易才走出失落,这个家伙,为什么现在又跑来招惹他?

好像是在为他的疑问做解释,短剧的最后,居然出现了熟悉的嗓音——那是彭彭的旁白。

她说,每个女孩都想在十七岁时送给自己一份特别的礼物,而她送给自己的礼物,就是让闺蜜暗中用DV(摄像机)帮她拍下的自己和肖沐在一起的画面。

其实,她已经偷偷关注肖沐一年多了,她知道自己平凡、不起眼,不应该奢望和他成为亲近的朋友,所以才用了这种自私的方式,和他一起定格十七岁的青春。

她为自己的行为深深道歉,问肖沐还可不可以给她一次机会。

肖沐简直不敢相信,彭彭居然偷偷关注自己?并且因为想要接近自己而做了这些莫名其妙的事?

正处在震惊中,手机却响了。

是彭彭发给他的一条微信消息。

肖沐点开，看到了一张彭彭背着荆条的背影照，上面写着"对不起，肖沐欧巴"。

他的嘴角不由自主地上扬起来，多日来累积的满心愤怒最终还是在这个奇怪又可爱的女孩子面前土崩瓦解。

他还欠她一份生日礼物，那就把"原谅"送给她吧。

编辑互评

绿茶：天哪！你竟然又写了和男生的故事？并且又是帅哥！我吃醋了！为什么不以我为原型写一个美萌的闺蜜故事？你忘了你上次从凳子上摔下去是谁笑得最大声了？难道这不是友谊的最佳见证吗！

彭彭：不提还可以做朋友！下次写一个丑哭的叫绿茶的闺蜜！哼！

欧阳夏飞：我终于理解你为啥每次都叫我夏飞欧巴了，但是不要光在我请你吃饭的时候才这么叫好吗？

彭彭：不请吃饭的时候就是"扫地君"哦，没的商量的。

阿朱：咳，彭彭，我想提醒你一下，耳机太大声对耳朵不好，一起下班的时候我都能听到你耳机里传出的权志龙的歌声！还有，看韩剧没有什么不好，但是你能不能不要跟物业大叔和送水大爷也欧巴来欧巴去？委婉地说，我听到时胃里是有些不适的。

夏飞：啥？那个秃头的送水大爷也是欧巴吗？我的刀呢？彭彭，喂，你别跑！

慢半拍的小怪兽

文◎绿 茶

一

绿茶初二那年夏天,有一档跳舞类综艺节目把街舞炒得火热。街上到处都是戴着棒球帽,走嘻哈风的男孩们,他们碰了面,一定要用怪腔调喊出一句"Hey,man(你好,兄弟)",顺便再来个响指,看起来真是酷毙了。

那时的绿茶已经以"潮流达人"这种称号来标榜自己了,她不想和学校里埋头学习的同学们一样平凡,她内心似乎总是涌动着一种想要出挑、想要展现不一样的自我的冲动。

所以,她凡事都喜欢跟人家反着来:女生们都戴优雅淑女的遮阳帽,她偏要戴帅气的棒球帽;大家见面打招呼都会问声好,她偏要弯腰鞠躬喊一句"空妮七哇(日语:你好)"!还有,学街舞的分明都是男生,她偏偏哄着妈妈给自己报了街舞班。

在那个年代,女生跳街舞还是相当冷门的,街舞教室只有绿茶一个女学生。

作为唯一的女生的好处是,绿茶一入学,就凭借可爱的脸蛋和姣好的身材毫无争议地成为班里的"女神"。

坏处则是,那些活蹦乱跳的男生有事没事总爱往绿茶这瞟,这让她毫无舞蹈基础的事实很快便暴露了。

因为缺乏基础,别提那些翻跟头之类的高难度动作,就连最简单的翻转、跳跃,她都做得很艰难,总是比别人慢半拍,惹得周围的男生给她起了个"慢半拍小怪兽"的绰号。

他们经常在绿茶失误后笑成一团,凑过来打趣道:"看你这痛苦的表情,大概坚持不了几节课吧?哈哈!"

"咱们来打赌,不出半个月她肯定自动退学……"

面对一群男生的调侃,绿茶说不沮丧是骗人的。她看着自己险些崴到的脚,突然很想放弃:做个特立独行的女孩太难了,还不如回到正常的同学中间,随口说说最新的星座潮闻、血型理论,就能换来大家崇拜的目光。

就在她纠结万分的时候,门口突然传来了响声。

一瞬间,绿茶周围的嬉闹停止了,取而代之的是一种安静得有点儿诡异的紧张气氛。

绿茶循声望去,就见从门口走进来一个黑衣少年,比自己高不了多少,瘦骨嶙峋,却莫名地带着一种难以言说的魄力。

"我是新来的学生,叫绿茶,你……"绿茶有些紧张地对他自我介绍,却突兀地被打断了。

这个眉清目秀的少年看了看坐在地上的绿茶,又看看她身边的几个男生,淡淡地说:"有时间聊天,不如多花点儿时间在练舞上。"

说罢,他便往练舞室的一角走了过去,心无旁骛地练起舞来。

绿茶看着他专心的身影,刚才那点儿退缩的想法瞬间烟消云散——这个人真是太帅了,跟所有男生都不同,有自己的想法和作风。这不就是自己一直想成为的那种人吗?

"他叫梁浩龙,我们都叫他'龙哥'。"似乎是看出了绿茶的兴趣,一旁有男生好心提醒,"他是个怪人,你还是离他远点儿好。"

见绿茶依然盯着对方一言不发,男生有些好笑地补充道:"对了,她是个不折不扣的女生。"

这回,绿茶终于有反应了,她缓缓转过头,对着"男生"瞪大了眼,缓缓地蹦出了一个字:"啥?"

二

"龙哥"真的是个女生。

绿茶刚来的前几节课她刚好请了假，平时她又打扮得像个男孩子，大家也就忘了班里还有这么一个女孩子的事实。

她在舞蹈教室一现身，绿茶就知道自己输了。

论"个性"，她甩了绿茶不止十条街：她的性格冷冷的，酷得无法无天。绿茶作为新人热情洋溢地上去和她握手打招呼，她只是冷冷地点了点头，让绿茶的手尴尬地停在半空中。

在之后的练习中，绿茶发现她除了和舞蹈老师简短地沟通，和其他人没有任何交流。

她顶着一头对于女生来说过短的发型，却有种说不出的英气，这样一个傲慢神秘又不近人情的女生，舞技出人意料地棒，很多男生都赶不上她。所以大家就都叫她"龙哥"。

绿茶觉得自己简直找到了人生偶像。

可惜，男生们照例不留情面地打击了她："死心吧，小怪兽，她不会跟任何人做朋友的，我们早就试过了。"

绿茶有点儿郁闷地看着他们，问道："为什么一定要叫我'小怪兽'呢？"

男生们闻声笑作一团，却没有回答她。

这不过是一点儿小小的疑问，绿茶很快抛到了脑后。

当务之急，她只想尽快跟"龙哥"成为朋友！

为此，她每天在"龙哥"身边晃来晃去，终于有一天，成功把她"堵"在了更衣室里。

看着站在门口呈大字形拦着门的绿茶，龙哥有点儿无奈，终于开了口："你到底想干什么？"

"我……我可以和你做朋友吗？把你的微信号给我吧。"

　　龙哥闻声皱了皱眉，正要说话，电话响了。

　　她听了几句，立刻推开了绿茶："不好意思，我赶时间！"说完就胡乱地抓起背包离开了。

　　再次失败，绿茶很不甘心，思来想去，决定另辟蹊径：她拿了一包巧克力去舞蹈教练的办公室里跟教练套近乎，趁对方不注意，她翻开学员们的登记表，用手机拍下了那一页联系方式。

　　当晚，绿茶按照联系簿上的手机号很快搜到了龙哥的微信。

　　她发过去请求，没想到对方竟然很快通过了验证。绿茶小心翼翼地发了消息：梁同学，你好，抱歉，下午冒昧打扰你。你精湛的舞技，独特的个性，都深深地震撼了我，你就是我寻找已久的榜样，我很希望能和你成为朋友。

　　让绿茶意想不到的是，对方几乎秒回了绿茶的信息：好啊！

　　看着手机屏幕上那个大大的卡通笑脸，绿茶愣住了。

　　她的态度和在学校里也差太多了吧？

　　然而，"偶像"愿意跟自己做朋友就是天大的好事，何必细究太多呢？想到这里，绿茶便欢乐地跟她聊了起来。

　　微信里的龙哥非常健谈、幽默，一点儿都不冷漠，时常逗得绿茶哈哈大笑。

　　比如绿茶问：为什么在教室里不理我？

　　龙哥回复：那是因为我身体里住了一个外星人，每逢周一周三周五它值班，讲太多话会让它暴露自己，所以平常都远离地球人。

　　绿茶笑起来，又问：那以后在教室里岂不是要假装不认识你了？

　　龙哥回复：这样最好，免得它对你有敌意，哪天心情不好了再把你绑去外星球！

　　再去街舞教室练舞的时候，绿茶看见龙哥就会忍不住远远地冲她微笑，龙哥却依旧视而不见，专心练舞。

　　教练帮她报名参加了市区的街舞大赛，并对她给予厚望。

　　绿茶依旧停留在"慢半拍"的阶段，最基础的几个动作还做不流畅。

　　那天练完舞蹈回家后，她在微信里对龙哥诉苦：我怎么这么笨，学得这么

慢？而且每次练下来肌肉都好酸痛！

龙哥很快回复：我这有几本街舞入门的书，你闲下来可以照着做一做，打好基础，再练街舞就容易得多！

绿茶很兴奋：好啊，那我去你家里去取？

龙哥：教学大厦一楼后面的储物柜一直闲置，也没人注意，我把书放在那里，你有空就去拿。咱们还是低调点儿吧，别惊动了外星人！

绿茶：这主意真棒！不过外星人倒是不会注意咱们了，那一楼收发室的大爷会不会注意咱们啊？我看他整天不苟言笑怪吓人的，我怕他不让咱们乱用储物柜！

龙哥：怎么会？！那个大爷多和蔼可亲、英俊潇洒啊！他还和我同姓呢，也姓梁！

转天，绿茶就在大厦一楼储物柜里拿到了龙哥给她的书，也见到了那位传说中"英俊潇洒"的梁大爷。

不知道是不是龙哥告了密，梁大爷像特地在等绿茶，故意要笑给她看似的："小怪兽同学早啊！梁浩龙同学已经和我打过招呼了，后面那排储物柜以后你们随便用。"

突然被唤绰号，绿茶有些不开心，噘着嘴对梁大爷撒娇："您不要学他们那样叫我的绰号啊，我都不知道为什么要这样叫我，迟钝就迟钝，为什么要叫我怪兽？"

梁大爷听后却"扑哧"笑了出来，拍了拍她的头："小怪兽可不是贬义词。我曾经听小……浩龙说过，你们班的男生们，觉得自己热爱冷僻的街舞，不被家长、亲友理解却依然坚持，就像在寂寞星球挥洒汗水的小怪兽，只管自己跳得精彩，不需要别人喝彩！怎么样，这口号是不是很帅？"

"嗯……"绿茶听了这番话，却有些莫名地心虚。

她似乎突然明白，自己为什么一直"慢半拍"了——龙哥以及那些男生之所以跳得好，是因为他们热爱街舞，即使再难，也要坚持下去。

而自己学街舞，却是为了与众不同，因为没有热爱支撑，遇到困难的动作，她总是没办法咬牙坚持。

她失魂落魄地回到家，想了许久，还是把这些想法一字字敲给了龙哥，很快，龙哥的回复就来了：为什么要追求与众不同呢？这世界上每个人都是不同的，对我来说，你那种直来直往又率真阳光的个性，也是独一无二的啊。对了，明天别忘记去翻储物柜，有小惊喜！

三

龙哥送给绿茶的小惊喜是一杯热乎乎的珍珠奶茶和一块甜美清新的抹茶蛋糕。

自从有了储物柜这个联络据点，绿茶从里面翻出了不少好吃的好玩的小礼物，都是绿茶在微信聊天时无意中提到的小玩意儿，龙哥一直都记得。

绿茶觉得自己也该为龙哥做些什么，她跑遍了全市的体育用品商店，终于买到了一款绣着龙哥名字缩写的护腕放在储物柜里。

龙哥比赛在即，她觉得这护腕能给她带来好运。

街舞大赛在城南活动中心举办，比赛的盛况远远超乎绿茶想象，人头攒动，热闹非凡。龙哥更是前所未有地帅！

她站在舞台中央，骄傲地迎接着所有人的注视，没有丝毫怯意，有的只是专注和投入！

绿茶站在观众席上，好几次忍不住尖叫着为她呐喊助威，但她很快发现了一个小问题：龙哥的手腕上空空如也，她并没有戴绿茶送的那只护腕。

是因为不喜欢吗？

绿茶失落地想着，突然，她想起来，自己把护腕放进储物柜里后忘了发微信告诉龙哥。第二天那只护腕就不见了，绿茶以为龙哥拿到了，也没特地和她确认。

那护腕款式少见，又是名牌，有人顺走也不是没可能。但那个地方一向隐秘，之前放过那么多东西都没丢过，为何偏偏这次出了意外？

难道……是梁大爷顺走的？

绿茶依稀记得有一次和梁大爷聊天，梁大爷说他的孩子也喜欢跳街舞，这

玩意儿给街舞爱好者用再合适不过了！可是，梁大爷不像会做出这种事来的人啊……

龙哥毫无悬念地夺得了冠军，顺利退场。

场地传来的震天音乐吵得绿茶格外烦躁，她甩甩头：想这么多没用的干吗？干脆直接去问龙哥不就好了！

在后台过道里，绿茶远远看见了龙哥被一群人簇拥着，正要冲上去给她一个庆祝的拥抱，忽然发现情况不对，她竟然被几个少年推搡着往后门走去。两个黄头发的少年走在最前面，避开熙攘的人群，三转两拐进了地下车库。

绿茶远远地跟着，越走越觉得不对劲，她的心几乎跳到了嗓子眼儿。

昏黄的地下车库里，有一大群身着奇装异服的少年聚集在空地上。一旁摆放着的大音响里放着震耳欲聋的音乐。

龙哥和两个黄头发少年一现身，就被那帮少年围了上去。他们的嗓门很大，又凶，绿茶离得很远也能听见他们在说什么。

为首的一个少年把龙哥上下打量了一番，不客气地问道："你就是梁浩龙？骗谁呢！梁浩龙怎么会是你这么个黄毛小丫头！"

离得远，绿茶看不清龙哥脸上的表情，只听见她倔强地还嘴："我就是梁浩龙，怎样？"

一时间，哄笑声、口哨声四起！

为首的少年随着舞曲跳起了舞，他的动作很夸张，带着强烈的挑衅和敌意，有几次，拳头差点儿挥到龙哥的脸上，但他只打了个擦边球，换来新一波的哄笑和口哨！

其他的少年也受到鼓舞动了起来，龙哥被严密地围在中间，绿茶只觉得那帮少年舞动的肢体像极了动画片里的大怪兽，看得她心惊肉跳！

完了，龙哥要挨打了，还是被群殴！

长这么大，绿茶从来没有经历过这么惊险的场面。换作从前，她一定会手足无措地傻愣着，或者干脆装晕。可是这一次不一样，前面被围困的人是龙哥。

绿茶深吸两口气，不知道从哪里冒出来的勇气，手也不抖了，脑子也

不乱了!

她果断地掏出手机,迅速拨打了110,并告诉警察地下车库的大致位置。

哆嗦着打完电话,绿茶觉得后背都被汗水浸湿了。

一抬头,龙哥依旧被围在人群里,倔强地同他们对峙着。又过了漫长的十分钟,对方有人按捺不住,伸出手来推了一下龙哥。

绿茶只觉得浑身的血液都往脑子里涌!他们要动手了吗?天啊!龙哥要挨打了!

她顾不上想太多,几步从角落冲出来拦在龙哥面前,闭着眼怒吼了一声:"快跑!"

所有人都被这声突然冒出来的狮子吼吓呆了,包括龙哥,她站在原地,像看见鬼一样愕然地瞪着绿茶,完全忘记了该逃跑这件事。

谢天谢地,就在这千钧一发之际,警察及时赶来了!

在看到警察的一瞬间,绿茶没骨气地哭了出来。在泪眼蒙眬中,她诧异地发现,那个坚强无比的龙哥,竟然也哭了起来。

警察很快弄清楚了这是怎么一回事。

地下车库那帮少年不过是一个跳街舞的社团,听说了"梁浩龙"这个名字,知道她街舞跳得很出色,就想约她出来,私下较量一番。

事实就是这么简单,对方也并无恶意,不过是态度不太友善罢了。

是绿茶警匪片看多了,以为他们是在做什么坏事,搞得像杀人绑票的刑事大案一样,把闻讯赶来的绿茶的妈妈差点儿吓出心脏病,她劈头盖脸就把绿茶一通臭骂。

龙哥的妈妈却很晚才来,她当然也吓得不轻,可是看见蜷缩在椅子上的龙哥,她马上又爆发了,声音大得整个公安局都能听见:"小柔,你到底在搞什么鬼,你不是整个暑假都在你二姨家学舞蹈吗?怎么练到公安局里来了?还有,你的头发怎么剪那么短?穿的是什么乱七八糟的衣服,快给我回家,你必

须给我解释清楚！"

小柔？绿茶笑喷了，要不是时间地点太不合适，绿茶一定跑到龙哥面前狠狠地嘲笑她一番！

傲娇冷酷的街舞女神梁浩龙，竟然还有这么柔弱的小名！

绿茶强忍笑意，偷偷拿出手机拍下了龙哥挨训的糗样。她转手就把照片发到了龙哥的微信里。

亲爱的小柔，让我帮你记录下这珍贵的一刻，不谢！

龙哥很快回复了：后面怎么有穿警服的人？你们现在在哪儿？

绿茶抬头看看龙哥，她垂着手在那里听妈妈训话，手里明明没有拿手机啊！

绿茶有点儿蒙，再低头看看微信，"龙哥"的微信一条接一条地发过来：

怎么回事？今天不是比赛吗？

你们闯祸了吗？在哪个公安局，快告诉我地址！

……

手机毫无预兆地响了起来，上面显示的是龙哥的名字。绿茶看了看远处的龙哥，愣了三秒钟，尖叫着扔掉了手机。

真是活见鬼了，这到底是怎么回事？

到底是妈妈见过世面，她接过绿茶的手机，冷静地对着电话交谈了数分钟。

随后转身对绿茶说："坐在这里别动，有人要来见你！"说完她又去到龙哥的妈妈面前解释了几句，龙哥也被命令坐在椅子上不准动。

龙哥就坐在绿茶不远处，可她好像完全不认识绿茶一样，冷漠得如同路人。

想要见绿茶的人在漫长的二十分钟后终于现身了。

竟然是收发室的梁大爷！

龙哥看见他，惊喜地一跃而起，冲上去给了他一个大大的拥抱："梁大爷，你怎么来了？"

梁大爷把两位气急败坏的妈妈拉到一旁，不知道说了些什么，她们竟然奇迹般地被他说服，纷纷给了两个女生假，准许她们坐下来好好聊聊再回家。

接着，梁大爷走到绿茶面前，礼貌地伸出右手，自我介绍道："绿茶，你好，请允许我正式自我介绍一下。我是梁浩龙的爸爸，也是你微信里冒充他的人。真的很抱歉，这段时间里对你隐瞒了很多事，造成了一些不必要的误会。请你给我点儿时间，让我解释清楚！"

在公安局旁边的咖啡店里，看着一直低头不语的小柔和解释完整个事件的梁大爷，绿茶终于弄明白了这场有关"梁浩龙"的乌龙事件——小柔一直以来都在冒充梁浩龙学街舞。

真正的梁浩龙，确实是和蔼的梁大爷的儿子。

是的，梁浩龙是个男生，不过他早在两年前就去世了。他生前酷爱街舞，很有天分，跳得很出色。

绿茶在街舞教室里见到的那个女孩，其实真名叫小柔。

那一天，她被妈妈逼着去教舞蹈的二姨那里学芭蕾，可是她讨厌芭蕾，她喜欢的是街舞。

她对妈妈和二姨两头欺瞒，每天都抽空跑去街舞教室外面看那里的孩子学街舞。

有一天，小柔发现一个奇怪的大叔也和她一样站在窗外看着孩子们跳街舞。小柔注意到，那位大叔在哭。

小柔于心不忍，凑过去递给他一包面巾纸。大叔接过纸巾哭得更凶了，他蹲下去，像个无助的孩子。

这个悲伤的大叔就是梁大爷。

他的儿子梁浩龙一个月前在网上报名了这家街舞教室，准备进一步提高自己的舞技，交了一个学期的学费。

可是他还没来得及上课，就意外去世。

那个下午，梁大爷和小柔坐在街边的长椅上，像相识多年的忘年交一样，聊了很久，讲了很多关于儿子梁浩龙的故事。

从前的小柔和绿茶一样，也是个不知道自己想要什么的女孩。她很乖很听话，但就是缺少那么一点点的个性和力量。

直到她听过了梁浩龙的故事，他对街舞那份至死不渝的热爱，深深地震撼了小柔，她恳请梁大爷让她顶替梁浩龙继续学街舞，替梁浩龙完成梦想。梁大爷很犹豫，但架不住小柔的再三央求，只好同意了。

于是小柔就这样扮演起了"梁浩龙"的角色。

她剪短了头发，穿起了梁浩龙生前最爱的黑色棒球服，练起了她毕生挚爱的街舞。

事实证明小柔的选择没有错，因为真的热爱街舞，小柔越跳越自信，越来越有自己的特色，渐渐地，"梁浩龙"的影子从小柔身上退去了，小柔从那个纤瘦但有力的影子里看见了最美的自己！

这一切，绿茶当然不知情。

她在教练联系簿上偷拍的电话，是真的梁浩龙的电话。梁大爷一直在用那个电话号码和微信，偶尔和儿子生前的好友们联系。他两个月前刚办完退休，在家闲不住，一静下来就会疯狂地想念儿子。

刚好他看见街舞教室所在的大厦在招聘门卫，便去应聘了。

梁大爷一直以梁浩龙的身份哄骗绿茶，一方面是怕教练追查此事，给小柔带来麻烦；另一方面，他从绿茶身上看到了小柔的影子，希望能够帮助这个女孩。

知晓了原委，并得知女儿在短时间内居然拿到了街舞冠军，小柔的妈妈不再阻拦她的学舞之路，用她的本名重新给她报了街舞班。

她把头发留长了一点儿，脸上也开始有了笑容。

阳光起来的小柔和自信起来的绿茶一拍即合，很快打成一片，成了那种一周不见就想得要命的好友。

梁大爷给自己注册了一个新的微信号，并起了个有意思的名字——"温柔老怪兽"。

他开始学着加进一些和儿子同龄的男孩女孩，听他们倾诉自己的苦恼，给他们建议和鼓励。当然，他每天都不会忘记问候他的两个小朋友，一个叫小柔，一个叫绿茶，看看她们最近有什么进步，是不是越来越可爱了。

至于绿茶，夏天快要结束的时候，她的草绿色日记本已经写满了心事。再

开学的时候,绿茶虽然终究没能靠街舞在同学面前"酷炫"一把,但她找到了另外一件更适合她自己的事——写故事。

她把自己的成功和失败写进了故事里,也把梁浩龙和小柔写进了故事里,她当然也不会忘记温暖幽默的梁大爷……

绿茶终于不用再去苦苦寻找个性了,她在心里给真实的自己留下了重要的位置,那里终于不再空空如也了。

编辑互评

欧阳夏飞:看到绿茶尖叫着扔掉手机那里,我忍不住想起一句励志语录:"梦想还是要有的,万一见鬼了呢!"

Fairy:看到绿茶跟不上舞蹈动作的部分,我想对绿茶说:"人哪,不努力一把,都不知道什么叫绝望。"

猫猫雪:没错,绿茶,你相信我,只要是石头,到哪里都不会发光。

赫连湘歌:文章里说到绿茶没有跳街舞的天分,还一直被梁大爷和龙哥蒙在鼓里那段,看得我好着急,我想说:"上帝为绿茶关上一扇门,为什么还要顺便夹了她的脑袋?"

词词(摸绿茶头):绿茶,没事的,学街舞这种事,三分天注定,七分靠打拼……剩下的九十分……我也实在没办法了……

彭彭:茶妹别怕,你要更敢地对楷上打击你的人微笑。我知道你努力了,因为真正努力过的人,才知道天赋是多么重要……

众编:喂,绿茶,你去哪里?快来喝完我们的"鸡汤"啊!

星星兽经藏起来

文◎赫连湘歌

　　57……58……59……又一个1分钟过去了，怎么还没来？

　　湘歌拿围巾遮住脸，躲在店里唯一一张空沙发背后，看了看墙壁上的时钟，又转头看了看坐在不远处的那个模样清秀的少年。少年似乎正低头看手表，他对面的座位是空的，显然是在等人。看着少年皱起的眉头，湘歌握着手机，急得额头上都冒了汗。

　　又过了几分钟，湘歌觉得心里躁得厉害，忍不住蹲下身，拿出手机开始拨号。刚把通讯录调出来，她听见店门被推开的声音，连忙探出头，只见一个穿着白色羽绒服的长发女孩走了进来。

　　"您好。您是一个人吗？"店里的服务员适时迎了上去。

　　长发女孩取下口罩，露出一张小巧可爱的脸。

　　"啊，不是。还有一个人，他应该先来了，是个男生……"长发女孩说话的时候，扒着沙发背的湘歌大大地舒了口气，看着服务员带着长发女孩朝少年坐着的地方走去，在经过自己躲着的这张沙发时，湘歌咳嗽了一声。

　　长发女孩听见声音转过头看向她，两个人对视了一眼，长发女孩笑嘻嘻地拍了拍自己的胸口，给她一个"放心"的眼神。

　　湘歌站起来，想伸手拉住她再说些什么，但长发女孩已经快步走到了少年

的座位旁，朝少年伸出一只手，声音清脆地问："你就是尹扬吧？"

湘歌忙蹲了下去，想继续躲在沙发背后。结果因为动作太急，头撞到了沙发背上，发出"砰"的一声，瞬间把少年和长发女孩的目光吸引了过来。

被少年这么直直地看着，湘歌捂着头，脸憋得通红，只觉得心口一阵乱跳，一时大气儿都不敢出。少年看了她半天，有些疑惑，似乎是奇怪她是从哪里冒出来的。湘歌也知道自己肯定没法继续躲了，又被少年看得十分紧张，只得默默地揉着额头，假装路人朝收银台走去。

刚走了两步，她听见身后传来少年清朗的声音："嗯，我是尹扬。你是……湘歌？"

"嗯，是我！"

长发女孩毫不犹豫的回答让湘歌默默低下头，她忽然有一点儿后悔找方萌萌顶替自己了。可当她坐到收银台后面的小椅子上时，听见椅子因为自己的体重发出沉闷的一声，她又忍不住庆幸——还好尹扬面前的"湘歌"，不是自己。

尹扬是湘歌通过一个文学论坛认识的。因为胖的缘故，湘歌不太喜欢和其他女生一起讨论哪条裙子穿起来更好看，哪个发卡更可爱。在其他女生热火朝天地讨论着漂亮的衣服和饰品的时候，她从来只默默地听着，然后将这些小情绪写成故事，回家后发到一个文学论坛里。没想到，湘歌的这些故事，竟然为她吸引了一票读者。不少人通过论坛的私信联系上她，其中就有尹扬。

当然，尹扬不是读者，他是版主。他在审核论坛帖子的时候看到了湘歌的文章，觉得很有意思，就主动联系了湘歌。最开始两人只是客套地说话，后来聊得多了，发现彼此竟然有很多相似的喜好。渐渐地，湘歌和尹扬越来越熟，成了不错的朋友。

尹扬和湘歌并不在一个城市，而这次寒假，尹扬刚好到湘歌所在的城市旅游，理所当然地想和这个网上的好朋友见上一面。本来好朋友见面是一件很开心的事，可当湘歌看见镜子里胖胖的自己时，忽然害怕了——镜子里的自己，脸圆圆的，一头短发，穿着一身灰色老气的衣服，没有丝毫少女的甜美可爱。本来就个子不太高的自己，因为比同身高女生多了一倍的体重，显

得十分矮胖。

湘歌在见面前是见过尹扬的照片的，他用自己的照片做论坛的头像，是个清秀好看的少年。如果尹扬发现自己的好朋友这么平凡普通，唯一不普通的就是胖得快没朋友了，他会不会很失望？他们的友情会不会因此亮红灯？

被这个问题困扰了好几天的湘歌最后决定，让好闺蜜方萌萌顶替自己，去和尹扬见面。

二

方萌萌是湘歌的好闺蜜，但湘歌是方萌萌唯一的闺蜜。原因是长相可爱，身材纤瘦的方萌萌，脾气非常奇葩。用其他人的话说，就是性格古怪，无法相处。除了好脾气的湘歌，没有第二个人忍得了她。

对于别人的评价，湘歌一直觉得有些夸大了，在她眼里，方萌萌虽然偶尔自私一些，思维想法有时候有些特立独行外，其他的并没有什么特别不好相处的地方，还是个活泼可爱的小姑娘。只是，在湘歌请她代替自己赴约的时候，方萌萌的反应有些出乎她的意料。她只问了一句："好处呢？"

湘歌被问得一愣："朋友之间互相帮忙不是很正常吗？"

"对呀，互相帮忙很正常，那我帮你了，你帮我什么了？"方萌萌反问。

"呃……下次你需要我帮忙的地方，我肯定会帮你的啊。"

"那下次等我需要帮忙的时候，我再替你去吧。怎么样？"

湘歌有些呆怔。她还是第一次遇到这种情况，如果换成其他女生，对方肯定会说"没事啦，这有什么好客气的"，为什么到了方萌萌这里，她的反应却是"你现在要我帮忙，那你就必须现在用同等的事情回报我"？

看着眼前的方萌萌理所当然的样子，湘歌张了张嘴，一时间不知道说什么好，只觉得大家说的方萌萌性格古怪真的不是假的，她第一次这么实实在在地体会到了。

方萌萌见湘歌半天不说话，忽然一改之前的认真表情，嘻嘻哈哈地凑了过来，拍了拍她的肩膀，说："这样吧，我替你去见那个谁……啊，尹扬，你就替我做一件事情。"

"是……"

"你想想啊，我替你去见那个尹扬，可是在帮着你欺骗他。骗人并不是一件好事，我也会心虚呀。所以，你要弥补我，对不对？"

湘歌愣了愣，方萌萌勾过她的肩膀，继续笑眯眯道："而且，你不是说尹扬要来A市很久吗？估计也不会只和你见一次，这样，我就要代替你去好几次。每次都要替你欺骗他，我也很为难的。所以，每替你去一次，你就得帮我做一件事情。是不是很公平？"

听起来好有道理的样子，湘歌一时无法反驳，莫名其妙地就签订了"丧权辱国"的条约。直到回到家后她才忽然意识到，似乎……哪里不对劲？

在确定方萌萌代替自己赴约之后，湘歌先临时给方萌萌"补了功课"，全面介绍了自己和尹扬的喜好和资料，以及跟尹扬之间的点滴。她还和方萌萌商量好，赴约的时候她会躲在一旁，这样，面对两人见面过程中的突发情况能及时给出"场外提示"。为了方便自己全程旁观，她特地选了自家表姐开的甜品店作为和尹扬见面的地点。

可惜，计划赶不上变化。因为刚刚那一遭，湘歌没办法继续蹲在一旁近距离"监视"两人，只能坐在收银台远远地看着。离得远了，她听不见他们说了什么，只是觉得两个人似乎聊得不太热络，不知道是因为方萌萌忘了什么，还是现实中的尹扬不够热情。

就在湘歌考虑要不要借着送杯水的由头过去看看情况时，突然一声巨大的拍桌子的声音吓得她一个激灵。她定睛看去，拍桌子的人居然是方萌萌，而对面的尹扬显然呆住了！

湘歌忍不住捂住额头。她千算万算，就是忘了模样可爱的方萌萌，其实有着并不可爱的脾气，性格古怪到没朋友，除了湘歌，班上几乎没有人能忍受她。

现在看来，她的坏脾气发作了，而且是顶着自己的名字，对着第一次见面的尹扬发作了。

湘歌紧张地从椅子上弹跳起来，想冲过去问问到底怎么回事，又怕这么贸

然跑过去很尴尬。就在她纠结的时候,剧情发生了神一般的转折——明显火气上来的方萌萌拍完桌子后不仅跟没事儿一样,居然还笑嘻嘻地和尹扬继续说起了话。而尹扬也从刚刚的呆怔中回过神来,也是一副微笑的模样,就好像刚刚那拍桌子的声音,根本不是从他们这里传出的。

湘歌有些凌乱了。她站在收银台后面,目不转睛地盯着方萌萌,生怕她接下来直接就掀桌子了。可是,直到方萌萌和尹扬吃完东西,说完话,尹扬起身离开了甜品店,方萌萌都保持着一副笑得人畜无害的模样。

看见尹扬出了店,湘歌揣着一颗惴惴不安的心飞奔到方萌萌身边,小心翼翼地问:"萌萌,怎么样?"

方萌萌正在闷头吃水果沙拉,刚刚似乎一直说话没顾上吃,听见湘歌问话,她头也不抬地说:"很好啊,我们还约了下周在游乐场见面。"

湘歌松了一口气,又想起刚刚的事情,忍不住问:"刚刚你为什么拍桌子?"

"嗯?有蚊子,就顺手拍死了一只。"

这话说得湘歌一愣,方萌萌把空了的沙拉盘往前面推了推,说:"好了,见面结束了,我先走了。"

看着方萌萌系好围巾,背着包包起身离开了甜品店,湘歌还半天反应不过来。现在蚊子的生命力这么顽强?大冬天还活着?

那天晚上,湘歌回到家后,很快就把对方萌萌的疑问抛到了一边,因为尹扬和往常一样和她聊天。

在湘歌试探性地问了下周的见面安排时,他也很自然地回答了。只是让湘歌感到奇怪的是,尹扬的语气似乎并没有因为两个人现实中见过面了变得更熟络,尤其自己还是那样一个"美少女"。天生少根筋的湘歌也只纠结了一小会儿,就被尹扬的话题带跑了。

听尹扬说,因为有亲戚在本市,所以他会待得久一些,这就意味着,她和尹扬还有很多次见面机会。于是,鉴于第一次"胜利会师",湘歌还是请方萌萌继续假扮自己,在尹扬结束旅游离开A市前都代替自己赴约,方萌萌欣然应允。

三

　　约定当天，下午1点59分。

　　很好，这次方萌萌没有迟到。

　　湘歌把围巾往上提了提，又把帽子往下压了压，只露出一双眼睛，远远地跟方萌萌做了个手势，告诉她自己在这里，然后不近不远地跟在方萌萌和尹扬的身后。游乐场人很多，她不敢跟得太远，不然一不小心，尹扬和方萌萌就会被淹没在人群中。

　　从咖啡杯到海盗船，从旋转木马到鬼屋，湘歌跟着他们走过了几个游乐项目，挡在围巾下面的脸却越来越黑——方萌萌为什么对尹扬这么颐指气使！不是指挥着尹扬去买饮料，就是让尹扬替自己拿东西，甚至在觉得冷的时候，直接取下尹扬的围巾给她自己戴上……

　　湘歌看不下去了，尤其想到方萌萌做这些过分的事情是顶着自己的名字的时候，她就恨不得冲过去告诉尹扬真相。她是没有方萌萌瘦，没有她好看，但她也不会这么自私任性。然而她还没来得及冲过去，方萌萌倒冲了过来，跟在她后面的，还有尹扬。

　　"嗨！你也在这里啊？好巧！"方萌萌直直冲到湘歌面前，笑盈盈地对她打招呼。湘歌不知道这是什么状况，触及尹扬打量的眼神，顿时大脑一片空白，下意识地说："嗯……好……好巧……"

　　说完，她恨不得咬自己一下。什么好巧？明明就是事先说好的，方萌萌赴约，她在后面跟着。现在是哪一出？方萌萌这是要在这众目睽睽之下，揭露自己的真实身份吗？

　　方萌萌似乎没有看出湘歌的窘迫，只是侧过身对尹扬介绍道："尹扬，这是我的好朋友，方萌萌。"

　　"你好，方萌萌，我是尹扬。"尹扬大方地朝湘歌伸出手。

　　湘歌还在待机状态，直到被方萌萌戳了一下胳膊才回过神来。刚刚方萌萌怎么介绍她的？方萌萌？啊，对了，方萌萌现在才是"湘歌"。只是……湘歌

看着尹扬伸过来的手,总觉得他刚刚念出方萌萌的名字的时候,似乎把这三个字咬得格外清楚。

"你……你好……"犹豫了好久,湘歌才把手伸了过去,同尹扬握了握手。

"听湘歌说起过你。"尹扬笑着说,然后似乎打量了一下湘歌,才接着说,"第一次见到真人,果然……嗯……和湘歌说的差不多。"

方萌萌和尹扬说起过自己?怎么说的?湘歌疑惑地看向方萌萌,方萌萌却一把挽起她的胳膊,带着她往前走,嘴里说着:"走!我们去玩摩天轮吧!"

怀着一肚子疑问的湘歌就这样被方萌萌拉上了摩天轮,两人坐在一排,尹扬则坐在了她们对面。摩天轮的座舱两侧是透明的玻璃窗,方萌萌兴致盎然地扒在左侧窗边向外望去,很兴奋。湘歌也想凑过去看,但她一动整个座舱就会晃,她只好老老实实坐在座位上,和对面同样没看风景的尹扬大眼瞪小眼,分外尴尬。好在尹扬看了她好一会儿后,就和方萌萌说起了话,湘歌这才松了口气,默默地松开紧张地攥着的手,手心里都是汗。

摩天轮缓慢地转了一圈后,三个人终于回到了地面。湘歌先下了座舱,让两个人在原地等一会儿,就独自跑开了。方萌萌和尹扬疑惑地站在原地等着,过了好一会儿,湘歌从远处小跑着过来,手里抱着两瓶水。

"萌……湘歌,尹扬,来,来喝水吧。"因为是跑着回来的,湘歌说话还有点儿喘。她一边大口呼吸着,一边把怀里的水分别递给两个人。

尹扬接过水,有些好奇地问:"你怎么知道我口渴了?"

"刚刚你们说了那么久的话,肯定口渴了嘛。"湘歌笑眯眯地回答。

尹扬拿着水看了湘歌半天,直看得湘歌有些尴尬地清了清嗓子,他才笑着说:"谢谢啦。"

喝过水又玩了两个项目后,方萌萌喊着肚子饿了,便拉着湘歌和尹扬进了一家火锅店,开口就要辣锅。

"啊,不行!"湘歌马上阻止了她。方萌萌眨眨眼,疑惑地问:"怎么?你不是也吃辣的吗?"

湘歌抿了抿唇,有些犹豫地看向尹扬。她是吃辣没错,可是尹扬之前在和自己聊天的时候说过，他不能吃辣。她记得自己明明和方萌萌交代过，为什么方萌萌不记得了？

方萌萌没有注意湘歌神色的变化，只是顺着她的目光看向尹扬，有些不高兴地撇了撇嘴："不能吃辣就早说嘛，干吗还跟着进来？"

湘歌也有点儿不高兴了。方萌萌刚刚根本没有和他们商量，直接就带着他们进来了，现在还怪尹扬。她虽然平时任性自私一些，但因为是好闺蜜，都习惯了，也就没太在意，可是今天，她对尹扬实在太过分了。

于是，她也一时不想理方萌萌了，自己点了鸳鸯锅，然后拿了菜单来点菜。等菜都上来后，一直没怎么说话的尹扬忽然有些惊讶地开口："你点的菜，好多都是我爱吃的。"

听到这话，湘歌握着筷子的手一抖。她刚刚点菜的时候，就是下意识地按照他们的口味来点的，所以完全忘了自己和尹扬现在还是"陌生人"。

"啊……就……就刚好我也喜欢，呵呵。"

"嗯？我明明记得你不爱吃这个的，还有这个。"方萌萌拿筷子点了几样菜。湘歌悄悄瞪了她一眼，含糊地解释道："最近觉得挺好吃的，呵呵……"

"是吗？"方萌萌问了一句后就没再继续这个话题，而是兀自把自己喜欢的菜放进锅里。湘歌见尹扬还看着自己，对他笑了笑，忙低下头默默吃菜。

这顿饭吃得湘歌分外煎熬，为了表示自己真的爱吃那几样不喜欢的菜，她一直往嘴里塞。这是湘歌这十几年以来，第一次觉得"吃"也是一种折磨。

晚上回到家里，湘歌照例和尹扬闲聊。今天尹扬的话似乎多了一些，他主动提起下午见面的事，说很高兴认识湘歌的朋友方萌萌，希望以后有机会能一起出来玩。

看见尹扬没有因为自己胖而嫌弃自己，湘歌格外开心。她兴奋地从床上爬起来，拉开衣柜翻找起穿起来显瘦的衣服，开始期待起下一次和尹扬正大光明地见面。

然而，湘歌的这种兴奋没有持续多久，就迅速被冷冻了——方萌萌突然失联了。

在尹扬提出以后一起玩的第二天，湘歌就和方萌萌说了，方萌萌的反应很冷淡，只是说再看看。之后，无论湘歌怎么联系方萌萌，方萌萌都不再回她消息。就连尹扬和她的联系也少了很多，但湘歌还是从很少的消息中知道，方萌萌和尹扬又一起出去玩过几次，却没有告诉她。

曾经的好朋友忽然毫无理由地变得冷淡了，这让湘歌心情十分复杂。于是，在和班上其他同学的寒假小聚时，她忍不住跟同学倾诉。

同学的回答很简单："方萌萌本来性格就不好，不适合做朋友，就你脾气好，愿意忍她。我说啊，她可能一直就嫌你胖，现在有了优秀的新朋友，当然要把你这个跟班甩到一边去啦，免得顶替的事情被戳破。"

对于同学的回答，湘歌当然不信，可是其他几个人也都这么说。于是，心情本来就不好的湘歌，越发郁闷了。

这种郁闷持续了好几天，她终于憋不住了，决定直接去方萌萌家里，找她问个究竟！

湘歌运气还不错，到方萌萌家的时候，她正好在家。见湘歌突然过来，方萌萌似乎愣了一下，还是让她进来了。

"你最近为什么不理我？"进了房间，湘歌开门见山地问。

"有吗？"方萌萌随口回答，转手递给她一杯热水。湘歌捧着热水暖着手，眼睛直直地盯着方萌萌，一个劲儿地追问她最近到底怎么了。方萌萌似乎被追问烦了，提高声音道："我为什么要回你的消息？"

湘歌被这突如其来的话惊呆了，张了张嘴，有些委屈地问："为什么？我们不是好朋友吗？"

"谁说我们是好朋友了？"方萌萌反问道。接着，她撇了撇嘴，有些嫌弃地看了看湘歌，"你也知道，我脾气不好，没有人乐意和我交往，只有你能忍受我的脾气，所以我才和你一起。现在，有尹扬这么优秀的人愿意跟我做朋友，我为什么还要找你？"

亲耳听到方萌萌说出这样的答案，湘歌只觉得自己像被一盆冰水迎头浇了下来，那冰凉的感觉，顺着身体蹿入心底，很冷很冷。

"再说，你这么胖，为什么觉得我愿意和你做朋友？好朋友不管是成绩还是外貌，都要相配的，这你应该知道才是，否则你又为什么要找我顶替你去见尹扬呢？"

离开方萌萌家的时候，湘歌满脑子都回荡着方萌萌最后的那句话：好朋友不管是成绩还是外貌，都要相配的，这你应该知道才是，否则你又为什么要找我顶替你去见尹扬呢？

湘歌觉得事实并不像方萌萌说的那样，好朋友之间，外貌、成绩都不是最重要的，重要的是彼此理解，在一起的时候觉得开心。然而，她确实没法反驳方萌萌，否则，自己为什么要让方萌萌顶替自己呢？

那晚，湘歌失眠了。第二天，她终于做了一个艰难的决定：她要把真相告诉尹扬。

她不能让虚假的方萌萌，也欺骗了尹扬。

五

围巾，帽子，手套……OK（好的）！

湘歌对着镜子整理了一下衣服，深吸了一口气，转身出了门。门外一阵冷风吹来，把这几天闷在家里的晦气全都吹了个干净。

这天，是尹扬离开本市的前一天，尹扬破天荒地发来短信，约"方萌萌"出来见面。

前些日子尹扬约湘歌出去，都是直接联系的方萌萌，不知道这次为什么把消息发到了湘歌这里，这让湘歌觉得有些奇怪。但因为是离别前的最后一次见面了，而且又是自己说出真相的唯一机会，湘歌也没多想，收拾好了就急急忙忙地出了门。

到了目的地，她看见方萌萌也到了，正在和尹扬说话。她还是那么漂亮，骄傲自信，像个小公主。如果当着她的面说出真相，她的骄傲与自信，是不是一瞬间就要被粉碎了呢？

　　这么想着,湘歌的决心又动摇了。她找了个角落躲了起来,远远地看着两个人有说有笑的,心里却酸楚得不得了。但她安慰自己,尹扬离开以后,他应该还是会继续和自己联络的,毕竟自己才是真的湘歌。

　　可是……方萌萌也有他的联系方式了,以后会不会,他也不再和自己联系了?

　　就在她郁闷的时候,方萌萌和尹扬好像发生了争执,尹扬递给方萌萌一个礼物盒一样的东西,方萌萌却拆都没拆开,转身就扔进了身旁的垃圾箱里。接着,她开始冲尹扬发起了脾气,声音有点儿大,引得路人纷纷侧目。

　　湘歌躲在墙角后面握紧了手,刚刚的难过情绪一下子消失殆尽,取而代之的是满满的愤怒。

　　方萌萌为什么就不能收敛一下脾气呢?尹扬都要走了,两个人开开心心地告个别,不是很好吗?这样下去,尹扬以后才不会和她联系呢!

　　不对!方萌萌一直是顶着自己的名义去和尹扬做朋友的,那么,在尹扬的心里,湘歌才是这个不可理喻、无理取闹的人。以后……以后尹扬不会和自己联系了!想到这里,湘歌浑身一个激灵,她再也忍不住了,紧紧咬住嘴唇,冲到尹扬面前。

　　"尹扬!"她喊道,也不看方萌萌的表情,兀自说道,"我才是湘歌!"

　　尹扬被忽然出现的湘歌吓了一跳,听到后面半句话后,他怔了怔,似乎吓得说不出话来。

　　湘歌以为他不信自己,忙解释道:"我是湘歌,她才是方萌萌。是我请她来代替我和你相见的!"说着,湘歌如倒豆子一般,噼里啪啦地把两个人在哪个网站认识的,怎么认识的,自己写的什么故事,还有尹扬的资料、联系方式和喜好,一股脑全说了出来,来证明自己才是真的湘歌。

　　尹扬安静地听着她说话,好半天才问了一句:"为什么?"他顿了顿,补充道,"你为什么要让方萌萌代替你来和我见面?"

　　湘歌低声解释道:"因为……我太胖……我怕你会嫌弃……对不起……"

　　出乎意料的是,尹扬听到这话笑了出来。这还是湘歌第一次见他笑得这么开心,笑声很爽朗,让她的满心紧张、愧疚、愤愤不平也似乎淡了一些。

"我知道啊。"尹扬微笑着看着她,眼神明亮,"从一开始我就知道,和我见面的不是湘歌。"

原来,在方萌萌第一次顶替湘歌去见尹扬的时候,就说出了真相。不只如此,她还拍着桌子问他是不是真的介意朋友的胖瘦,胖的女生难道就没资格和他成为好朋友了?

一开始尹扬还是有点儿不能接受的,倒不是不能接受湘歌的外貌,而是不能接受湘歌居然是这种说谎骗人的女孩。可是后来在游乐场中,方萌萌故意把躲起来的湘歌拉了出来,让尹扬见到,还故意装作忘记尹扬不吃辣的习惯,说话任性,以此来衬托湘歌的细心与可爱。只是,方萌萌和尹扬都清楚,湘歌因为胖而自卑,觉得自己配不上尹扬这个好朋友,始终不愿意以真实身份出现在尹扬面前。因此,两人策划了一个"闺蜜绝交计划",方萌萌单方面冷战、假装绝交,甚至故意当着湘歌的面冲尹扬发火,假装扔礼物,就是为了刺激湘歌自己站出来,勇敢地找回自己的身份,也找回自信。

"所以……一直只有我被蒙在鼓里?"听完尹扬的话,湘歌有些转不过弯来。难怪之前方萌萌忽然变得很奇怪,原来都是计划的一部分。

"当然!"一旁的方萌萌朝她背上拍了拍,"怎么样?我的演技不错吧?当时有没有很伤心,很想打我?想也不许打,轻易相信我那番'狠话',其实我也挺伤心的!"

看着方萌萌笑得眼睛弯弯的模样,湘歌嘟了嘟嘴,很不高兴。想到那天还哭了一场,真是丢人。而她现在也似乎才真正认识方萌萌,方萌萌真的不像同学说的那么不好接近,她只是想法独特了一些,做法"另辟蹊径"了一些,但她的本意是好的。大家不喜欢她,只是不够了解她。

"虽然,现在抱着'以瘦为美'观点的人比较多,但为什么胖一点儿就不好呢?胖胖的多可爱啊。而且,我并不觉得这样的你,和我网上认识的那个湘歌有什么不同。反而觉得,我认识的那个好朋友湘歌,应该就是你这样的。我很高兴有你这样一位朋友。"尹扬看着湘歌,语气温和地说,"在我和方萌萌眼里,你就像一颗星星,有着自己的光和热。你为什么要把自己藏起来呢?再微弱的光芒,在黑漆漆的夜里,也是明亮的存在。"

湘歌红着眼睛朝他点了点头,这些日子的不开心一扫而光。原来,她并没有失去朋友,反而得到了更加坚固的友情。

"谢谢你们……"

"哈哈哈,好朋友客气什么。不过,你之前答应过我的,要帮我做一件事哦!"方萌萌拉过湘歌的手,笑盈盈道:"走,陪我去鬼屋!"

"不要!我怕鬼屋!"湘歌摇头拒绝。

"怕什么?刚刚不是让你勇敢自信吗?"

"这和勇敢自信有什么关系……"

湘歌被方萌萌连拖带拉地往前跑着,她回头看了一眼尹扬,见尹扬笑着跟在后面,朝她眨了眨眼。

冬天的阳光温暖地落下,像定格了一幅永恒的画面。就像他们三个人的友情,一定也会长长久久的。

编辑互评

彭彭:看完这篇文章,我只想问一句:"为什么过了这么多年,又经历了如此波折的故事,湘歌还是没有减肥成功?"

猫猫雪:唉,你看她被美少年盯着看时都能继续闷头吃吃吃就知道啦,吃货是自带目光隔绝效果的!换作是我,肯定紧张得连口水都喝不下了!

词词:所以说,"心宽体胖"不是没有道理啊……

赫连湘歌:嗯!你们别纠结这些细节啊!要抓住故事的精髓啊!难道不觉得我们的友情很让人感动吗?

众编:精髓就是,我们终于知道你减肥多年却始终无法成功的原因了!

闪亮星转盘

读编互动零距离,
作者私生活大揭秘

现在是女生时代！③

你是哪种小怪物

主持人◎潇湘灵薇

女生就像一个谜，她们有时候坚强得无所畏惧，有时候无助得楚楚可怜；有时候温柔得小鸟依人，有时候却泼辣得风风火火。她们有着千般面貌，只在最恰当的时候才会展现给恰当的人看，让家长、老师和男生们都觉得分外难懂。

事实上，不单是外人，很多时候，连女生自己都不了解自己在想些什么。所以，总有人说，女生就是小怪物，来自异星球。

但是，宇宙中的星球那么多，女孩的"怪"也各不相同，你究竟是哪种小怪物，你知道吗？

快点儿来做下面的测试吧，结果处还会"附送"小编们的测试结果哦！（没错，小MM中的测试，编辑们都会认真做的！）

1. 你所在的城市下了一场百年难遇的大雪，你走在白茫茫的雪中，看不清前面的路。走着走着，你突然发现自己闯入了另一个世界，此时，你希望身边有熟悉的人陪你一起吗？
a. 希望，多一个人做伴，心里会多一些安慰，遇事也好商量→2
b. 不希望，有熟悉的人和我一起反而会分心→3

2. 你看见不远处有一只黑猫正望着你，你会？
a. 赶走它→3
b. 绕道走→4

3. 雪渐渐停了，突然，你的耳边传来一段乐曲，你认为这是一段怎样的乐曲呢？
a. 悠扬的古乐或抒情的钢琴曲→4
b. 八音盒的欢快曲调→5

4. 走着走着，你的眼前出现了两条路，你会选择哪一条？
a. 旁边分出的曲折小道→5
b. 中间的笔直大道→7

闪亮星转盘

5. 一只奇怪的猴子挂在树上朝你笑，还不断向你扔石头，你会？
   a. 好女不吃眼前亏，跑→6
   b. 把扔来的石头扔回去→7

6. 你看见一座古堡，里面有很多房间，你会住在哪一间？
   a. 最靠近门口的那间，如果城堡内发生突发状况，可以第一时间逃走→9
   b. 走廊尽头的那间房子，如果城堡外出现突发状况，可以躲藏起来保护自己→7

7. 如果允许你在这个世界里拥有一只宠物，那么你更希望谁来陪你？
   a. 有灵气的猫咪→8
   b. 忠诚的狗狗→9

8. 有一个穿着中世纪宫廷服装的女孩朝你走来，她告诉你，她可以帮你达成一个愿望，但是作为回报，需要你帮她完成一件事情，你会答应吗？
   a. 天降的好事，当然答应→9
   b. 不答应，谁知道要付出怎样的代价→10

9. 天渐渐黑了，可你还没有找到离开这个世界的方法，你会？
   a. 先住下来，再想办法→B
   b. 找其他人寻求帮助→C

10. 傍晚，有小精灵邀请你参观她的住处，桌子上有两本书，无聊之中，你会先翻开哪一本？
    a. 封面上画了奇怪图案的书→D
    b. 封面上写了奇怪名字的书→A

现在是女生时代！③

A.【含着眼泪的小怪物】

你是一只含着眼泪的小怪物。白天，你和朋友们在一起嬉笑打闹，看上去活泼可爱，可是当你一个人的时候，就瞬间变成了多愁善感的林妹妹。你喜欢看忧伤的故事，每当故事结局不如人愿的时候，你哭得比故事里的主角还要伤心。男孩子对此万分不解，为什么女孩子喜欢在别人的故事里流着自己的泪呢？你却觉得这是一种不一样的情怀。适当的时候读一点儿快乐的东西吧，你会发现悲剧和喜剧交织在一起才最有滋有味。

莫小西：虽然小西姐每天趾高气扬得像个女王，但大家别忘了，我是个多愁善感的双鱼座哦！没错，每天晚上看着韩剧把眼睛哭成核桃、第二天戴墨镜上班的爱哭鬼就是我！我爱哭我骄傲，和我一样选项的淑女们请举手！

B.【口是心非的小怪物】

你是一只口是心非的小怪物。对于男孩子这种直来直往的生物来说，猜出你心里在想什么简直比年年数学得满分还要困难。

有时候，你明明心里难过得不得了，却因为不想被人看扁，一脸平静地假装坚强；有时候，你明明很高兴被人夸赞，却因为害怕被当成骄傲，硬是摆出一副无所谓的样子。

或许，和你亲近的人能够读懂你心里到底在想什么，但是，你身边更多的是不了解你的人，她们能获得的信息，仅仅是你所说出来的话。所以，敞开心扉，用最简单的自己去面对大家吧！

阿朱：那群小编非说《女生时代3》意义重大，让我多出镜，然后骗我也做了这个测验。好吧，得到这个结果，阿朱姐一点儿都不吃惊，就好像我早就决定年底给他们发奖金，但我从来不告诉他们——告诉了他们，谁还好好干活儿啊！

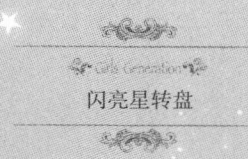

闪亮星转盘

C.【撒娇黏人的小怪物】

你是一只穿着蓬蓬裙的小怪物,喜欢一切粉红色的东西,整个人都散发着软萌萌的黏人气泡。

有些时候,和你相处久了的闺蜜甚至会怀疑自己到底是不是女孩子,因为你实在是把女孩子的特点表现得过于淋漓尽致,尤其是撒娇!

大多数时候,你面对困难,第一时间想要寻求别人的帮助。你永远希望别人能够帮你一把,可就算是拯救世界的超人也有累的时候,更何况帮助你的人呢?

偶尔做一个独立且内心强大的女孩子吧,不要总是心安理得地接受小绅士们为你带来的帮助哦!

猫猫雪:没想到一次测试,居然把我的本性曝光了——没错,虽然在编辑部,我因为"地位"问题,不能施展撒娇大法,但我爸我哥我弟甚至我小侄子可都是很吃我这套的,在家里我连换台都不用自己动手呢!

D.【不拉手会死的小怪物】

你是一只不拉手会死星人。逛街时牵着闺蜜的手,去自习室时牵着闺蜜的手,就连上厕所也要牵着闺蜜的手!

对你来说,拉手是女孩子之间友谊的最高象征,一起拉手去上厕所,最好的朋友之间才会有如此待遇,这简直是正式成为闺蜜前的一种仪式。咳咳,夸张了。但是,不可否认的是,对你来说,牵手是一种内心的交流,也是赋予自己安全感的一种方式。

这并不是需要多加改正的事,但也要注意尺度,毕竟不是所有女生都喜欢跟人过分腻歪哦!

词词:还记得初入职场的那几年,我还很胆怯,不管去哪里都要抱紧好闺蜜的胳膊,生怕有一天她会被人抢走……但和我同类的淑女们,请相信词词姐,只要鼓足勇气,就算放开手,也一定能用心将她留住哦!

人气作家自曝间

主持人 ◎ 欧阳夏飞

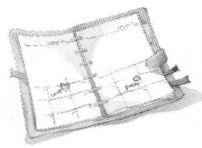

《女生时代3》这么重要的书，只曝光我一个人怎么够呢？必须拉上那群人气作家才够热闹啊！就算不为了让我心理平衡，也要为八卦欲爆表的淑女们着想嘛！因此，夏飞哥很贴心地探访了小MM的几位"当红花旦"，让她们自曝自己的小怪癖。她们得知了我的来意之后态度相当温和，只朝我丢了书、鞋子和砖头这些"小物件"，试图把我从家里赶出去。淑女们不要担心，坚强如我还是在这暴风雨般的攻击中活了下来，并勇敢地祭出阿朱姐的命令，成功把爆料拿到手了！快为我鼓掌！

铁铁：太不羁也算怪癖

（小MM签约作家，已出版：《钢琴小淑女（第一季～第四季）》《最佳女主角（第一季）》）

铁姨是个大大咧咧、非常合群的人，这样的人怎么会有怪癖呢？如果硬要说有的话，那我拥有的怪癖大概就是——没有怪癖。

像很多女生都有的强迫症我压根儿就没有，经常左右反穿拖鞋也懒得纠正，可以踩上一天；吃饭时两根筷子不一样长也无所谓，饭菜好吃就行了嘛；上厕所撕厕纸的时候不按照压好的格子撕也无所谓，反正每卷厕纸的总长度都一样啊。

像很多女生都追求精致到极致、挑剔到吹毛求疵的问题，我也一概没有！

买到的项链上有一点儿瑕疵？哎哟，无伤大雅，又不会有人用放大镜来看；新做的指甲做家务会被碰掉？无所谓啊，再做就好了嘛，还是把家里打扫干净比较重要！

还有像很多女生有的心思敏感我也没有，无论是谁对我说什么一语双关的讽刺，我统统听不出来，每天吃吃喝喝别提多开心了……

不过，听完我的叙述，夏飞说我得了女生最了不起的怪癖之一——"女汉子综合征"，虽然觉得他说得不科学，但我一时居然也找不出反驳的理由。淑女们觉得呢？

太不羁难道真的是怪癖吗？

简蔓：爱美强迫症

（小MM签约作家，已出版：《巧克力色微凉青春（Ⅰ、Ⅱ）》）

一直以来，我都有一个并不算坏但确实有些奇怪的癖好。发现它的人是高中时期和我关系不错的一个男生。

我和此男生都是住校生，因为老家在同一个地方，每到周五放学，我们都会相约一起坐大巴回家。

两个小时的路途不长也不短，男生会看书，或用手机玩简单的游戏，我则一边戴着耳机听歌，一边用书包里随身携带的指甲刀剪发尾分叉的头发。

我的头发非常细软，哪怕只是留到肩膀的长度，也无法避免分叉的侵扰。而患有重度强迫症的我是绝对无法忍受头发分叉这件事的，于是，坐大巴车回家的那段时间里就成了我与分叉"战斗"的最好时机。

足足两个小时，我可以完全沉浸其中，不被任何事情所打扰，一心一意地修剪每一根分叉的头发，偶尔剪到一根分叉特别多的，还要开心地拿起来和男生炫耀。

每当那时，男生看我的眼神都仿佛看到了什么奇怪的生物一般，充满不可思议。

终于有一天，他忍无可忍地对我说："为什么一定要剪这些分叉呢？根本没有人会去盯着你的发梢看。你还不如利用这些时间睡个觉。"

我扬扬眉，不置可否。

无论是花费很多时间剪掉分叉的头发，还是将指甲修剪出漂亮的弧度，其实都是女孩子心中对于"美"的认知开始觉醒了。

我想，任何时候，对男孩子来说，女孩的心思都是难以猜透的吧？

以他们的粗犷个性，怎么会懂得，想要变得更加美好，真的是每个女孩子都渴求的事情呀！

沧海·镜：请叫我"按键狂魔"

（小MM签约作家，已出版：《七寻记（Ⅰ～Ⅲ）》《封印之书（Ⅰ、Ⅱ）》《龙鱼千国纪①·花之女床国》《清河公主·洙宛传》）

众所周知，镜子姐姐我的爱好很多，喜欢收集漂亮的首饰、古董，还喜欢画画什么的，但你们一定不知道，其实我还是个"按键狂魔"。

这个怪癖的起因，还要从我大二那年说起。

那天，我正窝在宿舍里写稿子，突然，电脑屏幕一黑，断电了！

因为文档没来得及保存，我急得团团转，等到电力恢复，我立刻打开电脑检查……

果然，通宵赶出的五万字全军覆没了，即便我想尽了各种办法，也没能把内容恢复。

从那天开始，我每写几分钟，就会习惯性地按一下保存键。谁想到，因为保存键按起来又方便又快，时间久了，我居然养成了反复按快捷键的怪癖！

每当我脑海里闪过"必须保存一下"的念头时，手指就会不由自主地连续按上三遍保存快捷键，少一遍都不行！

脆弱的键盘当然经不起我日积月累的"蹂躏"，没多久，我键盘上的保存键就被磨破了……

你们没看错，是磨破哦！

键盘被磨破当然没法用，只能去电脑店重新换一个按键，免不了要掏出一笔不菲的修理费。

经过磨破按键的悲剧之后，现在我的键盘都会贴上剪过的创可贴，不是为了给按键疗伤，而是为了提醒自己不要再反复按啦，键盘君要哭啦！

熊小暖：囤物综合征

（小MM签约作家，已出版：《摩羯座：寄给青春一座城》）

其实，以前的我是没有"囤物症"这个怪癖的。

说起来也蛮害羞的，那时的我，因为万事有爸妈照顾，我压根儿什么都不操心，不会洗衣服，不会打扫，连燃气灶都不太会用。

后来大学毕业，我离开了家，一个人在外地工作，渐渐地就发现了一个人生活的难处，每次见到朋友们，就会忍不住愁眉苦脸地抱怨。

朋友们对此很不解："打扫房间有什么难？准备好拖把拖就好了嘛！做饭也一样，有了餐具、食材、调味料，哪怕只加盐也不会难吃啊……"

我不禁哀号："可是菜谱都写得很抽象啊，比如'油盐适量'什么的，什么叫'适量'啊？到底是1克还是1毫升就不能说清楚吗？"

一个男生疑惑道："天哪，这有什么好说的？根据菜的分量放多或放少一点儿很难吗？"

"很难啊！"我大叫。

他看了看我，最后只摇头叹了口气："女人啊！"

再后来，我搬到了一个离市区很远的小区，附近外卖很少，只好自己学做饭。

买了锅碗瓢盆，又买了油盐酱醋，然后买了微波炉、烤箱、煮蛋器、洗碗机，买完了这些东西发现还是不能把所有想吃的菜都做出来，于是又买了八

角、陈皮、胡椒之类的作料……

厨房满得东西放不下,都快溢出来了,于是又开始买各种各样的收纳盒、调味罐、密封罐、置物架……

一个月之后我终于忍不住在微信群里大叫:"我破产了!"

大家吓了一跳:"为什么?"

我把厨房拍了照片发到了群里,大家一下子就被惊呆了:"我的天!你怎么会买这么多东西?"

"因为……都需要啊。"我答得理所当然,"每学做一道菜,就要多添几种调味料,偶尔还需要用其他电器嘛。"

又是那个男生问:"你就不能只做一种厨具做出来的菜吗?"

我十分诧异:"吃的欸,怎么能够糊弄!即使一个人做饭,也一定要精致啊!"

那天讨论到最后,他又一次用"女人啊"作为结束语。

在他看来,我的"囤物症"大概很奇怪,但在我看来,生活得漫不经心的他们才奇怪呢!

池小凡:孤独的美食家

(小MM签约作家,已出版:《萌侦探纪事(Ⅰ~Ⅳ)》《天秤座:优雅走过下雨天》)

也不能说是怪癖吧,我很喜欢一个人吃夜宵,正确地说,我特别享受一个人吃夜宵的时间。

特别在赶稿期间,我经常会写到半夜,一到深夜就忍不住想吃点儿东西,食物不限,多是高热量食品,比如烤鸡翅啊、甜点啊什么的,可以说在赶稿的时候吃夜宵算是最幸福的时候了。

为了这幸福的美食时间，我时常会提前做准备，有时提前买好零食，有时会自己动手做，偶尔也会叫外卖。

一个人在家，只吃东西有点儿无聊，我就会同时看看电影或动画。对我来说，夜宵是比白天任何一顿饭都要美味、都要值得期待的一餐。

其实，这个"怪癖"在大学时代就有了。

那时宿舍住了四个人，到了晚上她们会打游戏、看剧，我则一个人安静地写稿。

为了怕写到深夜会饿，我总会准备一些零食，可每次让室友们一起来吃，她们都会投来鄙视的眼神，说："不吃，会胖。"

渐渐地，我就习惯一个人吃了，而且越来越不喜欢被打扰，总觉得这段时间是独属于自己的。幸好我属于不容易发胖的体质，不然现在的我估计会惨不忍睹。

我这个怪癖，说起来好像挺悠闲、挺治愈，但并不是所有人都能忍的，比如夏飞君。

因为每次深夜赶稿的时候，一旦我开启了夜宵时间，起码要持续一两个小时，所以其实看似为赶稿做足了准备工作，效率却很低……

说到这里，淑女们大概明白为什么我写稿子那么慢了吧？

不过，千万不要学习夏飞君，逼我戒掉夜宵哦！

女孩子就是因为有着自己的"小怪癖"才变得可爱的，不是吗？（夏飞：拖稿时的你在我眼里一点儿都不可爱好吗？）

现在是
女生时代！❸

怪女孩，出列

主持人◎词　词

　　看完了前面小编和作者们的"自曝"，现在终于轮到我们压轴的"淑女专版"上场啦！每个女孩都有"小怪癖"，那么，我们可爱的淑女们，又有着怎样的与众不同之处呢？接下来，就请小MM"超级闺蜜团"的怪女孩代表们出列，来代表广大淑女们，说一说自己的与众不同之处吧！相信正在看书的你，一定能找到与自己神似的那位怪女孩！

姓名：云琪

昵称：云琪

年龄：13岁

学校：内蒙古包头市第四十中学初一（8）班

个人宣言：脑洞大，有自信，不是所有女孩，都叫云琪！

自我介绍：我的爱好很多，却不会放弃任何一个；我自信感爆棚，却也深知自己的不足之处；我学习不错，性格却大大咧咧；我是天蝎座女孩，却善良纯洁得不可救药；我嘴上说自己是弱女子，行动却像女汉子！

姓名：林菁涛

昵称：蒂茉

年龄：13岁

学校：新疆阿勒泰市第二中学七（3）班

个人宣言：相信总有一天，怪女孩也能绽放光芒，去闪耀这个世界！

自我介绍：我是集强迫症、轻微洁癖、多愁善感于一体的怪女孩林菁涛！我的"怪性格"，大概是因为我比预计出生日期晚生了5天，原本我应该是天蝎座，现在却是半个天蝎+一个射手，所以，你懂的！

闪亮星转盘

姓名：熊苑婷
昵称：夏凉
年龄：12岁
学校：广东省佛山市西山小学六（6）班
个人宣言：我是一个怪女孩，就连我的闺蜜们都这么想。
自我介绍：我很大胆，却又怕黑；我很乐观，却又喜欢在夜深人静的时候独自忧伤；我很爱喝珍珠奶茶，却又不喜欢吃里面的珍珠；我认为我不是强迫症患者，却又爱计较那些不完美的东西……闺蜜们都说我很怪，只有我知道，每个人都有好和怪，做好自己就好。我就是我，是不一样的烟火。

姓名：刘夷临
昵称：纤纤
年龄：12岁
学校：安徽省合肥市蜀山小学
个人宣言：蠢萌蠢萌的怪女孩就是小纤！

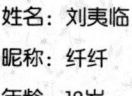

自我介绍：对面的小淑女看过来！这里是蠢萌的吃货小纤纤，因为经常把小MM代入自己的生活，以至于别人时时无法理解我的话，例如有一次妈妈和别人打电话说："绿色的包装箱不好看，西瓜红的怎么样？"我脱口而出："蜗牛红比较好哦！"

姓名：曾诗雨
昵称：小花酱
年龄：12岁
学校：江西省吉安市第二中学
个人宣言：从"乖"女孩到"怪"女孩，往往需要一个命运的契机！
自我介绍：进入校合唱团后，我终于理解了梦想的含义：梦想让我们学会坚持、学会追求。从那时开始，我有了一个"怪癖"——边洗澡边唱歌。小小的浴室里只有我的歌声和水的伴奏。今天是《北极游戏》，明天是《星星》，后天是《映山红》，大后天是《青（鬼）藏（哭）高（狼）原（号）》。

扫一扫,更多
惊喜等你呦!

现在是女生时代,
现在是你的时代!

小MM编辑部超人气大策划,给你好看!

超值珍藏价:
28.80元/本

《现在是女生时代!》   《现在是女生时代!②·我们闺蜜吧》

集结小MM五年来最优秀作者团队,精心打造花漾主题小说;
人气小编大变身,"编写双修"各凭本事,书写最劲爆的半自传故事;
TFBOYS、杨幂、唐嫣等十余位巨星组团推荐;
更有犀利又好玩的各色栏目,阅读娱乐两不误!

"怪女孩"の人设集

女主角篇

姓名：

年龄：

星座：

性格：

身世：

与男主角的关系：

"怪女孩"の人设集

男主角篇

姓名：

年龄：

星座：

性格：

身世：

与女主角的关系：

"怪女孩"の故事,正式开始!